Der **Sohn** des
Scharfrichters

Mantel & Degen

Ein Historienroman
von
Paul-Rainer Zernikow

Impressum

Der Sohn des Scharfrichters
1. Auflage (2022)
ISBN: 9783756886289

© 2022 Zernikow, Paul-Rainer
Herstellung und Verlag: BoD – Books on Demand, Norderstedt

Paul-Rainer Zernikow
Karl-Ernst-Osthausstraße 12
58093 Hagen

Lektorat & Korrektorat:
Tino Falke, Hamburg

Cover & Kapitelschmuck:
Dream Design – Cover and Art
www.cover-and-art.de

Bibliografische Information der Deutschen Nationalbibliothek: Die Deutsche Nationalbibliothek verzeichnet diese Publikation in der Deutschen Nationalbibliografie; detaillierte bibliografische Daten sind im Internet über dnb.dnb.de abrufbar.

MIX
Papier aus verantwortungsvollen Quellen
Paper from responsible sources
FSC® C105338
FSC
www.fsc.org

Inhaltsverzeichnis

Vorwort

Das Genre des historischen Romans führt in die Tiefen einer Recherche, die den Leser in andere, längst vergangene Zeiten versetzt.

Dieses Buch soll unter anderem ein Gefühl erzeugen, wie die Menschen damals lebten oder vielmehr leben mussten.

Ganz selten schaffte man es aus den niederen Ständen in die höhere Gesellschaft aufzusteigen. Diese blieb den meisten für immer verschlossen.

Der Adel lebte gefühlt in Saus und Braus, die anderen arbeiteten ihr Leben lang für ein bisschen Auskommen.

Doch in wenig bekannten Nebengesellschaften, wie zum Beispiel den Henkerdynastien, schafften es manche durch die Übernahme einer Vielzahl von unattraktiven Geschäften, die kein anderer verrichten wollte, sich finanzielle Vorteile zu verschaffen.

Aber gerade diese Haltung, nämlich: „Einer muss es ja tun", führte oft zu profitablen Nebeneinnahmen.

Die Nähe des Henkers zu Heilberufen ist erstaunlich und war auch mir neu, doch schaut man sich die Entwicklung dieses Berufsbildes etwas näher an, so wird einem schnell klar, dass der weitere Schritt zur Ausbildung eines Mediziners gar nicht so ganz weit weg ist.

Ein humanitärer werdender Strafvollzug ließ den Beruf des Scharfrichters immer seltener werden.

So kam es nicht von ungefähr, dass sich pfiffige, vorausschauende Familienmitglieder für den Beruf des Baders und Heilers bis hin zum Chirurgen oder praktizierenden Arzt interessierten.

Nun sollte man nicht gleich seinen Mediziner -Freunden entgegenhalten, sie wären die Nachkommen eines Henkers, aber abwegig ist diese Entwicklung ganz und gar nicht.

Umso wichtiger ist deshalb die Feststellung, dass alle Protagonisten frei erfunden sind und der reinen Fantasie entspringen und nichts mit toten oder lebenden Personen zu tun haben, wobei hier insbesondere die Mediziner unter meinen Freunden angesprochen sind.

Die Freude am Schreiben wurde unterstützt durch meine Frau Bernadette und insbesondere durch meinen beratenden Klassenkameraden Jens Bergmann, der mit den historischen Geschehnissen befasst war. Selbstverständlich möchte ich die Mitarbeit meiner Kinder Tatjana und Nikolai nicht unerwähnt lassen.

Ebenso unvergessen bleiben die guten Tipps von Reiner Nürnberger. Die Auswahl des Covers lag mal wieder in den künstlerischen Händen von Renee Rott (Dream Design – Cover and Art).

I

Ferdinand hasste es, wenn die großen, schwieligen Hände seines Vaters zu den rissigen Lederstiefeln griffen, die dem Vater weit über die Knie reichten.

Das alte Leinenhemd aus der Familientruhe mit den bauschigen Ärmeln gab ihm fast ein engelhaftes Aussehen, doch er war alles andere, nur kein Engel.

Vielleicht ja, ein Todesengel.

»Willst du heute mal wieder zuschauen, mein Junge?«, richtete sich die schneidende Stimme des Henkers an den Sohn. »Es ist diese Woche der Zweite, den ich zu Tode bringen muss. Verdammt, die Respektlosigkeit vor Recht und Ordnung nimmt täglich zu.«

Der trotzige Blick des jungen Mannes von siebzehn Jahren musterte den Vater von oben bis unten.

»Nein, Vater, heute habe ich keine Lust dazu.«

Ferdinand ertrug es einfach nicht, wenn die Gequälten endlos schrien und ihre hilfesuchenden Hände sich in das Hemd des Vaters vergruben. Auch wenn es Mordbuben waren, es waren schließlich immer noch Menschen für ihn.

»Ach, du Schaf, du wirst es nicht mehr lernen. Einer muss sie ja machen, diese verfluchte Drecksarbeit.«

Der Vater schüttelte sich, wie angeekelt. Doch sein Sohn wusste, irgendwie brauchte er diese Arbeit. War er wirklich so brutal oder hatte sie ihn einfach abstumpfen lassen?

Das Zweihandschwert lag vorbereitet mit glänzender Klinge auf dem schweren Eichentisch im feucht-dunklen Kerkerturm.

»Gleich kommen die Knechte mit dem Delinquenten. Dann verschwinde und störe mich nicht weiter bei meiner Arbeit.«

Der Sohn nickte stumm und verschwand fast geräuschlos durch den alten Steinbogen nach draußen.

Er lief fast den Henkersknechten in die Arme, die einen elendig Zappelnden an seinen Armen hinter sich herzogen. Die Ketten an seinen Füßen spielten das ewige Lied von Verzweiflung und Tod.

»Schafft ihn erst einmal hier rein«, grunzte der Scharfrichter und griff grimmig zu seinem Zweihandschwert.

Der Karren stand wie immer am Henkersturm bereit. Die Knechte wussten, dass der Henker sich routinemäßig Zeit nahm, den zum Tode Verdammten ein letztes Mal anzuhören.

Wie in Trance ließ sich der Delinquent auf den wackligen Holzschemel sacken, bereit, die letzten Worte aus sich herauszuholen. Doch der Einzige, der sprach, war der Scharfrichter: »Es war dein Wille, auf den Pfaffen zu verzichten, jetzt musst du mit mir vorliebnehmen«, stöhnte der Henker fast mitleidsvoll. »Hast du gut geschlafen, du unheilvolles Menschlein?«, fragte der Henker vorsichtig. »Das Jenseits erwartet dich, wartet auf eine weitere verirrte Seele, du Tropf. Warum musstest du in deiner Raserei dein Weib erschlagen? Eine andere

Strafe für sie hätte auch gereicht. Sie war verliebt und nicht bei Sinnen. Schwer zu begreifen, aber nichts Ungewöhnliches. Der Ehebruch hätte sie sowieso zu Tode gebracht, du Idiot. Jetzt folgst du ihr auf der Stelle, ich fasse es nicht. Sei froh, dass du einer wohlsituierten Familie entstammst, sonst hättest du die Vorzüge des Köpfens nie kennengelernt. Das ist was für die Besseren, hörst du?«

Der Henker schüttelte den schweren Kopf und zeigte sich nachdenklich. Der Verbrecher atmete nur noch tief durch und war nicht mehr fähig, einen Gesprächsversuch zu unternehmen.

»Los, Burschen, schafft ihn hier raus in den Karren.«

Entschlossen machte der Henker einen Schritt nach vorne zum steinernen Ausgang. Die schweren Ketten des Delinquenten rasselten über den grobkörnigen Steinweg Richtung Henkerskarren.

»Das Volk jauchzt und jubelt schon, arme Sau, ich kann es bis hierhin vernehmen«, richtete der Scharfrichter seinen Blick zum Marktplatz.

Die schweren, ächzenden Räder des Holzkarren nahmen Fahrt auf und brachten den Henker, die zwei Knechte und den Delinquenten zur tobenden Meute an den Marktplatz.

»Hörst du sie, armer Tropf? Sie warten schon geifernd auf deinen Kopf«, rief der Henker aus.

Es dauerte nicht lange, bis der Dreckskarren, von einem Pferd gezogen, die johlende Menge erreichte.

Alte, verrottete Äpfel und Gemüsereste prasselten auf den Karren nieder, in dem sich die Mitfahrenden hastig wegduckten.

»Immer wieder der gleiche Mist«, regte sich der Henker auf, »es wird sich wohl nie ändern.«

Die Menge hatte sich auf dem Marktplatz versammelt, wie es meist der Fall war, wenn Kriminelle gerichtet wurden. Es sollte in erster Linie der Abschreckung dienen, doch es schien so, als würde sich das Volk eher daran ergötzen. Menschen, die ganz vorn am hölzernen Podest standen, hieben stakatisch mit ihren Fäusten auf die Planken. Raunen und Flüstern hingen schwer wie Blei über dem Platz, als der Henker mit dem mächtigen Schwert in seinen Händen in der Mitte des Schafotts erschien. Er hatte sich eine schwarze, seidene Kapuze über sein Haupt gezogen, was die Schreckensszene noch gruseliger machte.

Der Scharfrichter genoss es sichtlich, wenn ihm die Menge, aufbrausend wie in einer Woge der Zuneigung, zujubelte. Er flößte mit seinem mächtigen Körper Angst und Grauen ein.

Jetzt ging es schnell. Die Knechte schleppten den Todgeweihten zum hölzernen, alterszerrissenen Block und drückten seinen Kopf kräftig nach unten.

Der Henker nahm routiniert Maß, wie er es seit Jahren schon immer gelernt und getan hatte, und mit einem wuchtigen Schlag trennte er den Kopf vom Körper. Es gab ein seltsam knisterndes Geräusch, als er weich in den Stroh-korb fiel. Die Menge raste und jauchzte wie im Rausch. Es hatte, Gott sei Dank, wieder einen anderen getroffen und nicht sie selbst. Man spürte daher eher Erleichterung als Hohn. Auch die Spottgesänge sollten eher Ablenkung als Belustigung sein.

Für den Scharfrichter bedeutete es Zustimmung zu seiner nicht einfachen Arbeit. Sie wurde anerkannt, schien ihm, zumindest hier auf dem Marktplatz zu Augsburg. Das waren sein Auftritt, seine Bühne, seine Jubelgemeinde. Im Grunde wusste er, dass er gefürchtet und nicht beliebt war, aber das störte ihn nicht mehr. Das war bei seinen Vorvätern nicht anders gewesen.

Er vertrat die Meinung, dass man gute Arbeit von ihm verlangte, dass er sein Handwerk des Tötens so vollendet ausführen musste, wie das gemeine Gesetz es vorsah.

Er hatte das Handwerk von seinen Vorfahren, insbesondere vom Vater und Onkel gelernt. Die Ausbildung der Scharfrichter erfolgte in der Regel anfänglich durch den Vater oder
auch Stiefvater und konnte dann bei einem anderen Meister fortgesetzt werden. Scharfrichter pflegten, wie andere Handwerker auch, während ihrer Ausbildungszeit auf Wanderschaft zu gehen, wie er das damals ebenfalls getan hatte.

Zum Abschluss der Ausbildung hatte er, wie jeder Scharfrichter, eine Meisterprobe durchführen müssen. Dies geschah nicht ohne amtliche Genehmigung. Dabei musste dem Verurteilten unter Aufsicht des ausbildenden Meisters nach allen Regeln der Kunst der Kopf vom

Rumpf getrennt werden. War dieses erfolgreich, so erhielt der auszubildende Scharfrichter einen Meisterbrief, mit dem er sich für freie Scharfrichterämter bewerben konnte. Ohne diesen Brief hätte er keine Chance auf eine Anstellung gehabt. Der Henker erinnerte sich noch gut an seinen eigenen Werdegang. Er hatte den Vater oft bei seinen Tätigkeiten begleiten müssen. Es war für ihn nicht einfach gewesen, sich an diese blutigen Einsätze zu gewöhnen. Doch mit der Zeit hatte er sich an die Notwendigkeiten dieses Berufs angepasst, hatte sie für sich einfach akzeptieren müssen. Die Ausbildung bei den fremden Meistern hatten dazu beigetragen, dass er die Henkertätigkeit mit all den blutigen Begleiterscheinungen für sich als gegeben annahm. War es doch schon der Beruf seines Vaters und seiner Vorväter seit ewigen Zeiten gewesen.

Wie in seinem Fall hatten sich regelrechte Scharfrichterdynastien herausgebildet, die durchaus auch finanziell mit rechtlich höher gestellten Menschen mithalten konnten.

Ihren Lohn erhielten die Scharfrichter nach getanem Werk immer von den Familien des Bestraften oder Hingerichteten. Das war rechtlich so festgelegt.

Eine anschließende Verbrennung auf dem Scheiterhaufen kostete noch einige Taler mehr. Ein Scharfrichter musste ebenso über medizinische Kenntnisse verfügen, um beurteilen zu können, welche genauen Folgen sein Handeln hatte.

Eine misslungene Hinrichtung konnte auch des Volkes Zorn auf sich ziehen und es kam nicht selten vor, dass der Scharfrichter von der aufgebrachten Zuschauermenge gelyncht wurde.

Er erinnerte sich noch mit Grauen an die ersten, frühen Lehrjahre, als einer seiner Meister den Kopf des Delinquenten erst mit fünf Axthieben durchzutrennen vermochte. Das Publikum raste. Unmut kochte hoch. Nach dem fünften und letzten Schlag hatten wütende Zuschauer das Podest erklommen, dem Henker die Axt entrissen und ihm den Kopf abgeschlagen. Er als Lehrbub hatte Glück, dass er am Rande der Hinrichtungsstätte, weitab vom grausamen Geschehen, gerade mit anderen Arbeiten beschäftigt gewesen war.

Das würde ihm bei Gott nicht passieren. Seine Hiebe saßen perfekt. Er wusste genau, welche Stellen am menschlichen Hals er treffen musste, um den Exitus herbeizuführen. Hatte er sich doch im Laufe der Zeit erhebliches medizinisches Wissen angeeignet, das so weit ging, dass er nebenbei als Heiler und Zahnreißer einigermaßen erfolgreich arbeiten konnte.

Für weitere, unangenehme Aufgaben nach Hinrichtung und Folter zur Geständniserzwingung, gab es noch die Kloakenreinigung, wie auch das Abschneiden und das Bestatten von Selbstmördern oder die Aufsicht über die Prostituierten.

Aus recht naheliegenden, praktischen Gründen hatte er noch die Aufgaben des Abdeckers wahrgenommen. So entstand aus der Tierkörperentsorgung weiteres

Einkommen, und die Abdeckergehilfen konnte er gleichzeitig als seine Henkersknechte gebrauchen. Er achtete sehr darauf, dass die besonders schmutzigen und unangenehmen Aufgaben wie Foltern und Abknüpfen unter seiner Aufsicht geschahen. Nur das Meisterhandwerk mit Schwert oder

Henkersbeil war den Scharfrichtern selbst vorbehalten, da dafür äußerstes Geschick von Nöten war. Der Kopf sollte möglichst mit nur einem Schlag vom Rumpf getrennt werden. Neben diesem Handwerk hatte er sich solides Wissen auf dem Gebiet der Anatomie angeeignet. Er kannte sich mit dem menschlichen Knochenbau und der Anordnung der Organe beim Menschen bestens aus. Selbst ein Bader hätte es nicht besser gewusst. Diese Menschen waren oft auch Betreiber einer Badestube, die sich umfassend dem Badewesen, der Körperpflege und Kosmetik widmeten. Man nannte sie nicht zu Unrecht die Ärzte der kleinen Leute, die sich studierte Ärzte nicht leisten konnten. Zahnmedizin und Augenheilkunde gehörten selbstverständlich dazu. Auch das Schröpfen und Aderlassen sowie die Versorgung kleinerer Wunden.

Der Henker war genauso eine Art Chirurg wie Rossarzt. Die Abdeckerei, die Entsorgung von Tierkadavern, führte zu Nebenprodukten, wie Hundefett zur Salbung entzündeter Gelenke, sowohl bei Menschen als auch bei Pferden. Auch die Herstellung und der Verkauf von heilmagischen Substanzen, die aus Körpern von Hingerichteten gewonnen wurden, sicherten ihm ein zusätzliches Einkommen. Dazu gehörte auch die Herstellung von Armsünderfett, Menschenfett oder von Totenhänden. Drohungen von angeblich studierten Ärzten, die meinten, sie hätten das Monopol für die medizinische Behandlung, störten ihn nicht im Geringsten. Teilweise hatte das Volk mit der Heilung seiner Beschwerden mit dem Henker bessere Erfahrungen gemacht als mit örtlich angeblichen Medizinkennern oder sogenannten Heilern.

Die schweren Schritte des Henkers knirschten auf dem Weg zum alten Henkersturm, der im Volksmund auch Hexenturm oder Kerkerturm genannt wurde.

Er bestand aus zwei Geschossen. Das untere, ein großes Rund, war in der Mitte durch zwei Steinstufen nach unten halbiert in einen separierten mit Steinmauern umgrenzten Teil. Dort befanden sich diverse schwere Ketten an den Wänden für die Gefangenen und ein alter, hölzerner Tisch mit jeder Art von Foltermaterialien.

Auch auf dem oberen Teil des Runds stand ein Holztisch für Waschungen mit einem hölzernen Waschtrog daneben. Das Geschoß darüber bestand aus Holzgebälk mit einer gewendelten Treppe. Durch die verschieden geschnittenen Holzdielen war an einigen Stellen ein unbehinderter Blick nach unten möglich.

Mit trotzigem Schwung schlug er die bohlenbeplankte Tür auf und stapfte zum Wasserkrug. Er zog sich die durchgeschwitzten Kleider aus und wusch sich am ganzen Körper.

Er hatte gerade begonnen, sich mit dem Tuch die feuchten Stellen am Körper abzuwischen, als draußen die knirschenden Räder der Todeskarre zu hören waren. Hastige Schritte kamen näher, und von außen wurde die schwere Tür kraftvoll aufgestoßen. Die Knechte erschienen mit dem Leichnam des Geköpften und warfen ihn fast achtlos in eine dunkle Ecke des Turmeinganges.

»Hier habt ihr ihn, Meister Hans, macht mit ihm, was immer ihr wollt«, schnauften die Henkersknechte atemlos.

Der Scharfrichter grinste und erwiderte:

»Ich werde mir für die Wissenschaft etwas einfallen lassen, zum Wohle der Menschheit und für die Kasse des Heilers. Wascht ihn mir gefälligst vorher gut, damit ich meine Arbeit verrichten kann«, nicht so wie das letzte Mal, als ihr ihn einfach dreckig und unrasiert auf dem Tisch habt liegen lassen«, brummte der Meister. »Auch dem Toten sei Respekt geschuldet, ganz egal ob Straftäter oder nicht.«

Die Knechte hoben den Körper auf einen blanken Holztisch und begannen, den Leib sorgfältig abzuwaschen. Währenddessen bereitete der Henker sein Sezierbesteck vor, legte seine selbst erdachten und gefertigten Instrumente sorgsam zurecht, um den Körper zu bearbeiten. Was genau dort passierte, war nicht für die Augen und Ohren der Knechte bestimmt, die nicht zu viel wissen durften.

Der Scharfrichter hatte sich im Laufe seines Lebens viel mit der Heilkunde befasst und war erpicht darauf, immer mehr dazu zu lernen. Er war zwar des Schreibens und Lesens nicht ganz mächtig, aber Versuche am Objekt waren ihm nicht fremd.

Er wusste von seinem Sohn Ferdinand, dass bei vielen Honoratioren in der Medizin der Grundsatz Geltung hatte:

»Zum Wohle der Bevölkerung darf man Tod und Qualen einiger weniger Übeltäter in Kauf nehmen.«

Er hatte von Ferdinand schon oft von tödlichen Menschenversuchen gehört. Sein Sohn war klug und belesen, er beherrschte Lesen und Schreiben bis zur Vollendung und hatte sich mit bis dahin bekannten medizinischen Lehren ausgiebig befasst. Er hatte seinem Vater geschildert, dass bei den meisten älteren Krankheitskonzepten auch die Menschen im Orient von einer Krankheitsverursachung durch böse Dämonen und strafende Götter ausgegangen waren. Bei ihren Therapieformen lag besonderes Gewicht auf der Wiederherstellung der kultischen Reinheit. Im antiken Griechenland hatte das Heilen zunächst in den Händen von religiösen Denkkonzepten und Institutionen gelegen. Aber gegen Ende des fünften Jahrhunderts war mit Einfluss der vorsokratischen Naturphilosophie von Empedokles die sogenannte rationale Medizin entstanden, die ganz eng mit den Namen des Hippokrates und Kos verknüpft war. Dabei wurde der Körper intensiv beobachtet und mit

Einflussnahme auf seine Zusammensetzung versucht, seine Selbstheilung zu unterstützen.

Ja, sein Ferdinand wusste das alles. Er war auf dem Weg eines Studiosus, das machte den Vater stolz und glücklich.

Sein gut verdientes Geld über die Nebeneinkünfte in die Privatausbildung des Ältesten seiner Söhne zu stecken, hatte sich langsam ausgezahlt. Ihm war bewusst, dass aufgrund seiner menschenfreundlichen Grundhaltung und seiner Lebenseinstellung der Sohn niemals so weit kommen würde, seine legitime Nachfolge anzutreten. Das machte ihn einerseits betroffen, andererseits beruhigte es ihn, dass gerade der brutale, nicht geachtete, ja sogar geächtete Teil seines Berufes, dem Sohn wohl für immer erspart bleiben würde. Dem Henker war klar, dass sein Sohn zu viel Mitleid mit den Verurteilten hatte, als dass er jemals das Schwert des Scharfrichters in seinen Händen halten würde. Ja, dieser Beruf taugte nichts für den sensiblen, lebensbejahenden Ferdinand.

Die Knechte räumten laut polternd den Kerkerraum und ließen den Henker in seinen Gedankengängen hochschrecken.

»Los, verschwindet endlich und lasst mich allein, ich muss meine Arbeit tun.«

Er rückte sich den Holzschemel zurecht, setzte sich ächzend darauf und ließ seinen fachmännischen Blick über den Leichnam gleiten.

Was für ein ausgesprochen schönes Männerexemplar habe ich da erwischt, dachte er bei sich. Ein

Mann in den hohen Dreißigern von schlankem Wuchs und muskulärem Körperbau. Eine Schande, dass er so früh gehen musste, schüttelte er nachdenklich den Kopf.

Plötzlich schlich eine schmale Gestalt in den Kerkerraum.

»Ferdinand, da bist du ja endlich, hab dich schon erwartet«, rief der Henker erfreut aus.

Er blickte in die scharfen, interessierten Augen, seines Sohnes, eines gutaussehenden jungen Mannes. Er war wie sein Vater im Vergleich zu der Größe seiner Zeitgenossen etwas länger geraten und hatte einen muskulösen Oberkörper. Die blonden Haare hatte er hinten zu einem Zopf geflochten, wie dieses zurzeit eben modisch war. Er war als Ältester seiner Söhne, der ganze Stolz seines Vaters. Seine Brust zierte ein feines Lederwams, das ein weißes, aber fein geschnittenes Leinenhemd umhüllte. Er war sehr sportlich, hielt sich mit Reiten und Fechten fit. Darüber hinaus liebte er lange Wanderungen in die landschaftlich so reizvolle Umgebung von Augsburg. Auch an den romantischen Ufern der Donau konnte man ihm oft beim Schwimmen zuschauen. Das war am besten möglich in Dillingen, dort wo er beabsichtigte, sein Studium der Medizin zu vollenden.

Dort hatten sich die späteren Grafen von Dillingen, aus Wittislingen stammend, bereits im 10. Jahrhundert im Donautal niedergelassen. Die Universität hatte einen theologischen Schwerpunkt und war die erste voll ausgeprägte Jesuiten-Universität auf dem Boden des Heiligen Römischen Reiches Deutscher Nation geworden. Sie hatte sehr schnell eine überregionale Bedeutung errungen.

Seit 1574 gab es immer wieder die von Ferdinand so verhassten Hexenverfolgungen in dieser Region. Die Menschen, so glaubte Ferdinand, waren einfach stark verunsichert und deshalb schnell Opfer von Aberglauben.

»Ja, Vater, ich musste noch einiges mit Alexander und Gottlieb besprechen. Sie werden später noch zu uns stoßen«, erklärte er.

Der Vater wusste ja, dass sein Sohn diese Hinrichtungen auf den Tod hasste. Ferdinand verabscheute diese Gier des Volkes nach Belustigung und Grausamkeiten. Er würde so etwas nie, können, sich dort hinstellen und sich auf dem Gerüst des Todes umjubeln lassen. Er liebte eher das Stille, das gezielte Arbeiten am Objekt im Sinne eines fortschreitenden Entwicklungsprozesses bei der Heilkunde. Emotionen schaltete er aus, so gut es ihm gerade gelang.

»Ich nehme es dir nicht übel, wenn du nicht dabei sein willst, Ferdinand. Ich weiß zu schätzen, dass dir das medizinische Wissen wichtiger ist«, bemerkte der Vater nachdenklich.

»Die armen Schweine hier sind immer Opfer ihrer individuellen Lebensschicksale. Ich, für meine Person, träume von einem großen Zentrum für medizinische Ausbildung und Forschung neben der Universität, wo man sich in verschiedenen Gruppen mit Theorien aller Heilarten und Künsten auseinandersetzen könnte. Ich bewundere die großen antiken Entdeckungen im alten Griechenland, wo bereits dank des dortigen offenen Klimas selbst Sektionen an Menschen und Tieren möglich waren. Diese griechische Medizin kam erst spät aber immerhin noch nach Rom, wo trotz der Vorbehalte der ehrwürdigen römischen Oberschicht das medizinische Personal von Sklaven bis zu hochgebildeten Privatärzten meist griechischer Herkunft war. Und wir hier müssen stümperhaft unsere Lektionen an gestrauchelten Menschen lernen.«

»Sei froh«, meinte der Vater, »dass du hier durch mein verbotenes Zutun überhaupt die Möglichkeit bekommst, etwas über den Körper und seine Säfte zu lernen, mein Sohn.«

»Du hast ja recht, Vater«, erwiderte er einsichtig.

Der Vater wusste, dass Ferdinand immer schon sehr ungeduldig gewesen war. Seine aufmerksamen Blicke wanderten mit einem Ausdruck von Dankbarkeit zum Vater herüber.

Mit einem gewaltigen Krachen stolperten die nächsten Gestalten in den stickigen Raum.

Es waren Alexander und Gottlieb, die, wie Ferdinand selbst, ehrgeizig waren, anhand der Leichen ihre medizinischen Kenntnisse zu vertiefen.

Es waren Ferdinands Freunde seit Kindesbeinen an, jetzt darauf erpicht, gemeinsam mit ihm ihr Studium voranzutreiben.

Alexander war der Forschere von beiden, zeigte, was er wollte, war selbstbewusst und wusste schon in seinem jungen Alter, was er vom Leben erwartete. Gottlieb war eher ein ruhiger, besonnener Typ, der erst seine Umgebung zurückhaltend musterte, bevor er entschied, was er tat. Beide waren groß gewachsene stattliche Mannsbilder wie Ferdinand, Alexander mit großen, klaren, blauen Augen, Gottlieb mit tiefsinnigen, braunen, verschmitzten Augen. Alle im Rahmen ihrer Zeit modisch gekleidet, ihre blonden Haare mit einem Zopf zusammengebunden.

Sie hatten sich unmittelbar zum Tisch mit dem Leichnam begeben und nahmen ihre gewohnten Plätze ein.

Alexander hatte sich den Körper, der vor ihnen lag, genaustens angeschaut, ohne auf das Gesicht des Delinquenten zu achten. Es sollte ein reines Studienobjekt für ihn sein. Gottlieb war etwas zurückhaltender. Jeder sah, dass er sich in dieser Umgebung nicht sehr wohl fühlte. Dem Henker, den sie ebenfalls als Kinder schon kennengelernt hatten, begegneten sie mit gebotenem Respekt. Ängste hatten sie schon sehr früh abgelegt. Ferdinand hatte die Brücken geschlagen. Er hatte seinen Vater frühzeitig, seit Beginn ihres Studiums in Dillingen, überzeugen können, dass er mit der Möglichkeit einer Leichenbeschau im Henkerturm für ihr Studium der Medizin einen hilfreichen Beitrag leisten konnte.

Das, obwohl allen bewusst war, dass hier etwas Gesetzwidriges geschah, denn Hand an Leichen zu legen, wenn sie auch getötete Verbrecher waren, bedeutete vor dem Gesetz und in den Augen der Bevölkerung Leichenschändung.

Deshalb war Geheimhaltung oberstes Gebot. Gerade der Scharfrichter, der das in erster Linie zuliebe seines wissbegierigen Sohnes machte, wusste, dass er sich auf ein höchstgefährliches Spiel einließ. Nur die Tatsache, dass es sich bei Alexander und Gottlieb schon um Kinderfreundschaften handelte, die ihren Weg schon lange gemeinsam gingen, hatte den Henker davon überzeugt, sich darauf einzulassen. Sie alle hatten gemeinsam feierlich einen Schwur abgelegt, niemals darüber zu sprechen und Dritten gegenüber keinesfalls Einzelheiten dieser Sitzungen zu offenbaren.

»Ferdinand«, begann Alexander, der sich über den Leichnam gebeugt hatte, »erinnerst du dich vielleicht an die Temperamentenlehre des römischen Arztes Galenos von Pergamon? Er vertrat immer eine eigene Lehre und baute die Humoralpathologie, die Säftelehre des Hippokrates aus, inzwischen ein grundlegendes Krankheitskonzept.«

»In der Spätantike, besonders in der byzantinischen Zeit«, führte Gottlieb weiter aus, »wurde das bis dahin erworbene Wissen gesammelt und übersetzt. Die Schriftsteller des oströmischen Reiches bis 1453, als Konstantinopel von den Türken erobert wurde, fassten, insbesondere die alten Schriftsteller, ihr Wissen in Enzyklopädien zusammen und ordneten deren Wissen thematisch in Sammelwerken.«

»So, jetzt genug der medizinischen Philosophien«, unterbrach Ferdinand ungeduldig, »wir sollten endlich beginnen. Gottlieb, schneide vorsichtig mit dem Skalpell dort den Bauchraum bis zum Rippenbogen auf und klapp die Enden seitlich weg. Dann können wir die inneren Organe sehen und ihre genaue Lage. Damit gelingt uns ein kleiner Überblick über ihre Funktionsweise.«

Wie gewöhnlich, malte Alexander hochkonzentriert eine Skizze für ihr Berichtsbuch mit Zeitpunkt, Ort und dem Alter des Verstorbenen. Es umfasste zwischenzeitlich schon einige Seiten, da sie sich des Öfteren im Henkerturm zu diesem Zweck bereits eingefunden hatten.

»Ich nehme es dann, wie abgesprochen, sofort an mich«, mahnte Gottlieb eifrig. »Es darf nie, in Gottes Namen niemals in fremde Hände fallen, dann sind wir alle geliefert.«

»Noch bin ich davor«, stellte die entschlossene Stimme des Scharfrichters fest, »an diesem Ort fuscht mir keiner dazwischen.«

Als sie in seine Augen blickten, bemerkten alle, dass es ihm bitterernst damit war.

Der Henker war ein höchst religiöser Mensch, doch anders als bei vielen seiner Mitmenschen, war er frei von Wunder-oder Aberglauben. Er hatte sich von seinem lernbegierigen Sohn überzeugen lassen, dass das, was sie hier und jetzt taten, dem Fortschritt der Heilungskünste diente und nicht frevelhaft war.

Er hatte durch Ferdinand von dem Arzt und Botaniker Pierandrea Mattioli gehört, der einem jungen Mann

25

in seiner Kerkerzelle in Prag höchstpersönlich ein Mittel verabreicht hatte, eine Drachme von Blüten, Blättern und Samen des hochgiftigen Eisenhuts. Ferdinand sah, wie der Vater streng nachdachte und bemerkte lächelnd:

»Bist du wieder in Gedanken bei den Giftmischern?«

»Was war das noch einmal für ein Mittel, was du zuletzt beschrieben hast?«, fragte der Vater drängend. Ferdinand wusste sofort, was er meinte.

Er legte das Skalpell, welches er gerade angesetzt hatte, um die Bauchdecke noch weiter fachgerecht aufzuschneiden, zur Seite und antwortete:

»Ein Mittel aus der Wurzel des blauen Eisenhuts, das er ihm vorher, in Anwesenheit der habsburgisch-kaiserlichen Leibärzte, gereicht hatte und zunächst ohne merkliche Folgen blieb.«

»Und dann?«, fragte der Vater.

»Plötzlich klagte der Mann über Druckgefühle in der Brust und wurde zeitweise sogar ohnmächtig«, beschrieb Ferdinand. »Mattioli gab ihm daraufhin ein vielgepriesenes Gegengift, nach dessen Einnahme ein anderer zum Tode verurteilter Mann bereits zwei Drachmen Arsen überlebt hatte. Es wurde aus verschiedenen Heilpflanzen, wie Engelswurz und Eibisch, hergestellt und nach dem Habsburger Erzherzog Ferdinand Erzherzogpulver genannt. Trotzdem ging es dem jungen Mann schlechter, der Puls war nicht mehr tastbar, auf der Stirn stand ihm der kalte Schweiß, die Haut fühlte sich kalt an, er erbrach sich heftig und starb dann mit bläulich verfärbtem Gesicht.«

Der Vater stellte bewundernd fest:

»Woher du nur all diesen wissenschaftlichen Kram weißt, mein Junge.«

Inzwischen hatte Gottlieb das Skalpell wieder angesetzt, und schnitt mit geschickten Fingern sehr vorsichtig die Bauchdecke weiter auf, genau an der Stelle, wo Ferdinand innegehalten hatte.

Auch Alexander war währenddessen nicht untätig geblieben. Mit feinen Strichen hatte er den Körper des Delinquenten aufgezeichnet und führte nun auf einem Extrablatt genau die Sezier-Schnitte weiter, die Ferdinand und Gottlieb begonnen hatten.

»Später im Januar 1562 soll der gleiche Arzt, Mattioli, einem anderen zum Tode verurteilten Mann ebenfalls blauen Eisenhut gegeben haben«, führte Ferdinand weiter aus. »Als das Gift erste Wirkungen zeigte, wurden ihm sieben Körner von einem Bezoarstein, den der Kaiser ihm eigens überlassen hatte, verabreicht. Bezoarverkrustete Konkremente aus Haaren und anderen Fremdkörpern, die sich meistens im Verdauungstrakt von Tieren befinden, galten verbreitet als ausgezeichnetes Mittel gegen jede Art von Giften. Der Mann klagte über Kälte, Luftnot und erbrach sich mehrfach. Der Puls wurde unregelmäßig und der Mann zeigte plötzlich Lähmungserscheinungen. Schon nach wenigen Stunden ging es ihm wieder besser. Kaiser Ferdinand I. schenkte ihm Geld und die Freiheit.«

Ferdinand schaute sich nach seinen Zuhörern um, sah den Vater, wie er immer wieder nickte, als wäre er dabei gewesen.

»Es gab sie also mannigfach, diese tödlichen Menschenversuche«, sinnierte der Meister, »und man fand sie speziell immer in der Gegenwart von Henkern. Nachdem du mir erklärt hast, Ferdinand, dass es ethisch nicht in Ordnung ist, habe ich von derartigen Experimenten Abstand genommen. Andererseits zeigen mir diese Vorkommnisse, dass Ärzte nicht nur auf empirische Beobachtung setzten, sondern wohl auch regelmäßig Experimente an Menschen durchführen.«

»Erstaunlich empfinde ich«, erklärte Ferdinand, »dass es im eklatanten Widerspruch zu den christlichen zehn Geboten und zum Tötungsverbot des hippokratischen Eides steht.«

»Ganz meiner Meinung«, bestätigte der Henker.

Gottlieb und Alexander waren während der Ausführungen nicht untätig geblieben. Sie hatten zwischenzeitlich die Bauchdecke ganz geöffnet, und Gottlieb hatte begonnen, unter tätiger Mithilfe von Alexander, die Organe, wie Magen und Leber, freizulegen. Das hatte sie nicht gehindert, den Ausführungen der beiden anderen Beteiligten hochkonzentriert zuzuhören.

»Ein Arzt, wie Mattioli«, ergänzte Ferdinand, »erwähnte diese Experimente in seinem vielgelesenen Dioskurides-Kommentar ausdrücklich, ohne sich in irgendeiner Form dafür zu entschuldigen. Er war immerhin Leibarzt der katholischen Habsburger in Prag.«

Ferdinand schüttelte den Kopf und zog die Stirne kraus.

»Tatsächlich war dieser Arzt weder der Erste noch der Einzige, der damals gezielt tödliche Gifte verabreichte, um deren Wirkungen und Gegenmittel zu erforschen. Mattioli hatte, bereits in jungen Jahren, einen solchen Versuch in Rom höchstpersönlich miterlebt. Nach seiner Niederschrift war es sogar Papst Clemens VII. in Person, der 1524 die giftneutralisierenden Wirkungen eines hochgepriesenen Öls prüfen ließ, welches Mattiolis damaliger Lehrer, der Bologneser Chirurg Gregorio Caravita, bereitet hatte.«

Ferdinand unterbrach seinen Vortrag kurz, um sich seinerseits nunmehr über die von seinen Kollegen freigelegten Organe zu beugen. Er griff nun selbst wieder zum Skalpell und öffnete fachmännisch den Magen, um ihn in zwei Hälften geöffnet zur Inspektion zu stellen.

Als Alexander und Gottlieb begannen, den Magen näher zu untersuchen, fuhr Ferdinand, durch die Anregung seines Vaters, mit dem alten, berührenden Thema fort:

»Zwei zum Tode verurteilte Verbrecher erhielten jeweils blauen Eisenhut, der mit Marzipan oder ähnlichen Zutaten vermischt worden war. Der eine wurde in den folgenden drei Tagen mit dem besagten Öl eingerieben und überlebte. Der andere dagegen, der kein Öl erhalten hatte, um, wie es hieß, die Kraft des Eisenhutsgifts zu prüfen, starb qualvoll.«

»So medizinisch interessant diese Versuche auch gewesen sein mögen«, räusperte sich nun Gottlieb, »ich verabscheue dergleichen heftig.«

Ferdinand hatte in ihrem verschworenen Kreis auch mit Alexander und Gottlieb schon oft über diese tödlichen Menschenversuche diskutiert, aber sie waren allseits übereingekommen, solches in ihrem Medizinerleben niemals zu versuchen. Allgemein hatten sie zu viel Achtung vor der menschlichen Kreatur, und ihre religiöse Auffassung verbot ihnen dieses darüber hinaus grundsätzlich. Aber selbstverständlich gab es für sie keinerlei Hindernisse, sich mit den damaligen, bekannt gewordenen Versuchen zu beschäftigen und bestimmte, heilungstechnische Schlüsse daraus zu ziehen.

Der Henker kratzte sich nachdenklich am Ohrläppchen und erklärte:

»Ich habe bereits in früheren Jahren meines Berufslebens auch derartige Experimente begleitet, die zuvor jedoch immer von oberster Stelle abgesegnet worden waren. Ich erinnere mich auch daran, dass die Folter zur Geständniserzwingung als Teil des Gerichtsverfahrens gar nicht so weit davon entfernt war, auch wenn diese elende Arbeit in meinem Fall vorwiegend den Henkersknechten überlassen blieb. Ich führte lediglich die notwendige Aufsicht. Mir war schon lange klar, dass die meisten nur gestanden, um der Folter zu entgehen, doch ich habe die Gesetze dazu nicht gemacht. Es gibt die seltsamsten Methoden, herauszufinden, ob jemand schuldig war oder nicht.«

»Bitte, zählt sie auf«, bemerkte Alexander interessiert. Sie hatten zwischenzeitlich ihre Sezierversuche eingestellt und widmeten sich nunmehr ganz den Ausführungen des Scharfrichters.

»Man legte beispielsweise dem Angeklagten ein geweihtes Stück Brot in den Mund. Wenn er dieses zu schlucken vermochte, war er unschuldig.

Manchmal musste der Angeklagte seine Hände in kochend heißes Wasser legen, wenn er sich dabei nicht verbrannte, war er ebenfalls unschuldig.

Auch das Aufhängen war eine bekannte Methode, wobei oft noch Gewichte an die Füße gehängt wurden, wodurch noch größere Schmerzen entstanden. Diese Art der Folter wurde eingesetzt, um die Öffentlichkeit abzuschrecken.«

»Was war denn mit der Eisernen Jungfrau, Scharfrichter?«, fragte Alexander ungeduldig.

»Die eiserne Jungfrau war oft in Gebrauch. Es war eine hölzerne Figur, in die ein Mensch hineinpasste. Im Inneren waren Stacheln angebracht«, berichtete der Henker nachdenklich.

»Gab es denn auch mal harmlosere, nicht so blutige Sachen?«, fragte nun Gottlieb, neugierig geworden.

»Das Kitzeln war eher eine harmlose Methode« erklärte der Henker weiter.

»Die Verurteilten wurden auf ein Brett gelegt und festgebunden. Dann wurde mit einer Feder so lange gekitzelt, bis sie gestanden. Oft wurden die Fußsohlen mit Salz bestrichen und man ließ eine Ziege daran lecken.«

Der Henker unterbrach und begann lauthals zu lachen: »Wenn ich mich genau erinnere, meine ich, dass alle Beteiligten damals Tränen gelacht haben.«

»Ja, zum Lachen finde ich das gerade nicht«, bemerkte Ferdinand offensichtlich empört.

Alexander und Gottlieb zuckten kommentarlos mit den Schultern.

»Auch der Pranger kam zum Einsatz«, fuhr der Henker unbeirrt fort.

»Er war ein Strafinstrument, mit dem die Verurteilten der Öffentlichkeit preisgegeben wurden. Die Strafe bestand darin, dass der Straftäter in der Menschenmenge stand und sich Beschimpfungen und Prügel gefallen lassen musste. Zwei Löcher, links und rechts in einem vorgefertigten Holzbrett und ein großes Loch in der Mitte für den Kopf verhinderten, dass der Bestrafte sich wegducken konnte.

Es gab aber auch eiserne Kopf, Hand- oder Fußfesseln, um den armen Sünder für Stunden oder Tage zu fixieren.

Für Kindermörder gab es keine Gnade. Er wurde lebendig verscharrt. Ihm wurden Fesseln angelegt und er wurde mit dem Gesicht nach unten begraben.«

»Das ist nachvollziehbar«, kommentierte Ferdinand.

Der Henker lächelte. Jeder sah, dass er stolz war, auch mal etwas Wissenswertes über seinen Beruf preisgeben zu können. Er war hocherfreut, dass seine jungen Zuhörer so wissbegierig zugehört hatten.

Als er sah, dass sich kein Widerspruch erhob, führte er weiter aus:

»Auch die Hexenverbrennung ist nach wie vor verbreitet. Diese Geschöpfe, vor allem Frauen, die der Hexerei angeklagt wurden, endeten nach der Verurteilung auf dem brennenden Scheiterhaufen, allesamt Opfer von Aberglauben, Denunziation, Neid und Missgunst.

»Ein ganz, schreckliches, grausames Thema«, ereiferte sich Gottlieb jetzt.

»Ja«, murmelte der Scharfrichter in sich gekehrt. »Das alles habe ich als Scharfrichter während meiner langen beruflichen Laufbahn schon erlebt. Ich bin zugegebenermaßen inzwischen abgestumpft, ich kannte es von den Vorvätern. Ich habe das Amt mit allen seinen Folgen geerbt und wusste es einfach nicht anders«, seufzte er.

»Und was ist mit der Constitutio Criminalis Carolina, Scharfrichter?«, bohrte Alexander nach.

»Ja«, antwortete der Scharfrichter, »das ist des Keysers Karls des fünften und des heyligen Römischen Reichs peinlich Gerichtsordnung von 1532. Es bezeichnet zum ersten Mal Leibes und Lebensstrafen.«

»So etwas gibt es tatsächlich«, rief Gottlieb begeistert.

Ferdinand dachte kurz nach.

»Basis war die damals unter Leitung von Johann Freiherr von Schwarzenberg verfasste Bambergische Peinliche Halsgerichtsordnung«, erinnerte er sich, »die bereits auf humanistisches Gedankengut italienischer

Rechtsschulen zurückgriff und auf vielseitige Elemente des römischen Rechts.«

»Da hört«, jauchzte der Scharfrichter, »der Studiosus, mein Ferdinand, der weiß auch so etwas.«

»Meiner Meinung nach«, mischte sich nun wieder Alexander ein, »wurde das Gesetzeswerk sogar auf dem Augsburger Reichstag, hier bei uns, beschlossen, und später auf dem Reichstag in Regensburg ratifiziert.«

»Donnerwetter«, rief Gottlieb voller Begeisterung aus, »welche bewundernswerte Wissensfülle.«

Nun mussten alle laut lachen.

»Viele nennen es das Theater des Schreckens«, erläuterte der Scharfrichter, »eine Zusammenstellung von Folter und Hinrichtungsarten.«

»Es enthält sowohl Straf- als auch Prozessrecht«, erläuterte Ferdinand nun wieder. »Es ist schon gut durchdacht, weil es Teilnahme, Versuchsstrafbarkeit und sogar die Schuldunfähigkeit erfasst. Es gibt auch die Strafunmündigkeit mit sieben Jahren und die bedingte bis zum vierzehnten Lebensjahr.«

»Es wird durch Beispiele differenziert und abgegrenzt«, redete der Scharfrichter dazwischen.

»Selbst die Tatbestände Mord und Totschlag werden präzise gegeneinander abgegrenzt. Es kommt immer auf die nach außen wirkende innere Gesamteinstellung des Täters an, das macht die Schuldschwere aus. Dabei wird dem Richtenden auch erhebliches Ermessen eingeräumt.«

»Es gibt aber auch präventive Maßnahmen wie Sicherungsverwahrung für rückfallgefährdete Wiederholungstäter«, murmelte Ferdinand zurückhaltend.

Der Scharfrichter schaute ihn erstaunt an.

»Du weißt aber schon verdammt viel von der Materie, scheinst also doch mit dem Gedanken gespielt zu haben, in meine Fußstapfen zu treten.«

Jeder bemerkte das Glänzen in den Augen dieses harten Mannes.

»Das wäre nie etwas für mich gewesen, Vater, das weißt du genau.«

Um die Sensibilität des Augenblicks zu unterbrechen, rief nunmehr Gottlieb laut:

»Verbrennen, Enthaupten, Vierteilen, Rädern, Hängen, Ertränken, Pfählen, lebendig begraben, gibt es etwas Schöneres auf dieser gottverlassenen Welt?«

»Das Traktieren mit glühenden Zangen hast du vergessen«, rief Alexander mit rotem Kopf. Und für Landes- oder Hochverrat gibt es immer noch die Vierteilung.«

»Hauptsache, die Beweisregelung ist stimmig«, mischte sich nun die klare, scharfe Stimme des Scharfrichters wieder ein. »Nur zwei gutbeleumundete Zeugen mit übereinstimmenden Aussagen sind als Beweis anerkannt, sonst hilft nur die Folter nach peinlicher Befragung, die Tortur. Das Gericht will überzeugt sein.«

»Da ist Folter die Zweckwaffe«, rief Ferdinand angewidert aus. »Die Carolina kommt immer noch nach den Partikularrechten der Reichsstände, die ansonsten an ihren lokalen Gerichts- und Gesetzgebungshoheiten festhalten wollen, die ersehnte Vereinigung des Rechts ist noch weit weg. Der Eifer der Verfolger noch lange nicht gebannt.«

Langsam beruhigten sich die Beteiligten wieder. Dem Scharfrichter gefiel es, wenn sie so mit Eifer bei der Sache waren.

Alexander griff zu seinem Berichtsbuch und brachte mit schnellen Strichen seine Skizzierungen zu Ende. Gottlieb legte mit feinen Griffen die Organe zurück in den Bauchraum des Leichnams, und Ferdinand begann kurz darauf, die benutzten Skalpelle unter dem Wasser zu reinigen.

»Ja, schön, ihr Burschen, packt jetzt eure Sachen sorgfältig ein«, sprach der Henker mit ruhiger, rauchiger Stimme, »beim nächsten Mal lernen wir wieder mehr. Ich bin im Übrigen sehr gespannt, ob ihr später von diesen intensiven Sitzungen profitieren werdet.«

Die jungen Männer beeilten sich, die Instrumente zusammenzulegen, und verabschiedeten sich mit hochroten Köpfen und knappen Grüßen bis zur nächsten Sitzung.

Der Scharfrichter ergriff den bearbeiteten Leichnam, verhüllte ihn in alte Tücher, die er so verzurrte, dass man sie nicht ohne besondere Kraftanstrengung wieder öffnen konnte.

Der Leichnam wurde dann am Folgetag unter seiner besonderen Aufsicht an vorgesehener Stelle von den Knechten verscharrt.

II

Nachdem die schwere Eichentür ins Schloss gefallen war, machte sich auch der Scharfrichter auf den Heimweg zu seinem kleinen Anwesen am Rande der Stadt Augsburg.

Das machte er stets auf seinem hohen Pferd, welches gut und gerne bei dieser Größe als Schlachtross hätte Verwendung finden können. Auch seinem Sohn hatte er schon frühzeitig ein Pferd gestellt, nicht nur, weil dieser bereits als Kind eine Erziehungsaufgabe bekommen sollte, sondern auch die Nähe zu Tieren wurde so von Anfang an Normalität. Die Pferde, vier an der Zahl, wurden insbesondere als Reitpferde genutzt. Doch ab und an auch als Zugpferde für den Hinrichtungskarren. Im Nebengewerbe fielen öfter Transporte an, sodass er auch flexibel war beim Überlandtransport von Gefangenen. Alle diese Pferde wurden im Familienstall, einem kleinen Gebäude am Privathaus, untergebracht, wo die Henkersknechte sie problemlos versorgen konnten.

Der Scharfrichter liebte es zu reiten. Es war für ihn Entspannung und Freude zugleich.

Ferdinand und sein Vater nahmen an kirchlichen Feiertagen oft die Gelegenheit wahr, in die nahen Wälder auszureiten. Das bot beiden Zeiten für lange, intensive Gespräche, denn an Feiertagen durften keine Hinrichtungen stattfinden.

Sie hatten, dachte Ferdinand oft bei sich, ein gutes, ausgeglichenes Verhältnis, auch wenn der Vater sich seinen Sohn, wie es bei einem Vater nicht unüblich war, gern als seinen Nachfolger gewünscht hätte. Doch der kluge, bedachtsame Ferdinand hatte einen anderen Ausbildungsweg für seinen eigenen Berufswunsch gewählt. Vielleicht, hatte der Henker oft gegenüber Ferdinand erwähnt, war das auch gut so, weil die Nachfrage nach Scharfrichtern in letzter Zeit auffällig stark gesunken war. Außerdem hatte Ferdinand noch fünf jüngere Geschwister, von denen bestimmt jemand seine Nachfolge würde antreten können.

Der Henker näherte sich langsam seinem kleinen Gehöft. Es lag am Rande eines Waldes, direkt in der Nähe eines Baches. Weite Wiesen mit bunten, blühenden Blumen bis zum Horizont umrahmten das Anwesen. Es lag ein frischer Blütenduft in der Luft, der den Henker in Hochstimmung versetzte. Ein leichter Wind säuselte in den hohen Fichten des Waldes. Er liebte die Natur. Er konnte sich an ihrem jahreszeitlichen Wechselspiel begeistern. Er sah von Weitem, wie sich eine Rauchfahne über dem Schornstein in den klaren Himmel schlängelte. Das bedeutete, seine Frau Agnes war gerade mit der Zubereitung des Essens für die Großfamilie beschäftigt.

Er ritt in den kleinen Hof ein und stieg vom Pferd. Er übergab einem Knecht sein Pferd und schritt der Haustür zu. Die Frau des Henkers hatte schon am Schnauben des Pferdes erkannt, dass er angekommen war, und bat ihren Mann in die bescheidene, aber gemütliche Wohnstube.

Hier ließ er sich, ermattet vom Alltagsgeschehen, sofort in einen riesigen Lehnstuhl fallen und rief zeitgleich seiner Frau zu:

»Ach, liebste Agnes, jetzt könnte ich einen großen Krug Bier aus dem Keller vertragen nach all der verfluchten Blutarbeit. Ferdinand war mal wieder mit seinen Freunden bei mir und sie sind mir ein wenig zur Hand gegangen.«

Mehr würde er nie erzählen. Das würde seine Frau nur belasten, und sie würde es bei ihrer Strenggläubigkeit auch gar nicht verstehen.

»Du weißt, wie zart beseelt er ist, mein blutiges Geschäft wäre bei Gott keine Lebensaufgabe für ihn. Ich glaube, Frau, das Scharfrichteramt werde ich einem anderen unserer Söhne übergeben müssen.«

Er drehte sich zu seiner Frau und seufzte:

»Die Burschen waren heute mal wieder alle in meinem Henkerturm versammelt. Wir haben uns über so manche Alltäglichkeit ausgetauscht, Agnes. Ich freu mich auf solche Unterbrechungen. Es zeigt mir ihr Interesse und Respekt. Ferdinand ist auf einem guten Weg, meine ich. Das dürfte auch dich als seine Mutter interessieren, nicht wahr?«

Sein Lächeln sprang sie an.

»Ich hoffe«, bemerkte nun seine Frau, »dass er nach Aufnahme des Studiums in Dillingen ein richtig guter Mediziner wird. Die Universität ist schon sehr früh durch den Kardinal Otto Truchsess von Waldberg gegründet worden und durch Papst Julius III. zur Universität erhoben worden. Ferdinand hat es mir mit stolz geschwellter Brust aus seiner Immatrikulationsbescheinigung vorgelesen. Ich freue mich für ihn.«

Agnes war eine schöne, gebildete Frau, die sehr viel Wert daraufgelegt hatte, dass ihr Sohn eine andere Berufsausbildung als ihr Mann aufgenommen hatte. Sie hatte den Werdegang des Ältesten mit Argusaugen begleitet, immer darauf bedacht, dass er ihren Hang nach Bildung in sich aufsog. Sie fühlte sich nun fast an ihrem Ziel. Mehr konnte sie als Mutter nun nicht mehr tun.

Der Henker lächelte zufrieden.

»Die Privatausbildung hat sich endlich ausgezahlt, Agnes. Du wirst dich erinnern«, fuhr er nachdenklich fort, »die Katastrophe des Dreißigjährigen Krieges hatte alles verwüstet und ganze Landstriche entvölkert. Ich war nach dem westfälischen Frieden von Münster und Osnabrück mal gerade zehn Jahre alt und habe die marodierenden Söldnertruppen, gleich welcher Glaubensrichtung, hautnah mitbekommen. Vater hat mich jedes Mal hier im Keller versteckt, bis es ruhiger wurde. Diese grauslichen Geschichten sind jetzt ungefähr sechsundzwanzig Jahre her, und ich habe langsam das Gefühl, dass es aufwärts geht. Die Glaubensspaltung ist zwar geblieben, aber die mittelalterliche Feudalordnung löst sich allmählich auf.«

Ein langgezogener Seufzer zeigte seiner Agnes, dass er es bitterernst meinte.

Agnes liebte es, wenn ihr Mann den Feierabend mit ihr gemeinsam genoss. Es war schön, in Ruhe mit ihm zu plaudern, bevor die Kinderschar ein ruhiges Gespräch nicht mehr zuließ. Sie legte in ihrer familiären Planung Wert darauf, dass gemeinsame Zeiten, nur mit ihrem Mann, möglich wurden. Sie lächelte aufmuntert zu ihm herüber.

Er erwiderte freundlich ihr Lächeln und ergänzte:

»Die deutsche Kleinstaaterei scheint jetzt erst richtig zu beginnen, hat Ferdinand gemeint. Er hat auch erzählt, dass es an der Universität nur einzelne Fakultäten gibt, Jurisprudenz, Theologie, Philosophie und Medizin.«

»Das ist ja hochinteressant«, bemerkte Agnes aufmerksam. »Schön, dass die Universität da an der Donau nicht ganz so weit entfernt ist. Das macht es für ihn erträglicher. Übrigens, ein Nachbarjunge, ein Jugendfreund von Ferdinand erlernt das Buchdruckerhandwerk, auch eine hochspannende Angelegenheit.«

»Ja, wenn der Buchdruck«, bemerkte der Henker, »im deutschsprachigen Raum noch nicht so weit gekommen wäre, würden wir hier gar nichts von der Welt da draußen mitbekommen.«

»Das ist mir alles zu kompliziert, die verschiedenen Berufsmöglichkeiten«, antwortete Agnes. »Das ist ein Gebiet, wo ihr Männer euch allein kümmern solltet.«

»An einigen Ecken soll es sogar sogenannte Zeitungen geben, die von Boten gebracht werden«, berichtete der Henker weiter. »Manchmal sogar dreimal wöchentlich. Früher Flugblatt, heute Zeitung. Die Drucker stellen wohl eingehende Meldungen kommentarlos zusammen. Das meiste Zeug entstammt niederländischen Zeitungsverlagen, sagt Ferdinand. Zum größten Teil in Latein und Französisch. Ich habe das Zeugs nie gelernt. Hier bei uns gab es doch meines Wissens nur theologische Schriften.«

»Das habe ich auch von Ferdinand erfahren«, warf Agnes ein. »In Leipzig, so erzählte er mir, entsteht etwas ganz Großes auf dem Buchmarkt. Ferdinand sagt immer, durch die steigenden Informationsmöglichkeiten und durch den wachsenden Kulturaustausch hätte man zum ersten Mal das Gefühl, im selben Jahrhundert zu leben. So, jetzt hören wir mal auf zu plaudern, obwohl mir das immer so guttut, wie du ja weißt. Jetzt iss etwas Vernünftiges, damit du wieder zu Kräften kommst, mein Alter«, unterbrach ihn seine Frau etwas ungeduldig geworden und schob ihm einen Teller mit Gemüsesuppe und einen Laib Brot auf dem Esstisch zu. »Gleich kommen die Kinder, dann ist hier der Teufel los.«

Er löffelte den Teller mit offensichtlich großem Hunger schnell leer und richtete das Wort wieder an seine Frau.

Sie kannte das von ihm. Immer, wenn ihn die Arbeit besonders angespannt hatte, suchte er das Gespräch. Sie verstand zwar manchmal nicht alles, insbesondere wenn es um Politik ging. Wichtig war einzig und allein, dass er mit ihr redete, das war ein Zeichen seines Respekts. Es gefiel ihr gut.

»Auf dem Markt heute erzählte man sich«, meinte sie, »dass sich die Essgewohnheiten der höheren Klasse inzwischen verändert haben. Wo man früher dicke und stark gewürzte Pürees oder Pasten aß, mit süßer oder säuerlicher Soße, gekochtem Gemüse und angewärmtem, gewürzten Wein mit viel Zucker, wird jetzt nicht mehr so stark gewürzt und Zucker nur für Speisen danach verwendet. Soßen macht man jetzt auf der Basis von Fetten und Ölen, und Obst und Gemüse essen die wohl zwischenzeitlich roh.«

»Es wird immer verrückter«, stöhnte der Henker erstaunt. »Beruhige dich«, lächelte sie ihn an: »Ich werde in diesem Leben meine Küche nicht mehr umstellen.«

Plötzlich verstummte der Redeschwall und man hörte, wie ein tiefes, entspanntes Schnarchen die Wohnstube erzittern ließ.

Das war auch gut so, denn laut johlend traten die fünf jüngeren Kinder jetzt ein.

»Was gibt es denn heute Gutes zu essen?«, fragte der Jüngste. Sie dämpften plötzlich alle respektvoll ihre Stimmen, als sie den schlafenden Vater im Sessel in der Ecke entdeckten.

III

In der Zwischenzeit hatte sich Ferdinand mit seinen zwei Freunden in den nahen Feldern an einem Waldstück, was in der Gegend jedem bekannt war und auch so bezeichnet wurde, getroffen, um Fechtunterricht zu nehmen.

Die Pferde banden sie, wie üblich, an einen unteren Ast eines hohen, majestätischen Baumes.

Sie alle empfanden äußerste Freude am Fechten mit einer leichten Waffe, dem Rapier. Diese Waffe benutzten auch die Edelleute, und das wollten sie doch schließlich auch werden.

Sie hatten sich einen bekannten, weit gepriesenen Fechtlehrer besorgt, der ihnen für ein paar Taler zwei Stunden pro Woche Unterricht gab. Sie wurden flugs von ihren Ersparnissen dafür zusammengelegt.

Nicht nur, dass sie die Ausbildung an der Waffe faszinierte, es gab ihnen auch so ein gewisses Gefühl von Freiheit und höherer Klasse. An der Universität würden sie beim Mensur fechten, wenn es denn Pflicht war, so eine Ausbildung gebrauchen können. Zur Selbstverteidigung konnte es nicht verkehrt sein, wenn man derartige Feinheiten beim Waffengang beherrschte. Im Übrigen lief genug Gesindel herum, und es war gut, allzeit verteidigungsbereit zu sein.

Theodor unterrichtete sie auch über Lebensgewohnheiten und Tischsitten. Dann pflegten die drei sich interessiert um ihn herum zu gruppieren, schauten und hörten ihm gebannt zu wie er die hohe Kunst des Fechtens, mit dem Rapier erklärte.

»Das Rapier ist ein Schwert, was zur Garderobe getragen wird. Es ist bei uns und den Nachbarländern sehr verbreitet. Es ist eine Stich- und Hiebwaffe. Es gibt ihn als Haurapier für einen Korbschläger und als Stoßrapier für den Pariser Stoßdegen. Einhundertzwanzig Zentimeter Gesamtlänge, Klingenlänge 100 Zentimeter. Es gibt zwei Ausführungen eine mit Korbhandschutz, die andere mit Glockenhandschutz, wie ich ihn zu gebrauchen pflege. Seht es euch genau an.

Meine Herren, stellen Sie sich bitte gegenüber auf, Gottlieb mit Alexander und Ferdinand mit mir.«

Sie rappelten sich alle begeistert auf und stellten sich gegenüber, wie es der Fechtlehrer bereits vorgemacht hatte.

»Wir haben in den letzten Stunden Beinarbeit ohne Waffe geübt und das so haarklein wie bei einem Balletttänzer. Doch ich sage euch, das ist das A und O jeder Fechtkunst und damit unerlässlich.«

Er nickte leicht.

»Das Fechten ist so alt wie die Menschheit, weder an ein Land noch eine Religion gebunden, meine Herren. Es war zu jeder Zeit eine Kampfhandlung zur Selbstverteidigung wie zum Kriegshandwerk. Es geht schlichtweg allein um das Überleben.«

Er deutete mit dem Kopf auf die Waffe in seiner Hand.

»Es geht um Kampfhandlungen, das heißt die Waffenführung, die optimale Einstellung der Körperhaltung, der Bewegung, der Waffenführung und nicht zuletzt, meine Herren, um die geistige Einstellung. Wach und sensibel sollte der Fechter sein.«

Alexander und Gottlieb schauten gleichzeitig auf Ferdinand und lachten herzhaft. »Da ist der Richtige ja mitten unter uns«, rief Alex amüsiert aus.

»1606«, sprach Theodor, »erlosch mit Maximilian I., dem letzten Ritter, die Blütezeit des Rittertums mit ihren Festen und Turnieren. Die schwere Schutzkleidung wurde überflüssig, die Bewegung wurde schneller und die Waffen wurden mehr für Stöße ausgerichtet.«

Theodor streckte das Rapier in seiner rechten Hand hoch und lächelte.

»Das Rapier kommt aus Italien und ersetzte nach und nach das Fechten mit dem langen Schwert, was aber weiter geschätzt und unterrichtet wird.«

Er zeigte wiederholt auf die Waffe, die er, wie die anderen, kampfbereit in seiner Hand hielt.

»So, en Garde, Fechtstellung einnehmen.«

Theodor verbeugte sich kurz und zeigte gemeinsam mit Ferdinand bestimmte Schritte und Waffenhaltungen. Alexander und Gottlieb bemühten sich, die vorgeführten Bewegungen und Waffengänge nachzumachen.

Die Beine wurden schneller und die Bewegungen zielgerichteter.

Immer wieder zeigte Theodor Angriffshaltungen und Abwehrbewegungen.

Die Künste der Beteiligten wurden schnell konkreter und flüssiger.

Mit hochrotem Kopf hörten sie den Ausführungen ihres Lehrers zu, der sie zwar in Bewegung hielt, aber so reduziert, dass sie seinen Ausführungen noch lauschen konnten. Theodor tänzelte nun mit Haltungsübungen zwischen den Herren herum, während die sich den Schweiß aus den Haaren und den Gesichtern rieben.

»Ich hatte kurz ausgeführt«, erklärte der Fechtlehrer, dass mit Änderung der Waffen, die Kleidung entweder völlig nutzlos oder immer leichter wurde. Die Mode, die sich zur Zeit des Dreißigjährigen Krieges stark verändert hatte, muss kriegstauglich und praktisch sein. Man trägt häufig einen relativ langen Uniformrock und darüber einen Koller, eine Halskrause. Dieser ist aus Leder gefertigt, bedeckt den Hals, die Schultern und manchmal auch den Oberkörper.«

Er richtete sich auf und deutete auf einen Teil seiner Kleidungsstücke, die sich in seinen Beschreibungen wiederfanden. Dann zeigte er auf seine Waffe in der Hand und fuhr mit den Erklärungen fort.

»Auch das Rapier, wie ihr gelernt habt, gehört inzwischen zur ständigen Ausrüstung der Männerkleidung. Das Schuhwerk«, er deutete auf seine Stiefel, »besteht aus kniehohen Lederstiefeln mit eingearbeiteten Spitzen am Rand und Sporen.«

Er drehte sich einmal um seine Achse und verbeugte sich galant.

»Auf dem Kopf trägt man einen Filzhut mit Krempe, welcher mit einer oder mehreren Federn geschmückt ist. Diese zugegebenermaßen sehr militärisch anmutende Kleidung wird nicht nur von Soldaten, sondern auch von gebildeten Herren getragen.«

Er unterbrach kurz und rief lächelnd aus:

»Zu dieser Klientel fühlt ihr drei Burschen euch ja alle hingezogen, oder täusche ich mich da?«

»Ja und ob«, rief Alexander dazwischen und nickte bestätigend.

»Aber hört«, ergänzte Theodor. »Es tut sich ja wieder modisch etwas. Wenn man fortschrittlich sein will, trägt man jetzt eine Rheingrafenhose, eine Art Hosenrock, meist aus Seide oder Leinen in den Farben Blau und Rot gehalten.«

Er zog eine Grimasse und pustete die Backen auf. Sein Lächeln sprang die anderen an.

»Darunter trägt der Mann von Welt sogar spitzenverzierte Unterhosen, die man zeigen sollte. Doch das erscheint manchen zu weiblich und wird deshalb nicht von allen mitgemacht.«

»Das wäre mal was für uns«, rief Gottlieb gut gelaunt dazwischen.

Theodor schüttelte leicht seinen Kopf, als schien er das nicht so ganz zu verstehen.

»Ein Wams ist nach wie vor Pflicht mit viel sichtbarem Hemd darunter. Darüber zieht man bei kalter Witterung den sogenannten Kasack, einen mittellangen Mantel. Auch sollen die Männer nun ruhig Haarpracht zeigen, sodass das Haar oft genug auch von Männern lang und offen getragen wird.«

»Davon haben wir genug«, sagte Ferdinand lachend.

Theodor schüttelte seine eigene Haarpracht auf dem Kopf und stellte fest:

»Da die drei jungen Herren auf dem Wege sind, Karriere zu machen, sollten sie sich schnell an die Garderobe der Oberschicht gewöhnen. Das einfache Volk ist demgegenüber zwar praktisch doch meistens sehr ärmlich mit einfachem schlichtem Tuch bekleidet.«

»Da müsst ihr nur auf uns schauen«, warf Alexander belustigt ein.

»Die Kleidung spiegelt den Platz der gekleideten Person innerhalb der Ständeordnung wider. Merkt euch das gut!«, betonte Theodor.

»Der größte Unterschied liegt im verwendeten Material und dem dazugehörigen Zierrat. Leinen, Hanf und Nessel sind die Textilien für die niederen Stände, wobei die Oberschicht auf Importstoffe aus Seide zurückgreifen kann und bessere Textilqualitäten und veredeltem Tuche nutzt.«

»Es war wieder lehrreich wie immer«, bedankte sich Ferdinand bei ihm und wurde durch das zustimmende Murmeln seiner Freunde bestätigt.

Danach sammelte Theodor seinen Verdienst ein und zog sich hoch zu Ross wieder elegant zurück:

»Bis zum nächsten Mal, meine Herren, an gleicher Stelle.«

Die drei Freunde sahen sich oft und waren eine eingeschworene Gemeinschaft im echten Sinne, hatten sie sich doch per Schwur und bei Gott an ewige Verschwiegenheit gebunden. Nichts sollte sie mehr auseinanderbringen. Da sie sich entschlossen hatten, den eingeschlagenen Weg auch zu Ende zu bringen, hatten sie das Studium der Medizin zusammen aufgenommen. Dementsprechend versprachen sie sich, in der Gemeinschaft zu lernen und ihre Freizeit möglichst zu dritt zu verbringen.

Ferdinand ging dabei jedoch höchst zurückhaltend vor, da er wusste, dass nach den traditionellen Regeln der sich zwischenzeitlich herausgebildeten Scharfrichter - und Abdecker-Familien Eheschließungen nur innerhalb der Dynastien stattfinden durften. Diesem alten Brauch hatte er sich zwingend zu unterwerfen. Es kam nicht von ungefähr, war es doch realiter mit vielen Vorteilen verbunden, insbesondere bedeutete es eine soziale und finanzielle Absicherung im Alter für sich und für die Nachkommen.

Aber er sah sich in seinem Freundeskreis natürlich oft gehalten, gewisse Regeln und Hintergründe zu erklären. Er sah es nämlich an den Augen seiner Freunde, dass sie manches Mal sein Verhalten hinterfragten. Inzwischen hatten sie sich daran gewöhnt.

Im Laufe der Jahre hatten sich Scharfrichterdynastien gegründet, welche durchaus auch finanziell mit rechtlich höher gestellten Menschen zu dieser Zeit konkurrieren konnten. Den Söhnen von Scharfrichtern stand praktisch kein anderer Berufsweg offen. Ihre Töchter vermochten nur in diesen Kreisen zu heiraten und halbwegs verrufenen Tätigkeiten wie Wahrsagen, Liebes- und Schadenzaubern oder magischen Naturheilverfahren nachzugehen. Diese Dynastien wiesen aufgrund geschlossener Heiratskreise vielfältige, verwandtschaftliche Verflechtungen auf. Darüber hinaus wurden die Kinder von anderen auch schwer akzeptiert. Man wollte mit derartigen Leuten nichts zu tun haben. Soziologisch gesehen gehörten sie zu einer Kaste, aber nicht in einer Kasten-, sondern in einer Ständegesellschaft. Es war auch besonders schwer für sie, bei der christlichen Taufe Paten zu gewinnen.

Ferdinand erinnerte sich, wie er nach den ersten dringlichen Fragen seiner herangewachsenen Freunde damals erklärt hatte:

»Dieser unehrenhafte Beruf hat noch weitere Tabus zu befolgen. Es ist dem Scharfrichter beispielsweise ein gesonderter Platz in der Kirche oder auch im Wirtshaus vorgeschrieben. Ebenso ist ihm jegliche Jagd untersagt, ausgenommen die auf Wölfe. Ich will und muss diesen verdammten Teufelskreis durchbrechen.«

Hinzu kam, dass im Zuge der Humanisierung des Strafvollzugs immer weniger Scharfrichter benötigt wurden. Ferdinand wollte endlich die Wende einleiten, die Wende hin zu verwandten Berufszweigen. Dabei schwebte ihm nicht der Beruf des Baders, Wundarztes, Tierarztes oder Zahnreißers vor, sondern er war gewillt,

Chirurg oder Arzt werden. Ein echter Arzt eben, der im Moment hochgeachtet war und nicht nur ein Chirurg, der in der Öffentlichkeit etwas Anrüchiges hatte.

Seine Freunde Alexander und Gottlieb hatten ihm bei dem Aufruf damals offen angeschaut, und Gottlieb hatte ohne Zaudern erwidert: »Uns ist deine Herkunft völlig egal, haben wir doch bereits als Nachbarskinder gemeinsam gespielt und sind zusammen als Jugendliche aufgewachsen. Und das mit all dem Viehzeug wie Hunden, Katzen, Hühnern und Schweinen. Wir kennen uns verdammt gut und lange, und ich nehme an, wir schätzen einander.«

Das hatte sich bis heute als richtig erwiesen.

Heute, nach dem Fechtunterricht war Ferdinand wieder nachdenklich geworden. Gottlieb bemerkte es als Erster.

»Was ist los mit dir, Ferdinand?«, fragte er mitfühlsam und mit sanftem Ton in seiner Stimme.

»Fällt dir die Scharfrichterzugehörigkeit mal wieder auf die Füße?«

»Ja, ihr habt gut reden, kommt aus anerkannten Handwerkshäusern, braucht euch vor nichts und niemandem zu verstecken.«

»Unsere Familien kennen sich doch seit Urzeiten«, rief Alexander nun aus. »Wir unterhalten doch ganz in der Nähe eures Anwesens unsere familiären Betriebe.«

Ferdinand seufzte und wandte sich direkt an Gottlieb.

»Ja, ihr habt es doch verdammt einfach. Du, Gottlieb entstammst einem Fuhrwerksunternehmen, das deine Eltern über Jahre immer weiter ausgebaut haben.«

Er holte tief Luft.

»Ein gutes und zukunftsträchtiges Gewerbe. Mit der Einführung des Stapelrechts konnten Städte damals von durchziehenden Händlern verlangen, dass sie ihre Waren für festgelegte Zeiten zum öffentlichen Verkauf anzubieten hatten, oft mit dem Umschlagsrecht verbunden. Jetzt aber wird der Warentransport an den Grenzen der Stadt auf lokale Fuhrwerke umgeladen. Ganz neue, ausbaufähige Möglichkeiten.«

Gottlieb konnte jetzt seinen Stolz darüber nicht verbergen und strahlte über das ganze Gesicht.

»Ja, Ferdinand, du hat recht.

Daraus haben sich wiederum zahlreiche organisatorische Aufgaben entwickelt«, erläuterte Gottlieb, »die für Händler von speziellen Fuhrleuten übernommen werden. Diese sind nun von der Stapel - und Umlagepflicht befreit und dürfen die Waren durchgängig über mehrere Gebiete befördern. Der wachsende Güteraustausch führt so zum Aufkommen des Fuhrmanngewerbes.«

Gottlieb nickte bekräftigend dazu und betonte noch:

»Ich bewundere meine Eltern dafür, was sie aus ihrem Betrieb gemacht haben, der inzwischen weit über die Region hinaus bekannt ist. Doch für mich, Ferdinand, obwohl ich oft im väterlichen Geschäft geholfen habe, gibt es nur die Medizin. Das habe ich mit euch gemein. Das ist doch auch dein Weg, Ferdinand. Du bist dabei, dich immer mehr von der Henkerdynastie zu lösen.«

Er neigte den Kopf und schaute Ferdinand direkt in die Augen.

»Halte deinen Kopf endlich hoch. Mit Abschluss des Studiums ist dein Ziel doch endlich erreicht. Es dauert doch nicht mehr lang. Sei nicht so trübsinnig, du bist doch auf dem besten Weg, das Joch dieser verfluchten Henkerdynastie endlich abzuschütteln.«

Gottlieb war ein ruhiger, sehr besonnener Mensch, der stets vorausschaute und sein Leben bestimmten Regeln unterwarf. Er war zuverlässig und hilfsbereit. Ein echter Freund eben, der das volle Vertrauen von Ferdinand und Alexander besaß. Er hielt sich mehr zurück. Überlegte lange, bevor er Taten sprechen ließ. Aber seine unermessliche Treue und gedankliche Gründlichkeit, seine Fürsorge und unbedingte Loyalität waren die Tugenden, die alle an ihm so schätzten. Gottlieb war stets besonnen, stellte eigene Interessen, wenn es gefordert war, zurück, vermochte sich langsam zu erwärmen, doch sein Herz brannte lichterloh, wenn er von irgendwas oder irgendwem überzeugt war. Er fand es bewunderungswürdig, wie Ferdinand und sein Vater ihm die Gelegenheit gaben, sich für sein Studium vorzubereiten. Das insbesondere vor dem nicht zu unterschätzenden Hintergrund, dass man verraten werden konnte.

Die Folgen wären unabsehbar.

Ferdinand sah berührt zu Alex hinüber.

Auch er war ein echter Freund.

Alexander gehörte zum Familienunternehmen einer Wassermühle, die auch in der Nähe des Hauses des Henkers von seinem Vater betrieben wurde. Bereits die Römer hatten die Wassermühlentechnik nach Deutschland gebracht. Sie waren seit dieser Zeit einer enormen Weiterentwicklung mit ihren Wasserrädern als Antrieb von Mahlmühlen und verschiedenen anderen Maschinen in ganz West- und Mitteleuropa bis in den Nord- und Ostseeraum verbreitet.

Ferdinand drückte die Schultern durch und machte einen Schritt auf Alexander zu.

»Auch für mich gilt dasselbe wie für dich, Ferdinand, und für dich, Gottlieb«, rief Alexander aufmunternd aus.

»Ich will unbedingt eine Ausbildung als Mediziner. Der väterliche Betrieb soll von meinem älteren Bruder übernommen werden, für mich war das nie eine berufliche Aufgabe, die mich gereizt hätte.«

Alexander war ein sehr impulsiver Mensch, so ganz anders als Gottlieb. Er liebte schnelle Entscheidungen und war in seinem Denken mehr wie ein Hasardeur. Er konnte sich spontan für neue Dinge begeistern und fand sich jederzeit bereit und in der Lage, seine Träume und Vorstellungen umzusetzen.

Er vermochte ein Hitzkopf zu sein, doch mit seinem Mut und seiner Tatkraft war er einer, der immer vorn an ging. Ein Abenteurer, der seinen Freunden Gottlieb und Ferdinand oft Beispiel war, wie schnell und mutig man die Dinge anfassen und auch umsetzen konnte. Er fackelte nicht lange, war auch schon einmal ohne Skrupel so weit, nur sein Rapier sprechen zu lassen.

Aber allen war gemein, dass sie sich lange kannten und jeder sich auf den anderen verlassen durfte. Darüber hinaus waren sie allesamt athletisch gebaut, drahtig ohne ein Gramm Fett am Körper. Gutaussehende junge Männer mit blonden Haaren und teils blauen und braunen Augen, fest entschlossen, mit ihrer jugendlichen Leidenschaft die Welt zu erobern. Sie waren eins in ihrer Wissbegierde, was die Welt der neueren Medizin anbetraf.

»Gottlieb und Alexander, ihr seid kraft eurer Herkunft freier und unabhängiger als ich«, bemerkte Ferdinand abschließend, »weil ich als Sohn eines Scharfrichters keinerlei gesellschaftliches Ansehen genieße und daher eher geneigt bin, meinen familiären Hintergrund zu verschweigen. Wenn es eben geht, meide ich daher die nahe Öffentlichkeit, da man mich als Sohn des Scharfrichters überall in Augsburg erkennt. Aber in der gemeinsam von uns ausgewählten Universitätsstadt, so hoffe ich, Jungs, falle ich gar nicht auf. Dillingen liegt doch Gott sei Dank etwas weiter entfernt von unserem Wohnort.«

Alexander und Gottlieb nickten zustimmend und sahen ihn aufmunternd an.

»Ich freue mich riesig auf meine neu gewonnene Freiheit und darauf, weiter mit euch in den freien Stunden in den Universitätskneipen bei einem Krug guten, süffigen Bieres über Medizin zu diskutieren. Ihr habt ja recht. Ich lasse mich nicht beirren, mich nicht von meinem eingeschlagenen Weg abbringen. Mit euerer Hilfe werde ich das auch schaffen.«

Alexander und Gottlieb klatschten bekräftigend dazu in ihre Hände.

Sie gingen guten Mutes auseinander und bestiegen ihre Pferde.

Ferdinand saß auf dem Heimweg noch eine ganze Weile sehr nachdenklich in seinem Sattel. Er dankte innerlich seinem Vater dafür, dass er ihm die Möglichkeit eines Medizinstudiums geschaffen hatte, allein durch aufopferungsvolle, finanzielle Ausbildungsunterstützung.

Manchmal jedoch verdunkelte sich sein Gesicht, wenn er daran dachte, dass er seit Langem versprochen war.

IV

Die Frau, der Ferdinand versprochen war, hieß Ceija und war eine rassige, dunkelhaarige Schönheit. Es wurde gemunkelt, sie entstamme einer Zigeunerfamilie, die irgendwann hier sesshaft geworden war.

Sie hatte Glut in ihren kohlschwarzen Augen, und ihr pechschwarzes, seidig glänzendes Haar lag lang auf ihren schönen, wohlgeformten Schultern. Wenn man sie auf der Straße sah, hielten die Männer den Atem an, denn ihr stolzer Blick kannte keine Zurückhaltung.

Ceija hatte ein ungezügeltes, gnadenloses Durchsetzungsvermögen und bekam meistens das, was ihr süßes Köpfchen sich vorgenommen hatte. Ihre sprühende Weiblichkeit öffnete alle Türen, und sie versuchte, skrupellos alle Männer um ihre Finger zu wickeln.

Ferdinand hatte innerlich Ängste bei dem Gedanken entwickelt, dass dieses anmutige Weib ihn zu früh einfangen wollte. Es war ihm bewusst, dass sie sich beim ersten Aufeinandertreffen rasend in ihn verliebt hatte und sie auch keinerlei Hehl daraus machte. Ferdinand jedoch war noch nicht so weit. Er vermochte bisher ihren unbeschreiblichen Reizen zu widerstehen. Aber wie lange noch? Er war fest entschlossen, erst sein Studium der Medizin erfolgreich zu Ende zu bringen und dann erst eine Familie zu gründen. Das war er dem sorgevollen, interessierten Vater einfach schuldig. Ferdinand ahnte aber, dass Ceija das völlig anders sah.

Wie oft hatte er seinen Vater darum gebeten, Einfluss zu nehmen und sie über ihre Mutter Lorena zu disziplinieren, doch niemand hatte Zugang zu ihrer offensiven Gefühlswelt. Ceija waren gesellschaftliche Zwänge egal, sie respektierte sie einfach nicht. Sie wollte ihn jetzt und gleich und würde alles dafür tun.

Keiner verstand Ferdinand so recht, dass er so zurückhaltend war bei dieser wundervollen, begehrenswerten Frau, die sich jeder Mann, der sie sah, an seine Seite gewünscht hätte.

Ceija überraschte Ferdinand auch immer wieder. Sie tauchte unvermittelt da auf, wo man sie gerade nicht vermutete.

Selbst verrauchte Wirtshäuser voller durstiger Männer vermochten sie nicht aufzuhalten. Flehende oder auch aufreizende Männerblicke und anzügliche Bemerkungen konnte sie jederzeit stolz ignorieren. Sie sorgte immer wieder für Unruhe und Aufsehen.

Für besondere Anlässe oder auch aussichtslose Situationen stand ihr Cousin Romano zur Verfügung. Er musste immer herhalten, ihr aus der Patsche zu helfen, wenn sie mit ihrem Übermut Blödsinn angestellt hatte. Dafür trafen sie sich immer zwischendurch an einem Stallgebäude, wo ihre Familienmitglieder ihre Pferde unterstellten. Romano bestürmte sie oftmals mit Fragen, insbesondere über Dinge, die in der Großfamilie vor sich gingen.

Heute interessierte er sich offensichtlich für ihre Mutter.

»Ceija?«, fragte er neugierig, »Lorena habe ich lange nicht mehr gesehen, ist sie immer noch als Wahrsagerin tätig?«

Ceijas Mutter, Lorena, so hieß es, entstamme einer Zigeunerfamilie aus dem Balkan. Sie war eine bekannte und gefürchtete Wahrsagerin. Romano wollte heute seine neue Freundin, Maria, vorstellen, die mit seiner Familie bisher noch nichts zu tun gehabt hatte.

Ceija, die bemerkte, dass die neue Freundin bei dem Wort Wahrsagerin zusammengezuckt war, wandte sich ihrem Cousin und Maria zu und antwortete:

»Es ist nichts Anrüchiges, was sie da anbietet, wirklich nicht.«

Sie sah dabei mit herausforderndem Blick auf Maria. Diese reagierte sofort und blickte ihr forschend ins Gesicht.

»Etwas Neugier sei doch gestattet«, besänftigte sie, »ich habe überhaupt keine Ahnung, was die so machen.«

Ceija neigte ihren Kopf etwas zur Seite und schaute ihr direkt in die Augen.

»In den Hochkulturen des Alten Orients wurden schon Orakel im Auftrag des Herrscherhauses veranlasst«, erklärte sie nun mit immer versöhnlicher klingender und sachlicher werdender Stimme.

»So gab es Eingeweideschau eines Opfertiers und im antiken Griechenland die Vogelschau, die Auslegung des Vogelflugs aber auch die Leberschau, die Traumdeutung und das Orakelwesen. Auch im römischen

Reich gehörten die Vogelschau und die Eingeweide-schau zu den angewandten Praktiken. Voraussagen über den Tod des Herrschers waren jedoch streng verboten. Auch die christliche Kirche betrachtete die Wahrsagerei als authentische, göttlich legitimierte Übermittlung von göttlichem Wissen.«

Sie stockte in ihrem Redeschwall und griff mit ihren Händen in ihre schwarze, auffällige Haarpracht.

»Ihr seht also«, fuhr sie fort, »es ist ein Gewerbe, was man wahrhaftig ernst nehmen sollte. Die Wahrsagerei hat, trotz verschiedentlicher, strenger Verbote in früheren Zeiten heute wieder an Gewicht gewonnen. Bei unseren aktuellen Philosophen und Theologen findet sie Fürsprecher. Sie ist an Fürstenhöfen und im kirchlichen Raum vertreten. Es gibt sogar Astrologen an der päpstlichen Kurie. Päpste und Kardinäle ließen sich schon oft astrologisch beraten.«

Sie räusperte sich vernehmlich, als wolle sie ihren Vortrag bestätigen.

»Ob nun akzeptiert oder nicht, meine Mutter hat gut zu tun und nimmt Einfluss bei vielen Entscheidungen, selbst in Kirchenkreisen, mein werter Romano.«

Sie lächelte ihn wissend, ja fast überheblich an.

Ceija aber hielt sich davon fern. Sie liebte ihre Mutter, aber sie war früh unabhängig geworden und wollte mit Wahrsagen und Vorhersagen nichts zu tun haben. Sie folgte eher ihrem Vater, der in einer anderen Region ein amtlich bestellter, gefürchteter Scharfrichter war.

Romano trollte sich und rief:

»Bis bald Ceija, halt dich und deine Leidenschaften im Zaum, ich möchte nicht bis zum Lebensende deinen Retter spielen.«

Sie hatte deutlich erkannt, wie sich sein Gesicht verdunkelt hatte. Ja, ab jetzt meinte er es ernst. So plötzlich wie er erschienen war, war er auch wieder verschwunden.

Ceija war stolz, eine selbständige, junge Frau zu sein. Sie konnte lesen und schreiben und beherrschte die lateinische Sprache. Ein belesener Onkel in ihrer großen Familie hatte es ihr beigebracht. Aufgrund ihrer Bildung und ihres Wissens begegnete sie den jungen Männern auf Augenhöhe und fühlte sich ihnen dabei teilweise überlegen. Ceija informierte sich über die Informationsblätter der Zeitung und interessierte sich auch für die Welt da draußen, weit hinaus über die Grenzen von Augsburg und Dillingen.

Sie war ein Sprachengenie und konnte sich mit vielen Fremden jederzeit verständigen. Ihr Rat war geschätzt, und sie wurde teilweise auch als Übersetzerin einbestellt. Auch bei Gerichtsprozessen war ihr Name deshalb nicht unbekannt. Eines war gewiss, ein dummes Landmädchen war sie keinesfalls.

Diese Frau begegnete Ferdinand auf Augenhöhe, der es sehr genoss, mit ihr über viele Dinge des regionalen und überregionalen Geschehens zu diskutieren.

Durch die Tätigkeit ihrer Mutter besaß sie auch ein großes Wissen über Astrologie und Philosophie. Doch Frauen war der Zugang zur Universität, geschweige denn zu höheren Ämtern, strengstens versperrt. Ferdinand hatte keinen Zweifel, dass er sie später einmal als praktizierender Arzt gut würde beschäftigen können. Auch als Zufallshebamme hatte sie schon bemerkenswerte Qualitäten gezeigt.

Bei einer der nächsten Fechtstunden von Ferdinand, Gottlieb und Alexander kam das Gespräch einmal mehr auf die junge, schöne Frau.

Ferdinands intensive Gedankengänge wurden durch Gottliebs eindringlichen Worte jäh unterbrochen:

»Hör mal, Ferdinand, Ceija war vorhin hier und kündigte in ihrer unverwechselbaren Art an, sie würde dich vom Fechtunterricht abholen. Du sollst unbedingt auf sie warten und keinen Schritt von der Stelle tun.«

Ein tiefer Schreck fuhr ihm durch sämtliche Glieder. Gleichzeitig fing sein Herz an zu pochen.

Verdammt, er verehrte sie so sehr, ja, es war wohl Liebe, dachte er still bei sich. Ihre kohlschwarzen, tiefgründigen Augen hatten so etwas Magisches, Spannendes und Intensives. Sie roch so herrlich nach Freiheit und Abenteuer. Er musste sich zusammenreißen, sonst konnte er sein Studium gleich hinschmeißen.

»Dieses Weib macht mich rasend«, schrie er voller Inbrunst, sodass Gottlieb und Alexander vor Schreck die Köpfe zu ihm drehten.

Er ahnte, er war ihrem gnadenlosen Willen nicht gewachsen und ihrer zügellosen Leidenschaft hilflos ausgeliefert. Verflucht, er liebte sie auch.

»Los«, hörte er Alexander rufen, »verteidige dich!«

Er zog sein Rapier hoch und drückte Klinge an Klinge die Arme von Alexander herunter. Sie schlugen und fochten, Schlag um Schlag, Klinge um Klinge. Alexander konnte rasend aggressiv sein. Irgendwann nach langem Hin und Her ihrer Waffen hielten sie inne und ließen sich schweißnass in den Rasen sinken.

Auch Ferdinand konnte nicht verhehlen, bei den Gedanken an dieses ungelöste, große Problem einer für ihn vorschnellen Heirat wütend zu werden. Das Beste für eine ungezügelte, unüberwindbare Kampfkraft.

Doch sowohl Alexander als auch Gottlieb mit seiner bewunderungswürdigen Ausgeglichenheit vermochten dank ihrer Geschicklichkeit gut zu retournieren und waren kampferprobte, gleichwertige Gegner.

»Dieses Weib stachelt dich ungemein an«, schrie Alexander, »Du musst endlich mit ihr ins Reine kommen. Das kostet dich Kraft, mein Lieber, finde einen Weg, aber schnell, sonst hast du sie für immer verloren. Auch wenn ihre Liebe zu dir noch so groß sein mag, Ferdinand, auf ewig wird sie nicht warten«, mahnte er eindringlich seinen Freund.

»Du weißt«, erinnerte Gottlieb, »die Männerwelt liegt ihr zu Füßen.«

»Auch wenn sie im Moment nur Augen für dich zu haben scheint«, sprach Alexander, »Hüte dich davor, mein Freund, sie zu enttäuschen.«

Wieder wich er einem heftigen Stoß durch Ferdinands Waffe aus. Sowohl Alexander als auch Gottlieb standen dem wütenden Ferdinand gegenüber und routinierten mit heftigen Bewegungen seine Angriffe. Immer wieder griff er sie mit heftigen Attacken an.

Es war ein Schauspiel zunehmend reifer werdender Fechtkunst, was die drei hier boten.

»Ihre Rache wird gnadenlos sein, fürchte ich«, bemerkte Gottlieb und setzte seinerseits zu einem heftigen Angriff an.

Ferdinand holte tief Luft und holte zu einem weiteren Gegenstoß auf Gottlieb aus.

»Ich habe alles im Griff, Männer, nur das nicht. Ich kann mich dem nicht immer entziehen, das weiß ich, es muss dringend eine Lösung her.«

Er drehte sich geschickt um die eigene Achse, um nun einem Angriff von Alexander zu entgehen.

»Ich sehe ja, wie du leidest«, mischte sich Alexander mit atemloser Stimme wieder ein.

»Sie ist ein Weib und was für eins und halt anders und dazu unberechenbar. Ihren Gefühlen und ihrem Drängen scheint keiner gewachsen zu sein. Sie besitzt eine unbeschreibliche, fast magische Anziehungskraft. Sie hat triebhafte Urgewalten in sich«, vermochte sich Alexander gar nicht mehr zu beruhigen.

»Der Begriff Männerraubend trifft es auf den Punkt. Du bist Held und Opfer zugleich, Ferdinand. Hinzu kommt, dass die Familien argwöhnisch beobachten, wie du deinen Pflichten nachkommen wirst. Nichts zwischen euch wird mehr heimlich geschehen. Du bist Gefangener deiner Familiendynastie.«

Er senkte spontan seine Waffe und ließ Ferdinand und Gottlieb das Duell zu Ende führen.

»Du kennst sie ja«, flüsterte Gottlieb plötzlich und senkte ebenfalls sein Rapier.

Gleichzeitig wandte er sich an Alexander: »Komm, wir verschwinden, das müssen die beiden schließlich unter sich ausmachen.«

Ferdinand hatte sich zwischenzeitlich beruhigt, lächelte den beiden noch einmal zu, als sie mit einem Gruß das Übungsgelände verließen und in ihre Sättel stiegen, um Richtung Heimat zu reiten.

Er rief ihnen noch hinterher: »Ich bleibe doch noch hier, sonst mault Ceija wieder.«

Wie eine Schlange glitt Ceija heran, warf ihren süßen Kopf mit den langen Haaren keck nach hinten und schnurrte:

»Ferdinand, da bist du ja endlich, ich hatte solch eine Sehnsucht nach dir.«

»Hör mal, Ceija, wir müssen uns noch etwas Zeit lassen, ich muss ungestört mein Studium in Dillingen beginnen können. Setz mich bitte nicht so unter Druck.«

»Ferdinand, du freies Vögelchen, schwirr mir nicht immer davon, ich will dich und bekomme dich«, flüsterte sie.

»Wir sind kraft familiärem Ehebündnis einander versprochen und schicksalhaft füreinander bestimmt. Das weißt du, Ferdinand, ich möchte Kinder mit dir und das so schnell wie möglich. Ich möchte jung gebären und nicht als altes Weib.«

Sie drückte ihre spitzen, herrlichen Brüste wie drohende Pistolenläufe in sein Lederwams und schaute ihn aufreizend an.

»Du entkommst mir nicht mehr, mein Vögelchen«, gurrte sie und zog ihn mit ihren bereiten Armen eng an sich heran.

»Du willst doch nicht etwa bei meiner Familie in Ungnade fallen und dich ihrer Verfolgung aussetzen, ich warne dich.«

Wie unbeschreiblich schön sie doch ist, dachte Ferdinand bei sich, insbesondere, wenn sie sich so herrlich aufregte. Er hätte sie gern spontan ins Gebüsch gezogen.

Doch irgendetwas in ihm warnte ihn, ließ ihn zurückschrecken, mit solch einer Handlung, unverrückbare Zeichen zu setzen. Die Zeit war noch nicht reif, doch er war sich sicher, sie würde kommen.

»Sei vernünftig, mein süßes, uneinsichtiges Täubchen«, sprach er, deutete einen Kuss an und wandte sich seinem Pferd zu.

Er winkte ihr abschließend zu und ließ sie mit ihren unerfüllten Träumen allein. Im Blickwinkel sah er noch, wie sie sich missmutig umdrehte und beleidigt des Weges ging.

Ferdinand schaute sich trotzdem immer wieder auf dem Pferderücken um und spürte dieses intensive Sehnen in sich, das ihn tieftraurig werden ließ. Er hatte so viel unbändige Lust in sich gespürt, sie auf der Stelle zu beglücken, aber noch war er Herr seiner selbst und seine Handlungen von Vernunft beherrscht. Er ahnte, würde er mehr wollen, wäre er zweifelsohne für immer verloren. Sie würde ihn einfach wegfegen mit all seiner Männlichkeit, er wäre diesem fantastischen Weib für immer ausgeliefert. Er vermochte sich nichts Schöneres vorzustellen, aber irgendetwas hielt ihn zurück.

Gedankenverloren erreichte er das elterliche Wohnhaus, empfangen mit all dem kindlichen Lärm, den junge Geschwister so ausgelassen verbreiten können.

»Gib mir sofort den Suppenlöffel!«, schrie der jüngste Bruder empört.

»Hol ihn doch, hol ihn doch«, rief ein anderer.

»Wo hast du ihn versteckt?«, schaltete sich jetzt die Mutter ein.

»Hier habe ich ihn«, wurde er mit lautem Gekicher übergeben.

Als er in die Wohnstube trat, herrschte augenblicklich Ruhe.

Ferdinand spürte ihren Respekt vor dem Ältesten, der bereits so viel erreicht hatte, wie keines der Familienmitglieder vor ihm.

»Vater hat sich schon hingelegt«, empfing ihn die Mutter freundlich, »willst du was essen, mein Sohn?

Es ist noch etwas von der Gemüsesuppe da.«

»Ja, Mutter, schön, dass du an mich denkst«, erwiderte er dankbar und hocherfreut.

Er musste unbedingt auch mit der Mutter über Ceija reden, vielleicht wüsste sie eine patente Lösung. Die Kinder hatten zwar mit dem Lärmen aufgehört, doch nun spielten sie unter dem geräumigen Esstisch Verstecken. Immer wieder rannten sie sich gegenseitig um oder blieben bei Agnes an der Schürze hängen. Ferdinand sah dem bunten Treiben lächelnd zu. Ein Gespräch hier unter all den geschäftigen, wuselnden Kindern wäre keine gute Idee.

Er griff letztendlich lieber zum Laib Brot in der Mitte des Tisches und aß genüsslich die vorbereitete Gemüsesuppe. Er war mit sich und der Welt zufrieden, wäre da nicht dieses herrliche Weib, welches ihn fesselte, das er aber einfach nicht beherrschen konnte.

Die Nacht fiel bleiern über das Haus des Scharfrichters und die Tageshektik wurde abgelöst von Gedankenfülle und Müdigkeit.

V

Ceija liebte es im Grunde, wenn sie Romanos Dienste in Anspruch nehmen konnte. Nicht nur dass es ihm schmeichelte, er zeigte sich auch gern mit ihr.

Sie war eben nicht nur ein Blickfang für die Männerwelt, sondern auch eine charmante Plauderin, die alle Zuhörer, eben auch die weiblichen, in ihren Bann zog.

Auch wenn die Wahrsagerei nicht ihre Welt war, zog es sie auch immer wieder zur Mutter hin, die sich gern in ihrem Zelt am Rande des Marktplatzes zu Augsburg für sie Zeit nahm. Oft saßen sie dann plaudernd in einer Nische des Zeltes und tauschten sich über Neuigkeiten aus.

Das Verhältnis der beiden war sehr inniglich, war sie es doch gewesen, die Ceija und Ferdinand damals zusammengebracht hatte.

In einer seiner unruhigeren Stunden kurz vor Feierabend war der Henker bei ihr aufgetaucht. Er hatte sich von ihr aus der Hand lesen lassen. Es war zu der Zeit, als er noch nicht mit sich im Reinen war, ob er darauf bestehen sollte, ob Ferdinand als sein ältester Sohn seine Nachfolge antreten sollte oder nicht.

Lorena hatte sehr viel von ihm wissen wollen. Insbesondere erfuhr sie in wiederholten Sitzungen viel über seinen Sohn.

Ceija, die inzwischen zu einer blühenden, jungen Frau herangewachsen war, sollte ihrer Meinung nach nicht in der Familiendynastie heiraten. Sie sollte freier sein, ohne ihre stammes- und sippenrechtlichen Zwänge. Ihre Tochter war gebildet und schon sehr selbstständig. Das Bild eines werdenden Arztes, das ihr der Henker von Ferdinand malte, der bereits zu frühem Zeitpunkt seinen Berufswunsch seinem Vater gegenüber verteidigt hatte, schien Lorena sehr passend zu sein.

Umso mehr freute sie sich, wenn der Henker bei ihr vorbeischaute. Auch der Henker liebte diese Treffen, war sie doch eine höchstinteressante, weitgereiste Frau, deren Ratschläge sogar in höchsten Kreisen gefragt war.

Es gehörte schon zum Ritual, dass sie ihm von den Treffen mit Ceija, ihrer Tochter, berichtete, und sie sich anschließend entspannt in das Zelt der Wahrsagerin am Rande des Marktplatzes zurückzogen.

Wie oft hatte sie sich mit ihm in eine separate Zeltnische gesetzt, um ungestört plaudern zu können.

Der Henker rang sehr lange mit sich, ob er den Wunsch seines Sohnes nach der so anderen Berufswahl nachgeben sollte.

Lorena bestärkte ihn jedes Mal darin, Ferdinand freie Wahl zu lassen und seinem Wunsch nach einem Medizinstudium nachzugeben.

Geschickt hatte sie es verstanden, die Beratungsstunden von Kurzbesuchen ihrer Tochter unterbrechen zu lassen.

Es war ganz in ihrem Sinne, dass sich der Henker immer öfter mit ihrer wunderschönen Tochter austauschte und sehr viel Gefallen an ihr fand.

Oft genug lenkte sie das Gespräch dann auf die Zwänge der Familiendynastien, die sowohl ihre Verwandten der Zigeunersippe betrafen als auch die Mitglieder der Henkerdynastien. Es war doch so verdammt ähnlich. Frei waren sie bei Gott nicht mehr.

So kam es nicht von ungefähr, dass der Henker, angeregt durch ihre schöne Tochter, sich immer mehr für ihre Sippschaft interessierte. Wie oft hatte sie ihm erzählt, dass ihre Sippe, obwohl längst sesshaft geworden, immer noch ausgegrenzt wurde.

»Wir sind und bleiben die Ausgestoßenen der Welt« hatte sie empört ausgerufen. Seit Jahrzehnten gedemütigt, verjagt, in die Armut und Kriminalität gedrängt. Man nennt uns Heiden oder fahrendes Volk, Heimatlose für immer und überall geächtet.«

In dem Scharfrichter hatte sie den besten Zuhörer für solche Gedankengänge gefunden, da er in seiner Stellung als Henker ebenfalls ausgeschlossen und als nicht gesellschaftsfähig angesehen wurde. Lorena hatte ihm erzählt, dass sie ursprünglich aus Nordindien ausgewandert seien und im 13. Jahrhundert, soweit man den Erzählungen und Urkunden trauen konnte, in das oströmische Reich und in die Balkanländer eingewandert seien. Der Henker erinnerte sich, dass Ferdinand ihm gegenüber mal erwähnt hatte, dass norddeutsche Stadtchroniken, wie einst von Tataren berichtet,

Zigeuner als Gaukler auf den Marktplätzen aufgetreten waren. Bekannte historische Texte in diesem Zusammenhang hätten sie als fremdartiges Volk mit dunkler Haut, exotischer Kleidung und unbekannter Sprache geschildert. Ja, einer der Chronisten hätte sie sogar als schwarzes, wüstes und unflätiges Volk gezeichnet, was besonders gern stehle, wie ein Hund lebe und über keine Religion verfüge, obwohl es seine Kinder unter Christen taufen ließe.

Und dazu hatte Lorena damals in ihrem Gespräch vollendet, »leichtsinnig, treulos, furchtsam, der Gewalt gegenüber kriechend, dabei rachsüchtig, im höchsten Grade zynisch, und da, wo sie meinen, es wagen zu können, anmaßend und unverschämt.«

Lorena hatte dem Scharfrichter klar gemacht, dass ihr Volk eine unerträgliche Geschichte voller Verfolgung und Demütigung durchgemacht habe.

Der Scharfrichter hatte sich immer mehr auf diese Geschichte eingelassen und nutzte jede Gelegenheit zu ausführlichen Gesprächen.

Lorena berichtete, dass bereits in Basel der Reichstag schon frühzeitig beschlossen, hatte, dass die Zigeuner aus den Landen teutscher Nation entfernt werden sollten, und hatte sie sogar für vogelfrei erklärt, weil man geglaubt hatte, die exotischen Fremdlinge hätten für die Türken Spionage betrieben.

Dem Scharfrichter war sehr schnell klar geworden, dass er es mit einer besonderen Art von Menschen zu tun hatte, die ein ähnliches Schicksal mit seiner Zunft zu teilen hatte.

Je mehr er sich auf Lorena und seine Tochter eingelassen hatte, wuchs in ihm der Gedanke, seinen Sohn mit dieser Blüte von Frau zusammenkommen zu lassen.

Als Lorena bei einer ihrer letzten Sitzung berichtet hatte, dass selbst in Frankreich »Anti-Zigeuner-Dekrete« erlassen worden waren, sie verbannt, und Zurückkehrende sogar mit Prügelstrafen belegt worden waren und ihre männlichen Mitglieder sogar verhaftet und ohne Prozess auf die Galeeren geschickt wurden, hatte der Scharfrichter ausgerufen: »Wie zynisch und erbärmlich ist diese Welt!«

Lorena hatte verzweifelt erwidert:

»Mehr als zweihundert Jahre gibt es in Europa Verfolgung und Verbrechen. Wir waren und sind offenen Gewaltausbrüchen der Völker ausgesetzt, fast keinen Zugang zu Bildung, Arbeit und sozialen Diensten. Ein Wunder, dass es unsere Sippe durch ihre Sesshaftigkeit geschafft hat, auch der Scharfrichterdynastie anzugehören, aber eben einer Berufssparte, die auch wenig Ansehen in der Gesellschaft genießt. Der Zustand dieser Region im Dreißigjährigen Krieg gab uns damals die große Chance. Viele von uns schlossen sich den Söldnertruppen an, deren Handwerk und Lebensweise unserer Tradition sehr nahekam. Nicht wenige von uns sind damals zu Ansehen und Wohlstand gekommen, so erging es eben auch herausragenden Mitgliedern unserer Sippe.«

»Es ist, wie es ist«, hatte der Henker gesagt und ihr die Hand gereicht: »Machen wir das Beste daraus, meine liebe Lorena. Mein Sohn soll deine Tochter ehelichen. Bleib gesund, bis zum nächsten Mal und pass auf dein Mädchen auf.«

Der Scharfrichter hatte nach Absprache mit Lorena sich einige Tage vorher von seinem Sohn Ferdinand abholen lassen, da sein Pferd angeblich ein Hufeisen verloren hatte. Es war kein Zufall gewesen, dass Ceija im Wahrsagerzelt ihrer Mutter zugegen war und sich der völlig überraschte Ferdinand Hals über Kopf in sie verliebte.

Lorenas innerlichster Wunsch hätte sich damit fast verwirklicht, dass ihre Ceija mit einem deutschen Mediziner die Chance haben würde, mehr Ansehen und Respekt in ihre Familie zu bringen.

VI

Der Scharfrichter saß in seinem Turm und wartete auf das Eintreffen der Henkersknechte mit dem Leichnam des Verurteilten. Er saß wie gewohnt auf seinem Holzschemel und beschäftigte sich mit dem Schärfen seines Zweihandschwertes. Durch die halb offene Kerkertür schlüpften drei Körper, die sich eilends im halbdunklen Raum verteilten. Ferdinand hatte mal wieder seine Studienkollegen mitgebracht, um am offenen Objekt ihre wissenschaftlichen Erkenntnisse als angehende Mediziner zu vertiefen. Jeder hatte seinen festen Platz und jeder eine spezielle Aufgabe. Alexander stand bereit, sein Berichtsbuch weiterzuführen, welches inzwischen voller Skizzen war, die sich zeitgenau mit der Anatomie des menschlichen Körpers befassten.

»Was haben wir den dieses Mal für einen Delinquenten vor uns?«, richtete Alexander neugierig seine Frage an den Henker.

»Ihr werdet es nicht glauben bei der Thematik unserer letzten Sitzungen. Es ist ein Giftmörder, der sein Weib umgebracht hatte, weil sie mit seinem Bruder fremdgegangen war.«

»Bevor wir gleich unsere Arbeit aufnehmen«, ließ sich Gottlieb vernehmen, »noch etwas Wissenswertes gerade zum Thema Gift. Ich habe gelesen und das stelle ich hier wieder zur Diskussion, dass nach den diversen Giftversuchen in Prag auch in Clermont am Hofe König

Charles IX. ein vornehmer Mann einen aus Spanien eingeführten Bezoarstein mitgebracht hatte, mit der Behauptung, das sei ein universelles Gegenmittel gegen alle Gifte. Dies kann bezweifelt werden, da Gifte bekanntermaßen in unterschiedlichster Weise ihre Wirkung entfalten. Auch dort wurde vorgeschlagen, dass an einem zum Tode verurteilten Verbrecher zu prüfen. Der König stimmte sofort zu. Ein Koch, der im Dienst Silberschalen gestohlen hatte und deshalb hingerichtet werden sollte, war sofort einverstanden. Denn die Chance zu überleben und das Leben geschenkt zu bekommen, gefiel ihm gut.«

»Warum nicht?«, warf Alexander ein.

Inzwischen hatte Ferdinand das Sezierbesteck ausgebreitet. Heute wollte man den Brustkorb öffnen, um sich Herz und Lunge genauer anzusehen.

Alexander griff als Erster zum Skalpell und öffnete vorsichtig die Bauchdecke.

»Ein Apotheker«, führte Gottlieb währenddessen weiter aus, gab ihm Quecksilbersublimat, wie es hieß, und abschließend Bezoar. Der Mann erbrach sich und klagte, dass sein Körper wie Feuer brenne. Dann kroch er mit hängender Zunge aus dem Mund auf allen Vieren, mit kaltem Schweiß bedeckt. Man gab ihm Öl zu trinken, doch es war zu spät. Nach sieben Stunden qualvollen Leidens und Schreiens war der Mann tot. Als die dortige medizinische Fakultät dem ausprobierenden Arzt vorwarf, er habe dadurch das Ansehen des mittlerweile verstorbenen Königs geschädigt, rechtfertigte er den Versuch mit der Sorge um das Wohl des Königs im Falle eines Giftanschlages. Nur ein wirkliches Gegengift würde ja helfen, so behauptete er.«

Ferdinand mischte sich ein:

»Es gibt eine Vielzahl von Beispielen in der Geschichte, was das zum Teil skrupellose Vorgehen mit Gegengift angeht. So hat es auch in deutschen Landen entsprechende Versuchsansätze gegeben. In den 1570er- Jahren prägte jemand Pillen, sogar mit seinen Initialen versehen, die er aus einem von ihm wohl in Schlesien gefundenen Terra Sigillata gefertigt hatte. Auch das wurde von ihm als wahres Arkanum gegen allerlei Gifte und Krankheiten gepriesen, wirksamer noch als Bezoar oder die aus dem Orient später eingeführte Terra Sigillata. Er schlug zunächst wohl erfolglos einen Tierversuch bei dem Basler Collegium medicum vor. Bald darauf wurde das Mittel aber in Jülich und am Kassler Schloss an fünf Hundepaaren geprüft, von dem jeweils eines nur das Gift und der andere dazu auch die Terra Sigillata bekam.

»Unglaublich« rief Gottlieb aufgebracht dazwischen.

Zwischenzeitlich hatte auch er sich über den Leichnam gebeugt, um sachgerechte Griffe im Bauchraum durchzuführen.

»Das Ergebnis«, führte Ferdinand weiter aus, »war aber überzeugend. Alle fünf Hunde, die das Gegengift bekommen hatten, überlebten, von den anderen fünf dagegen nur einer.«

»Nur kurz darauf«, unterbrach Alexander, »ließ Wolfgang von Hohenlohe in Langenberg einem von ihm selbst ausgestellten und von Berthold 1583 veröffentlichten Testinium zu folge das Gegengift an einem Dieb, einem Wandel Thumblardt prüfen. Angeblich geschah das auf ausdrückliches Bitten des zum Tode am Galgen Verurteilten und mit dem Versprechen auf Begnadigung, sollte er überleben. In Gegenwart des Grafen Wolfgang und seines Neffen Georg Friedrich sowie des ganzen Hofstaates erhielt er eine halbe Drachme Quecksilbersublimat und anschließend eine Drachme Terra Sigillata.«

»Was geschah dann?«, fragte Gottlieb neugierig und legte sorgsam das Skalpell aus der Hand.

»Nach dem Resümee des gräflichen Leibarztes Georg Pistorius und eines Apothekers, namens Johannes Lutzen, die ihn begleitet hatten«, fuhr Alex fort, »verursachte das Gift zwar heftigste Beschwerden, wurde aber am Ende durch die Terra Sigillata überwunden.«

Er hob dabei langsam die Bauchdecke an, um Herz und Lunge zu entnehmen und darauf zu platzieren.

»Ja«, meinte Ferdinand nachdenklich, »das sind Einzelfälle.«

Im Übrigen haben die Mediziner, die sich gerade auf die von dir geschilderten Versuche bezogen und sich mit den tödlichen Medikamentenversuchen an Menschen ethisch auseinandergesetzt haben, festgestellt, dass die Vorkommnisse allesamt wohl fehlerhaft zitiert worden sind.«

Gottlieb argumentierte:

»Es gibt eben tiefgreifende und entscheidende Auffassungen über die Verfügbarkeit menschlichen Lebens und das Recht, das Leben von Menschen für die medizinische Forschung zu opfern. Obwohl religiös geprägt, lehnen wir drei das alle ab, oder hat sich an eurer Einstellung zwischenzeitlich etwas geändert?«

»Nein«, sprachen Alex und Ferdinand wie mit einer Stimme:

»Keiner von uns ist dafür, genau wie die dort beteiligten Mediziner solche Menschenversuche grundsätzlich abgelehnt haben.«

Zwischenzeitlich hatte Alexander begonnen, die entnommen Organe nach genauer Inspizierung in seinem Berichtsbuch zu skizieren.

Ferdinand beobachtete ihn höchst interessiert dabei und führte weiter aus:

»Die Betroffenen als auch ihre Familien, so liest man, hätten sogar ausdrücklich darum gebeten, denn selbst für den Fall des Sterbens, hätten alle Gefangenen diesen Tod gegenüber dem entehrenden Tod einer öffentlichen Hinrichtung am Galgen vorgezogen.«

Gottlieb unterbrach jetzt energisch:

»Fast alle beteiligten Mediziner hatten gesagt, der Eid verbiete es nicht, einem zum Tode verurteilten Gift zu geben, wenn es dem Ziel diene, später anderen helfen zu können.«

»Es gibt immer wieder derartige fadenscheinige Erklärungsversuche«, bemerkte Alexander.

Der Scharfrichter, der sich bis dahin mit Schärfungsarbeiten an seinem Henkerbeil befasst und sich vornehm zurückgehalten hatte, um die Studierten nicht zu stören, resümierte:

»Ihr seht aber, bei all den erwähnten Fällen hat es die ausdrückliche Billigung oder gar eine entsprechende Anordnung des Fürsten benötigt. Denn sie allein sind die legitimen Herren über Leben und Tod. Dieses Recht wird hier wohl keiner ernsthaft bestreiten?«

Gottlieb schnaufte:

»Aus Sicht der Ärzte hatten doch alle dieser Bestraften ihr Leben bereits verwirkt. Sie hatten doch mit dem Tod nichts mehr zu tun.«

Ferdinand ergänzte: »Es gab den berüchtigten A-raton Gabrielle Fallopio, der seinen Paduaner Studenten in den 1550er- Jahren ohne Scham erzählte, es habe zu Tode verurteilte Männer gegeben, denen mit der Erlaubnis des Fürsten eine tödliche Dosis Opium verabreicht wurde, um für seine Sektionen Leichen von bestmöglicher Qualität zu erhalten.«

»Das ist doch nicht zu glauben«, schüttelte Alexander seinen Kopf. »Es muss doch jedermann klar sein:

»Die Giftversuche eröffneten diesen Menschen eine letzte Möglichkeit, ihren Kopf noch zu retten.«

»Bezeichnend«, bemerkte Ferdinand, »ist doch die Tatsache, dass nach all diesen Schilderungen jeder forschende Mediziner selbst Hand angelegt hatte, dieses aber in den eigenen Veröffentlichungen unisono dem Henker zugeschrieben haben.«

Gottlieb fügte an:

»Sie sind doch nur von der Angst getrieben gewesen, man werde die Hingabe von tödlichem Gift mit der zutiefst entehrenden Tätigkeit des Henkers gleichsetzen.«

»Das ist doch nicht zu fassen«, mischte sich jetzt der Scharfrichter ein. Er schüttelte immer wieder seinen Kopf und hustete dabei aufgeregt.

Auf ein Zeichen von Ferdinand räumten sie gemeinsam die medizinischen Instrumente beiseite und schlossen die Arbeiten am Leichnam ab.

Wie bestellt, polterten plötzlich laut ächzend die Henkersknechte in den Kerker, ergriffen den Leichnam des Geköpften und legten ihn ab, wie immer.

Sie verließen, wie befohlen, sofort den dunklen Raum, damit sie ja nicht mitbekamen, dass die drei angehenden Mediziner daran ihre Forschungen betrieben hatten.

Sowohl das Fechten als auch die Sitzungen waren für die drei Studiosi über Jahre ein fester Bestandteil ihres wissenschaftlichen Lebens geworden.

Der Scharfrichter seinerseits liebte diese Exkursionen als wohltuende Unterbrechung seines blutrünstigen Berufslebens.

Nicht nur, dass er wissensmäßig davon profitierte, so war seine Zeit doch viel aufgelockerter und unterhaltsamer als üblicherweise das Leben eines Scharfrichters in der beängstigenden Dunkelheit eines Kerkerkellers.

Oft trafen sich die jungen Männer neben den Fecht-übungen auch in den Wäldern rund um Augsburg. Das Haus des Henkers, welches traditionsgemäß immer am Rande einer Stadt zu finden war, galt als Ausgangpunkt so manchen Reitwettbewerbs.

Hier versammelten sie sich, um in kürzester Zeit den Weg nach Dillingen in ihre auserwählte Universitäts-stadt zu reiten.

Die Entfernung betrug ungefähr einen Tagesritt, und zwar ohne Gepäck und bei gutem Gelände.

Sie waren erpicht darauf, die bestmögliche Strecke für sich zu suchen, um auch einschätzen zu können, wie lange sie brauchen würden, um im Notfall nach Hause zu kommen.

Ferdinand machte sich immer wieder einen Spaß da-raus, im gestreckten Galopp über Felder und Wiesen zu fliegen. Es gab kein schöneres Gefühl von Freiheit. Ihre Körper wurden eins mit den Leibern der Pferde, die die gleiche ausgelassene Freude an diesen Unternehmun-gen zu haben schienen.

Die Reiter achteten streng darauf, dass die nötigen Ruhepausen eingelegt wurden.

An diesem Tag war Gottlieb mit dem Füttern dran:

»Steigt ab, Jungs, damit die Pferde mit ausreichen-dem Futter und Wasser versorgt werden können.«

Wenn sie dann nach langem Ritt endlich die Donau in Dillingen erreichten, traf es meist Ferdinand, der mit den Pferden am langen Zügel an den flachen Stellen im

Wasser stehen musste, um die Fesseln der Pferde abzukühlen. Er pflegte dann auszurufen:

»Immer dasselbe, die langweilige Scheißarbeit bleibt immer an mir kleben!«

Gottlieb und Alexander liebten es, währenddessen in den Fluten der Donau herumzutollen. Das ärgerte Ferdinand immer aufs Neue, der ihnen zurief:

»Ich höre genau euer Prusten und Lachen, taucht ab ins Wasser und gebt wenigstens Ruh, bis auch ich fertig bin.«

Es gab dort romantische Wiesen, die Ruhe und Abgeschiedenheit zuließen, wo man unter sich sein konnte und mit Gott und der Welt zufrieden.

Wenn es dann ab und zu spät wurde und die Sonne rotglühend über der Wasseroberfläche der blauen Donau untergegangen war, gab es Zeit für ein Lagerfeuer und für Männergesänge. Gottlieb kommentierte dann meistens:

»Es öffnet mir jedes Mal das Herz, in trauter Runde von interessanten Geschehnissen unserer kleinen Welt zu berichten und manchmal sogar, wenn es die Temperatur zulässt, am Rande der Glut einzunicken.«

Das hatte Ferdinand auch oft mit seinem Vater gemacht, der sich neben seiner Frau Agnes intensiv mit der Erziehung seiner Kinder beschäftigte, solange seine beruflichen Verpflichtungen dazu Zeit ließen. Ferdinand war wohl sein Lieblingssohn, das spürte er immer wieder, vielleicht lag es ja auch nur daran, weil er der Älteste war.

Sein Vater hatte sich aber auch schon in seiner Kindheit darum bemüht, ihm Bildung nahe zu bringen und stellte ihm so früh wie möglich entsprechende Erzieher an seine Seite. Dazu stellte der Scharfrichter gezielt finanzielle Mittel zur Verfügung. Ferdinand machte das irgendwie stolz, weil er so bereits früh Anerkennung fand und im Familienkreis eine besondere Stellung genoss. Der Vater, so war seine Erklärung, hatte wohl sehr frühzeitig gespürt, dass er das Zeug zu etwas Höherem hatte, das heißt zu einer akademischen Ausbildung.

So war es mit der Zeit selbstverständlich geworden, dass der Vater ihn für besondere Aufgaben abstellte oder ihn gar um Rat fragte, wenn er sich überfordert fühlte. Das betraf insbesondere sowohl berufliche Dinge, die mit den Regeln seines Amtes zu tun hatten, als auch wirtschaftliche Entscheidungen, wie die Anschaffung von bestimmten Gerätschaften oder von Gebrauchs- und Zuchttieren. Das wiederum beschleunigte Ferdinands Erwachsenwerden und stärkte gleichzeitig sein Selbstwertgefühl. Seine Beziehung zum Vater war dadurch von besonderem Vertrauen und Nähe geprägt. Er wuchs als junger, emporstrebender Mann auf, der sich eben für höhere Aufgaben gerüstet fand und deshalb auch sehr früh schon Verantwortung übernahm. Er wollte den Vater nicht enttäuschen, der den Drang des Sohnes unterstützte, sich von der Ächtung des Scharfrichterstandes wegzubewegen hin zu einer anderen, besseren gesellschaftlichen Stellung.

Er sollte all das an Anerkennung durch das Volk erwerben, was der Vater Zeit seines Lebens durch das Amt des Scharfrichters nie erzielen konnte. Auch dieser untergründige Ehrgeiz des Vaters war Ferdinand nicht verborgen geblieben. Er fand das persönlich absolut in Ordnung, sodass er sich bei all seinem Tun darauf konzentrierte, den Vater nicht zu enttäuschen. Das war ihm ausgesprochen wichtig.

Er nahm sich immer wieder Zeit, den Vater über die Entwicklung der Welt zu unterrichten, gerade über die Dinge und Hintergründe, die er aufgrund der neuartigen Nachrichtenmöglichkeiten und wissenschaftlichen Studien erfahren durfte und dem Vater aufgrund seines Bildungsstandes ansonsten verschlossen geblieben wäre.

Die Welt der drei jungen Männer schien erträglich, wunderbar geregelt und gefühlt behütet. Das Studium kam allen vor wie die Abrundung ihrer Lebensplanung. Sie freuten sich mit der ganzen jugendlichen Energie darauf, dem Berufsziel eines praktizierenden Arztes immer näher zu kommen.

So vergingen etliche Jahre.

Der Henker verrichtete sein schreckliches Werk nach wie vor und die Studenten vermehrten in jeder geheimen Sitzung ihr spezielles Wissen. Sie glänzten mit ihren Fähigkeiten an ihrer Fakultät und keinem ihrer Mitstudenten war so recht erklärlich, woher dieses Spezialwissen in Körperkunde bzw. Anatomie stammte.

Ferdinand war zweiundzwanzig geworden und stand kurz vor dem Studienabschluss als Mediziner. Seine beiden Freunde ebenso.

Ihr Ehrgeiz war um keinen Deut geringer als der von Ferdinand.

Sie trafen sich immer noch regelmäßig, aber in zeitlich größeren Abständen, im Kerkerkeller und bei diversen Fechtstunden am Waldeck. Das Sezieren von Leichen war Diskussionsrunden gewichen, da sie inzwischen über das nötige Wissen verfügten. Sie hatten sich entschieden, nach ihrem erwarteten Abschluss beruflich getrennte Wege zu gehen und in unterschiedlichen Regionen den Berufsangeboten folgend zu praktizieren.

Der Bedarf an guten Ärzten nahm ständig zu.

Aber sie hatten sich auf ewig nahen Kontakt versprochen, so dass jeder davon ausging, sich immer noch häufig und regelmäßig zu sehen. Sie wollten, auch in Notfällen, nach wie vor füreinander da sein.

VII

Eines Tages, als die drei kurz vor den Abschlussprüfungen im Vorlesesaal saßen, wurde heftig die Tür aufgerissen und gleich darauf wieder geschlossen.

Der Professor, der sich arg gestört fühlte, unterbrach und ging eiligen Schrittes mit grummelnden Worten zur Tür.

Eine außergewöhnliche schöne Frau in einem eng geschnittenen Reiterkostüm stand vor ihm und sagte mit einem Blick, der Männer dahinschmelzen ließ:

»Bitte, Herr Professor, entschuldigt die Störung, aber könntet Ihr für mich Ihren Studenten Ferdinand herausholen, den ich in einer dringenden Familienangelegenheit sprechen müsste?«

Der Professor hatte gar keine Chance, sich zu verweigern, als er in die brennenden Augen, dieser feurigen Frau blickte.

»Selbstverständlich«, flötete er, »ich hole ihn sofort aus dem Saal.«

Ferdinand, der aufgrund dieser ungewöhnlichen Störung aufmerksam geworden war, hörte, wie der Professor rief:

»Ferdinand, vor der Tür wartet eine sehr elegante Dame, die euch dringend in einer Familienangelegenheit sprechen möchte.«

Alexander und Gottlieb zischten belustigt in seine Richtung: »Das kann nur Ceija sein, dieses Teufelsweib.«

Ferdinand erhob sich mit hochrotem Kopf und eilte mit fliegenden Röcken zur Tür.

Als er sie mit einem heftigen Ruck hinter sich schloss, sah er in das lächelnde Gesicht seiner Angebeteten Ceija.

»Ja, bist du denn jetzt total verrückt geworden, mich selbst während meiner Vorlesung zu stören?«

Sie lächelte wiederum in dieser ihr eigenen, aufreizenden Art und flüsterte:

»Ferdinand, du bist jetzt kurz vor dem Abschluss, ich bin entschlossen, mir hier vor Ort in Dillingen ein Hochzeitskleid auszusuchen. Ich dulde keinen Aufschub mehr.«

Ferdinand wurde blass und kurz danach rot vor Wut.

»Ceija«, brüllte er fassungslos. Ich heirate, wenn ich bereit dazu bin. Ich habe meine kräftezehrenden Prüfungen vor mir, und du platzt hier einfach rein. Ich fasse es nicht.«

Ceija warf ihren Kopf nach hinten, ihre Augen glühten, als sie aufbegehrte:

»Mein Vater hat gesagt, wenn du dich nicht jetzt entscheidest, wird es für dich und deine Familie Probleme geben. Der Clan wartet auf deine Entscheidung.«

Ferdinand schüttelte den Kopf und rief wie von Sinnen:

»Ich lasse mich nicht erpressen, weder von dir noch von deiner Familie, hast du das verstanden? Drohend machte er einen Schritt auf sie zu, doch dann wendete er sich abrupt ab, öffnete die schwere Tür des Vorlesesaals und verschwand.

Einige Wochen später saßen die drei Freunde in einer wunderbaren Sommernacht in einem bekannten Biergarten, einem Studententreff, und ließen das Bier in Strömen laufen.

Sie hatten in den letzten Wochen während der Abschlussprüfungen so viel entbehrt. Sie waren schon lange in Kneipen und Gassen der Universitätsstadt nicht mehr gesehen worden, da sie büffelnd in ihren Studentenkammern beschäftigt gewesen waren. Die Abschlussprüfungen wurden von allen dreien erfolgreich beendet, sodass sie bald die Abschlussurkunden in ihren Händen halten durften. Sie waren gewillt, ihr medizinisch erworbenes Wissen so bald wie möglich leidenden Menschen angedeihen zu lassen.

Nur ein Mensch verstand das nicht.

Ceija!

Sie war mit immer geringer werdenden Unterbrechungen in Dillingen aufgetaucht, um irgendwo ihren Geliebten aufzuspüren. Selbst der Vorlesesaal war kein Hindernis für sie gewesen.

Diese junge Frau war so weit, das Versprechen endlich einzulösen. Der Abschluss war geschafft. Die von Ferdinand selbst gesetzte Bedingung bald erfüllt. Es war an der Zeit, die Gründung einer funktionierenden Familie anzugehen. Ceija war bereit, hübsch und feurig. Sie wollte, wie erträumt, endlich Kinder haben und keine Spätgebärende sein. Die vielen Kindbettopfer spielten für Ceija keine Rolle.

Auch nach Verbesserung der Lebensverhältnisse, die nach dem Ende des Dreißigjährigen Krieges 1648 eingetreten waren, blieb die Sterblichkeit in Europa enorm hoch. Das lag in erster Linie an der fehlenden Hygiene, die unter anderem für eine hohe Sterblichkeit bei den Säuglingen sorgte. Wer die ersten Jahre überlebte, konnte allerdings hoffen, eines Tages eine Familie zu gründen und noch das Heranwachsen seiner Kinder zu erleben. Es gehörte zum Lebensgefühl der Menschen, dass ein schweres Fieber oder ein Infekt unverzüglich als Anzeichen einer womöglich tödlichen Krankheit angesehen wurde. Man wusste ja kaum, welche Krankheiten tatsächlich tödlich waren. Sowohl die Tuberkulose war ein erhebliches Problem als auch das Kindbett mit seinen Infektionen für die gebärende Frau.

Doch Ceija sah das völlig anders und rein pragmatisch.

Sie hatte doch jetzt einen angehenden Arzt an ihrer Seite, da konnte einfach nichts mehr schiefgehen. Ihr baldiger Ehemann war Student einer angesehenen Universität gewesen und hatte jetzt seinen Abschluss.

Die Universitäten gewannen zunehmend an Bedeutung. Es waren Orte an denen Karrieren vergeben wurden. Der angehende Nachwuchs aus bürgerlichen

Familien pflegte an den modischen Universitäten in Jena, Halle und Leipzig zu studieren, mit der Aussicht, von dort aus Positionen in der Stadt, dem Staat oder in einer Pfarrei zu erlangen.

Ceijas Geduld war zwischenzeitlich zu Ende gegangen. Es musste jetzt endlich etwas passieren. Sie hatte lang genug gewartet. Ferdinand sollte sich endlich bekennen.

Sie wusste, an diesem Abend trafen sich die drei in einer stadtbekannten Studentenkneipe mit Biergarten, um ihren gelungenen Abschluss zu feiern, nach all den nervigen Prüfungsterminen.

Sie machte sich mit der Mietkutsche nach dorthin auf, um auf ihr Recht zu pochen. Als sie den Kutscher auf dem Bock bezahlt und verabschiedet hatte, ging sie schnurstracks auf die ihr schon hinlänglich bekannte Lokalität zu.

Normal wagte sich kein Weib um diese Zeit ohne männliche Begleitung auf die Straße, doch bei Ceija war alles anders. Sie kannte keine Furcht, nicht vor Tod und Teufel, vor Menschen erst recht nicht.

In dem Gedränge einer munteren Kneipengesellschaft angekommen, übersah sie sofort den Ort des Geschehens. Dort hinten in der Ecke des gemütlichen Biergartens saßen die drei inniglich in eine Diskussion vertieft.

Doch Ceija zog es in eine andere Nische der Gastwirtschaft. Unbemerkt trank sie sich mit heftigen Schlucken aus einem Bierkrug Mut an. Sie hatte einen Plan im

Kopf. Ceija beabsichtigte, sich bewusst an einen Tisch zu setzen, wo sie ihren Cousin Romano gesehen hatte, den sie wie so oft für ihr Spielchen benutzen wollte. Ferdinand hatte sich bis dato noch nie für angehende Familienmitglieder interessiert. Es reichten ein paar wenige Schlucke des köstlichen Bieres, um Ceija in Stimmung zu bringen.

Mit entschlossenem Blick fixierte sie den Tisch, an dem ihr Cousin in eine muntere Plauderei vertieft war. Sie wusste ihren hübschen, fraulichen Körper einzusetzen, obwohl der Einfluss des Alkohols spürbar war. Ihre weiblichen Reize waren unübersehbar. Sie baute sich, am Tisch angekommen, vor ihrem Cousin auf und sprach mit lauter, unüberhörbarer Stimme: »Darf ich mich vielleicht in diesen lauschigen, warmen Abendstunden noch ein wenig an Ihren Tisch setzen, meine Herren? Die amüsante Ablenkung würde mir so guttun.«

Romano blickte erschrocken hoch, ob dieser ungewöhnlich aufreizenden Ansprache.

Seine Augen wurden schmal, der Kopf lief rot an, als er seine wunderschöne Verwandte sah. Er ahnte sofort, jetzt würde es Ärger geben. Unsicher schaute er sich um.

Nicht nur die jungen Männer am Tisch des Cousins wurden unruhig, sondern alle Gäste, die an den Nachbartischen plötzlich ihre Gesprächsrunden unterbrochen hatten.

Romano versuchte sichtbar seinen Schrecken zu verbergen und räusperte sich artig: »Wenn es Ihnen gefällt, gnädigstes Fräulein, setzen Sie sich ruhig zu uns, beglücken Sie uns mit Ihrer Gegenwart.«

Gottlieb und Alexander hatten frühzeitig die Gefahr erkannt. Wussten sie doch nur zu gut, dass Ceija zu allem fähig war, wenn sie sich etwas in ihr hübsches Köpfchen gesetzt hatte.

Ferdinand bemerkte erst spät, dass das Gemurmel der Gäste zum Erliegen gekommen war.

Die Stimme da, die an sein Ohr drang, kannte er doch.

Ceija, schoss es ihm schlagartig durch den Kopf. Konnte es sein, dass sie noch zu so später Stunde unter all diesen halb angetrunkenen Männern dort an dem Tisch stand? Ferdinand zweifelte an seinem Verstand. Er bemerkte, wie sie sich in bewusst aufreizender Pose an den Tisch voller junger Männer setzte und ihn mit offensivem kriegerischem Blick fixierte.

»Es ist ausgesprochen angenehm bei Ihnen«, hörte er sie flöten.

Wie ein scharfer Messerstich fuhr es ihm in die Eingeweide.

Zwar kannte er das Wort Eifersucht, doch derartige Szenen hatte er bis dahin noch nicht erlebt. Ceija hatte ihn zwar oft mit ihren aggressiven Anwürfen zur Weißglut getrieben, aber in Gegenwart von Fremden hatte es noch keinen Vorfall gegeben.

Hier in aller Öffentlichkeit unter den Augen seiner besten Freunde hatte es eine neue Qualität. Das machte ihn sprachlos. Er beobachtete, wie sie keck ihr Köpfchen verdrehte und forsch auf einen bestimmten jungen Mann, direkt neben ihr, einredete.

Gottlieb war der Erste, der zu einer Reaktion fähig war. Diese Situation, ahnte er, war für alle Beteiligten völlig neu.

Würde Ferdinand Ruhe bewahren? Er konnte in manchen Situationen ein Hitzkopf sein.

Aber das hier war etwas ganz anderes.

Er griff mahnend ein:

»Ferdinand, mein Freund, bleib jetzt bitte ganz ruhig, sie will dich nur provozieren.«

Ihre kohlschwarzen Augen starrten auf Ferdinand, keck hob sie den Kopf in seine Richtung.

Doch bevor Ferdinand fähig war, zu reagieren, sprang plötzlich Alexander auf und schrie:

»Lass sie in Ruhe, du Mistkerl.«

Ohne zu zögern, stürmte er zum Nachbartisch.

»Musst du denn hier so einen Aufstand machen, Ceija?«, rief er betroffen. Er baute sich vor den Herrschaften bedrohlich auf und fuchtelte mit wehenden Rockschößen und wedelnden Armen vor Ceija und ihrem direkten Nachbarn hin und her. Er schien wie von Sinnen zu sein.

Dann griff seine Hand unmittelbar zum Rapier und er brüllte:

»Troll dich, du armer Tropf, sonst schlag ich dir den Kopf vom Rumpf, lass dieses Fräulein in Ruhe!«

Der Cousin begriff unmittelbar, dass diese Situation blutiger Ernst war.

Er sprang ebenfalls auf, sicherte sich nach hinten ab und zog seine Waffe. Er war selbst ein Draufgänger und Hitzkopf, hatte er doch auch heißes Zigeunerblut in sich, wie seine unberechenbare Verwandtschaft.

Die Gäste des bis dahin so friedlichen Gastgartens stoben aufgeregt auseinander. Gläser kippten von den Tischen, Stühle fielen krachend ringsherum in die Büsche.

Die Klingen ihrer Waffen schlugen heftig gegeneinander. Funken stoben umher, als sie sich heftig kreuzten.

Immer wieder stieß Alexander in Richtung Romano, der sich geschickt zu wehren verstand.

Er sprang auf den nächsten in seiner direkten Nähe befindlichen Tisch und versuchte nun von oben, Alexanders enge Abwehr zu durchbrechen. Die Gäste stoben immer weiter und ängstlicher auseinander, weil der Kampf der Streithähne zunehmend heftiger wurde.

Ferdinand und Gottlieb wussten aufgrund ihrer Erfahrung, der Zigeunerjunge würde gegen ihren ausgebildeten, durchtrainierten Freund keine Chance haben.

Sie begriffen plötzlich sehr schnell und stellten sich mit ihren Waffen zwischen die wütenden Kampfhähne.

»Schluss jetzt!«, riefen sie mit einer Stimme.

»Morgen früh, am Räuberwald«, zischte der entfesselte Alexander noch voll in Rage.

»Um fünf Uhr vor Ort, sei ja pünktlich, sonst hol ich dich.«

Sein Gesicht war vor Wut verzerrt.

Ferdinand und Gottlieb kannten ihren Alexander gar nicht wieder. Noch nie in ihrem bisherigen Leben hatten sie ihn so außer sich gesehen.

»Da sprechen wir in Ruhe drüber«, mischte sich Gottlieb ein. »Wir werden morgen früh die Sekundanten stellen.«

Ferdinand war wie betäubt. Es war doch sein Weib, das die Provokation gesucht hatte, und was hatte sie erreicht? Einer seiner Freunde war plötzlich wie toll geworden und fand sich bereit, sie zu verteidigen. Er war äußerlich wie versteinert. Was hatte er Ceija angetan? Er war immer nett zu ihr gewesen, hatte sie nie attackiert oder beleidigt. Wie konnte sie jetzt auf einmal so ausrasten? Er würdigte sie keines Blickes und verließ stumm und schnellen Schrittes die Gartenschänke.

»Bis morgen früh«, hörte er noch eine Stimme rufen, doch es war ihm so was von egal.

Der unter Studenten und Edelleuten bekannte Räuberwald lag noch tief im Morgenschlaf.

Die ersten eifrigen Vogelstimmen durchbrachen die gespenstische Stille. Die Waldfeuchte verursachte dicke Nebelschwaden, die sich in der langsam aufgehenden Sonne nach und nach auflösten. Es war ein dunkler verschwiegener Ort, ein Ort zum Fürchten. Hier ganz in der Nähe stand der Galgenbaum, an dem so mancher Verbrecher sein Leben ausgehaucht hatte. Hohe Bäume mit leicht schaukelnden Wipfeln standen um eine Lichtung herum, die mit einer fetten Wiese und anmutigen Blumen geschmückt war. Die Luft roch nach fauligem Holz und verschieden würzigen Blumendüften.

Es war unter den Studenten ein bekannter Treffpunkt für Duelle. Für alle diejenigen, die meinten, sie müssten ihre Ehre verteidigen.

Die überschaubare Männergruppe fiel gar nicht auf. Dunkel gekleidet, wurden sie vom Schatten des Waldes fast verschluckt.

Ferdinand, Gottlieb, Alexander und Romano mit einem Freund, alle waren pünktlich erschienen.

Ein ernsthaftes Gespräch, welches Gottlieb in aller Strenge führte, klärte die Duellanten noch einmal über die Regeln auf.

»Ein Duell«, begann er, »ist ein freiwilliger Zweikampf mit gleichen potenziell tödlichen Waffen, der zwischen den Kontrahenten vereinbart wird, um eine Ehrenstreitigkeit auszutragen. Die Waffenwahl fiel auf das Rapier«, betonte er. Die Waffe, die jeder bereits im Tagesgeschehen an seiner Seite trug. Es galten feste, traditionelle Regularien. Der Ehrenrat war bereits zusammengetreten und hatte vergeblich versucht, die Streithähne auseinanderzubringen.

»Die friedliche Beilegung ist gescheitert«, rief letztendlich Gottlieb das Ende der Gespräche aus, obwohl der Cousin seine verwandtschaftliche Beziehung zu Ceija offenbart hatte.

Da hier drei angehende Ärzte standen, wurde auf die sonst zwingende Beiziehung eines Arztes verzichtet.

Gottlieb fungierte als Sekundant seines Freundes Alexander und der Cousin hatte einen Freund für dieses Amt gestellt.

Die Ehrverletzung war eher gering, war doch niemand der Kontrahenten ernsthaft verletzt oder wirklich geschlagen worden. Die verhandelten Verstöße galten eher durch Heißblütigkeit und Uneinsichtigkeit der Duellanten verursacht.

Gottlieb hatte sich darüber hinaus bereit erklärt, ein schriftliches Protokoll zu führen, das den Nachweis erbringen musste, dass nach den traditionellen Regeln vorgegangen worden war.

»Die Duellanten«, sprach er mit respektvollem Unterton in seiner Stimme aus, »haben sich auf das Rapier geeinigt, und zwar bis zur Kampfunfähigkeit, das heißt bis zur ersten blutigen Wunde. Alles andere wäre der Bedeutung nicht gerecht. Darüber hinaus ist kein Grund für schärfere Ausnahmebedingungen gegeben, die wir jederzeit nach den Regeln hätten vereinbaren können.«

Ferdinand und Gottlieb nahmen bewusst offensiv Einfluss auf nicht so harte Duellbedingungen.

»Also als vereinbart gilt«, sprach Gottlieb feierlich: »Bis aufs Blut.«

Die Kontrahenten nahmen die Positionen ein, und auf ein Zeichen Ferdinands hoben sie die Waffen, traten einen Schritt vor und kreuzten die Rapiere.

Klingende Geräusche drangen durch die Waldesstille. Romano versuchte mit einem weiten Ausfallschritt nach vorne, Alexanders Abwehr zu durchbrechen. Doch der hatte es geahnt und drückte mit einer schnellen Gegenbewegung die Waffenspitze zur Seite.

Nun brach er seinerseits vehement nach vorne und schlug immer wieder mit seiner Waffe gegen Romanos Klinge.

Fechtgeräusche lagen über dem Wald, aus dem sich der Nebel langsam zurückgezogen hatte.

Immer wieder suchte Romano die Flucht nach hinten. Bei einer Finte direkt nach einem gewaltigen Stoß von Alexander geriet Romano ins Straucheln. Ein auf dem Boden hochstehender Ast war ihm zwischen die Beine geraten. Er sackte zur Seite und versuchte verzweifelt, wieder Gleichgewicht und Halt zu finden.

Alexander war jetzt direkt über ihm, und seine Klinge hinterließ eine klaffende, blutende Wunde in seinem Oberarm.

Damit war der Kampf beendet. Bis aufs Blut, so hatte es geheißen.

Wie Gottlieb und Ferdinand bereits geahnt hatten, war das Duell zugunsten von Alexander gelaufen. Er war geübt und sehr geschickt in der Handhabung seiner Waffe, wie sie in ihren Trainingskämpfen immer wieder hatten erleben müssen.

»Los«, rief Gottlieb mit ruhiger, besonnener Stimme: »Die Verletzung wird sofort ordnungsgemäß verbunden, und die Streithähne geben sich die Hand und verabschieden sich. Der Ehre ist Genüge getan.«

Zurück blieb, nur von Alexander bemerkt, ein achtlos weggeworfener Zettel mit den Unterschriften der Duellanten und ihrer Sekundanten, mit genauer Zeit und Ortsangabe. Der Ehre war genüge getan.

Strahlend war inzwischen die Sonne hochgezogen und ließ die Lichtung in grellem Licht erscheinen. Für manche jedoch war dieser unselige Ort zum Schicksal geworden.

In den nächsten Tagen trat wieder Ruhe ein.

Als der Scharfrichter von dem Vorgang erfuhr, schüttelte er nur den Kopf und meinte: »Das ist doch reiner Kinderkram, nutzloses Getue von angehenden Edelleuten.«

Ferdinand traf nach Übergabe der Prüfungsurkunde Vorbereitungen für seine Approbation als praktizierender Arzt.

An Ceija versuchte er keinen Gedanken zu verschwenden, wunderte sich nur immer noch über die Unbeherrschtheit seines Freundes Alexander, der alles, fast sein Leben, für eine fremde Frau hingegeben hätte. So kannte er ihn gar nicht. Man sah sich nicht mehr so häufig. Die Suche nach einer geeigneten Wirkungsstätte war erst einmal wichtiger. Praktiziert wurde in dieser

Zeit in erster Linie an dem Ort, wo der Patient lebte. Praxisräume im echten Sinne gab es noch nicht.

Ferdinand war froh, dass ihn sein Vater in diesen Anfangsjahren finanziell weiter unterstützte, bis er sich einen Namen machen konnte. Bereit für Nebentätigkeiten aller Art für den Vater war er immer gewesen. Wer Arbeit suchte, der fand immer etwas. Er praktizierte in der Nähe der Familie in einem hölzernen Nebentrakt des Hauses, wo er seine medizinischen Tätigkeiten ungestört aufnehmen konnte.

So verging ein ganzes Jahr. Die Arbeit ließ zu dieser Zeit nicht viel Freizeit zu. Es war schwer genug für Ferdinand, als praktizierender Arzt sein Einkommen zu sichern.

Er betrachtete sich im Spiegel. Seine Züge waren härter und männlicher geworden. Auch die Geschehnisse um Ceija waren nicht spurlos an ihm vorübergegangen.

An einem Morgen, als er gerade zum Stall gehen wollte, huschte ein Schatten aus dem Gebäude. Es war Ceija.

Mit rot verweinten Augen kam sie auf Ferdinand zu und flüsterte:

»Ferdinand, verzeih mir bitte. Ich weiß, es war absolut falsch von mir, dich eifersüchtig machen zu wollen. Du fehlst mir so sehr. Ich liebe dich aufrichtig und wünsche nichts sehnlicher, als dich wieder öfter zu sehen. Ich brauche dich Ferdinand, ich bitte dich inständig, vergib mir.«

Ceija wollte ihn umarmen, doch er wich ihr mit einer kurzen Körperbewegung aus.

Er schaute sie lange an und antwortete ruhig und bestimmt:

»Ceija, ich muss zugeben, dass du mich äußerst betroffen gemacht hast. Ich habe nächtelang über diesen Vorfall nachgedacht. Du hast mich unsagbar traurig gemacht. Ich habe sehr darunter gelitten, denn was soll ich von einer Frau erwarten, die schon vor der Eheschließung derartige Spielchen mit mir treibt? Es gab nicht die geringste Veranlassung, mich derartig auf die Probe zu stellen. Du warst als meine Frau, meine Liebe, auserkoren, aber dieser Vorfall hat mich gefühlsmäßig so verunsichert, dass ich im Moment nicht weiterweiß und noch Ruhe brauche.«

Ceija sah ihn mit ihren wunderschönen, tiefgründigen Augen fast flehend an. Sie trat zurück und verließ schweigsam das Stallgebäude. Ferdinand spürte, dass sie weinte, und bemerkte, wie ihr ganzer Körper zitterte. Er hätte sie jetzt so gern umarmt und getröstet, doch seine momentanen Gefühle reichten noch nicht einmal mehr für diese kleine Geste. Er fühlte sich matt und unendlich traurig. Irgendetwas in ihm schien für immer zerbrochen.

VIII

Eines Tages hörte Ferdinand schwere Kutschräder mit Pferdebegleitung am Haus am Rande der Stadt vorbeifahren.

Die Kutsche wurde durch hoch gerüstete Reiter abgesichert. Dies kam nur vor, wenn ein Gefangener von besonderer Bedeutung eingeliefert wurde. Geräusche von gezischten Befehlen und das Schnauben der Pferde ließen ihn nicht mehr in den Schlaf finden.

Es war schon spät und nachtschwarz dunkel.

Die gesichtete Kutsche fuhr in Richtung Henkerturm.

Wie von seltsam innerlicher Unruhe gepackt, trieb es Ferdinand zum Turm. Er sattelte in höchster Eile sein Pferd und nahm heimlich, aber unmittelbar, die Verfolgung auf.

Die Kutsche blieb dunkel und mächtig vor dem Torbogen zum Turm stehen. Plötzlich war überall geschäftiges Treiben.

Eifrig, unter heftigem Rufen, öffneten die Kutscher, vom Bock gerutscht, die Tür und zogen eine mit Ketten an Händen und Füßen gefesselte junge Frau aus dem Kutscheninneren.

Ferdinand vernahm lautes Schluchzen und Stöhnen.

Selten hatten ihn derartige, ihm nicht ganz unbekannte Laute, so berührt.

Die schmale Person wurde von kräftigen Händen gepackt, geschoben und an die bereitstehenden

Henkersknechte übergeben. Er sah die mächtige Silhouette des Henkers, seines Vaters, im Hintergrund.

Dann verschwand die Kutsche mit den schwer bewaffneten Landsknechten wie ein drohender Schatten in der Nacht, als hätte es sie nie gegeben.

Ferdinand kam es vor wie ein unheimlicher Spuk.

In das elterliche Haus zurückgekehrt, fand er die ganze Nacht keinen Schlaf mehr. Er wunderte sich selbst am meisten über sein nicht erklärbares Verhalten. Er versuchte, die Unruhe mit ein paar Schlucken vom selbst gebrannten Hausschnaps zu betäuben.

Was war das für ein seltsamer Vorgang, mitten in der Nacht, wunderte er sich immer wieder.

Wer, zum Teufel, war da so in aller Heimlichkeit angeliefert worden?

Vater hatte ihm gegenüber nichts erwähnt. Sonst ließ er immer mal eine Bemerkung fallen, doch dieses Mal nicht. Wer war diese fremde Person?

Ferdinand hatte doch noch kurz Schlaf gefunden, als die Morgensonne ihn blinzelnd erwachen ließ. Er spürte den verfluchten Alkohol in seinem brummenden Schädel. Eiskalt fiel ihm der Grund seiner Beschwerden wieder ein. Wer war die geheimnisvolle Gefangene im Kerker seines Vaters?

Er zog sich hastig die Kleider an und schnallte sich das Rapier um. Es war für ihn vertraut und beruhigend, die kühle Klinge an seiner Seite zu wissen, trug er es doch bewusst mit klarem Verstand.

Er ging ins Haus nebenan und betrat die Wohnstube. Seine Mutter begrüßte ihn hoch erfreut in dieser für ihn unüblichen Frühe.

»Ist der Vater schon auf den Beinen?«, fragte er gespielt beiläufig.

»Ja, mein Junge, er war auch schon zeitig wach, eine schwere Aufgabe scheint vor ihm zu liegen«, erwiderte sie geschäftig. »Aber frag ihn doch selbst, mit mir redet er ja nicht über seine Arbeit.«

Nach und nach erschienen auch die noch verschlafenen Kinder, die gehorsam am großen Esstisch ihre Plätze einnahmen.

Dann flog die Tür der Kammer auf und der Scharfrichter in seiner imposanten Erscheinung trat in die Wohnstube.

»Ferdinand, du auch schon so früh auf?«

Neugierig schaute er seinem Sohn in die Augen.

»Vater«, sprach Ferdinand, »können wir mal eben nach draußen gehen? Ich möchte kurz mit dir reden.«

Nachdem sie draußen am Stallgebäude angelangt waren, zögerte Ferdinand, als wolle er seine Worte sorgfältig abwägen:

»Ja, Vater, heute Nacht konnte ich nicht mehr schlafen. Ich wurde von einer schweren Kutsche aufgeschreckt mit hochbewaffneten Reitern in ihrer Begleitung. Was hat das zu bedeuten?«

Sein forschender, scharfer Blick traf den Henker, und der wusste, sein Sohn würde nicht lockerlassen, solange er nichts erfahren würde.

»Ach«, meinte er, »hast du das auch schon wieder mitbekommen?

Die Tochter des Marquis de Colbert, eines Franzosen am Hof des Königs Ludwig XIV., Marquise Louise, ist eingeliefert worden. Man wirft ihr Hexerei vor. Sie wurde nach Einrichtung eines Sondergerichtshofes durch den König in die Verbannung geschickt. Sie soll etwas mit den Intrigen und Giftmorden am Hof des Königs in jüngster Zeit zu tun haben. Dieser Gerichtshof hat Ermittlungen aufgenommen und angeblich festgestellt, dass das aufreizende Leben am Hof, ausgezeichnet durch Sex und Intrigen, nicht für den Tod einiger Beteiligter verantwortlich war, sondern der vorsätzliche Einsatz von Gift. Es sollen in Frankreich zurzeit Verfahren gegenüber vierhundert Mitgliedern des Könighofes in Versailles laufen.«

Er bewegte ungläubig seinen Kopf hin und her und berichtete weiter: »Einige sind in Konsequenz schon hingerichtet oder in die Verbannung geschickt worden, Ferdinand. Der König, so heißt es in höheren Kreisen, bangt um seine Glaubwürdigkeit. Die Geschichten von zahllosen Maitressen sind in aller Munde, selbst hier in Deutschland.«

»Er ist ein absolutistischer Herrscher geworden«, antwortete Ferdinand, »er hat Frankreich politisch nach vorne gebracht. Ich habe in den Nachrichtenblättchen gelesen, dass nach dem Tod seines Paten und Ausbilders und ersten Ministers, des Kardinals Mazarin, er selbst die Tagesgeschäfte übernommen hat. Das hatte ihm nämlich keiner zugetraut. Er soll eine disziplinierte Kriegsmaschine von bis zu vierhunderttausend Soldaten sein Eigen nennen. Sein politischer Einfluss scheint immer größer zu werden.«

»Er könnte sogar bis hierhin wirken, in die Kreise des Erzbischofs zu Augsburg«, ergänzte der Scharfrichter wissend. »Nach dem aufwendigen Heer und den zahlreichen Kriegen soll seine Hofhaltung unglaubliche Summen verschlingen.«

»Er will seine Macht sichern, koste es, was es wolle«, nickte Ferdinand.

»Das wilde Leben an seinem Hof hat sich schnell verbreitet. Er soll ungewöhnlich viele Affären haben und inzwischen mit verschiedenen Damen außereheliche Kinder«, ergänzte Ferdinand. »Er hat wohl gerade noch gemerkt, dass dieses Leben seine Autorität untergräbt. Mit dem eingesetzten Sondergerichtshof will er wohl die Wende schaffen.«

»Was kann ich daran ändern, Ferdinand? Mir sind die Hände gebunden«, stöhnte der Scharfrichter.

Sie gingen gemeinsam zurück ins Haus.

Kurz darauf begab sich der Scharfrichter mit grimmigem Gesicht zu seinem Pferd nach draußen und ritt Richtung Henkerturm.

Ferdinand blieb wie betäubt am großen hölzernen Esstisch zurück.

Eine französische Marquise im Henkerturm, ich fass es nicht, dachte er bei sich.

»Los frühstücken, mein Sohn, mach dir nicht so viele Gedanken. Du bist ein wahrer Grübler geworden«, stellte die Mutter nachdenklich fest.

Er rutschte auf den Schemel am Eichentisch hin und her und nahm inmitten der eingetroffenen, tobenden Kinderschar seiner Geschwister ein Stück Brot zu sich.

Es drängte ihn unmittelbar danach zum Gefängnisturm, wie von unheimlichen Kräften gezogen. Er fühlte instinktiv, er musste sie sehen. Das war einfach, war er doch als der Sohn des Scharfrichters und Kerkermeisters den Zutritt zum Gefängnis gewöhnt.

Aber was suchte eine Französin in dieser Gegend? Auch wenn sie in die Verbannung geschickt worden war, so bedeutete das nicht automatisch Gefangennahme. Reichte die Macht des französischen Königs bis in den deutschen Klerus, nur aufgrund des Giftskandals im fernen Paris? Ferdinand zermarterte sich sein Hirn, doch Antworten fand er nicht so schnell.

Seine Nerven waren zum Zerreißen gespannt, als er die schwere Eichentür am Turm aufzustemmen versuchte.

»Verdammt«, fluchte er laut, »sie lässt sich um keinen Deut verschieben.«

Auf sein lautes Klopfen hin öffnete einer der ihm gut bekannten Knechte. Er raunte: »Ferdinand, wir müssen sehr vorsichtig sein. Es scheint eine hochbrisante Angelegenheit mit dieser politischen Gefangenen zu sein.«

Als Ferdinand zum Vater trat, zierte sich der ein wenig, mit ihm zu sprechen, da ja die Sache höchst geheim behandelt werden musste. Er zog sich grummelnd zurück.

»Vater, komm jetzt, zier dich nicht so«, forderte Ferdinand. »Wir haben doch sonst keine Geheimnisse voreinander. So kenne ich dich gar nicht.«

Schließlich kam Bewegung in den massigen Körper des Scharfrichters, so kam es Ferdinand vor. Er trat einen Schritt auf ihn zu, und der Vater entschloss sich dann doch, seinem Sohn Rede und Antwort zu stehen.

In einer Ecke, fern von der Gefangenen, erklärte er:

»Man hatte die Marquise in aller Heimlichkeit schon vor ein Gericht gestellt. Normal muss die ganze Stadt zuschauen. Doch da die Gerichtsversammlungen nicht so oft stattfinden, mussten sie sich wohl in dieser Sache beeilen. Nach dem bestimmten Ritual muss der Richterstab zerbrochen und der Angeklagten vor die Füße geworfen werden.«

»Es existieren eine Menge von kirchlichen und weltlichen Rechtsnormen und Rechtsvorschriften, es gibt keine rechtsfreien Räume mehr«, bemerkte Ferdinand.

»Früher beruhte alles auf althergebrachten Überlieferungen der Vorfahren und dem mündlich weitergegebenen Gewohnheitsrecht«, fuhr der Scharfrichter fort.

»Ab dem 14. Jahrhundert gibt es endlich etwas Schriftliches. Es fing an mit dem Sachsenspiegel oder dem Schwabenspiegel. Es gab aber auch die Weistümer, eine ursprünglich mündlich vorgetragene Auflistung von Herrschaft und auch dörflichen Untertanen. Aber bei all diesen Vorschriften frag ich mich ernsthaft, ob irgendetwas davon hier nach Vorschrift gemacht wurde.«

Der Scharfrichter hielt nachdenklich inne. Er ergänzte dann: »Es gibt sie doch noch immer, die Gerichtsurteile ohne Folgen. Wenn man aufgrund der Beweislage nicht zum Urteil findet oder die Richter sich von vornherein weigern, eine Anklage zu verhandeln, muss der Stärkere sich das Recht selbst verschaffen. Das geht nur mit einem erzwungenen Geständnis, ich glaube, so etwas Ähnliches geschieht hier gerade. Auch ein Gottesurteil scheint noch möglich. Der Kirchenvogt ist, glaube ich, in diese Sache persönlich involviert oder er handelt im besonderen Interesse des Erzbischofs, dem man gute Kontakte zum französischen Herrscher Ludwig XIV. nachsagt.«

»Was soll denn wohl von dieser armen, blutjungen Frau für eine Gefahr ausgehen, frag ich mich«, stellte Ferdinand ungeduldig fest.

Er war nervös geworden. Er wollte sich die Gefangene persönlich anschauen, auch in seiner Eigenschaft als praktizierender Arzt. Ferdinand suchte sich einen Weg durch die Dunkelheit der Kerkerkammer.

In einer noch dunkleren Ecke des Kerkers, an der Wand in Ketten gefesselt, hing ein elendes Etwas.

Er trat näher heran, schaute in ein schmales, tränenüberströmtes Gesicht. Er blickte in große, unendlich traurige Augen, die jegliche Hoffnung aufgegeben hatten. Er ahnte es, hier sah er ein ehemals wunderschönes, anmutiges und ausdrucksstarkes Gesicht, wovon nur das Elend übriggeblieben war. Ferdinand war zutiefst erschrocken und äußerst betroffen.

Es war eine umwerfend schöne Frau mit edler Nase und ausdrucksstarken Gesichtszügen. Lange, blonde Haare hingen zottelig herunter. Er bemerkte, dass sie sich trotz ihrer Lage dafür zu schämen schien.

Die dunklen, geheimnisvollen Augen dieses Individuums drückten Erstaunen und Flehen aus.

Er musste sich spontan wegdrehen. Er ertrug diesen erbärmlichen Anblick nicht länger.

»Was, zum Teufel, passiert denn hier eigentlich, Vater?«, fragte er forschend und nach Aufklärung drängend.

»Dieses Menschlein lebt nicht mehr lange, wenn nicht bald Hilfe kommt«, drückte er seine ärztliche Meinung aus.

Der Scharfrichter nickte ihm stumm zu und bat ihn, ihm nach draußen zu folgen, in das grelle Licht des Tages.

Mit lauter Stimme, wie eine Art Verkündung, teilte er im Beisein der Henkersknechte mit: »Das hier ist die Marquise de Colbert, angeklagt als Hexe von dem Hochstift zu Augsburg nach fürstbischöflichem Erlass. Sie soll von Amts wegen gefoltert werden, bis sie den Bund mit dem Teufel zugibt, angefangen mit Giftanschlägen am Hof des französischen Königs Ludwig XIV., genannt der Sonnenkönig.«

»Das soll eine Hexe sein?«

Ferdinand schrie und lachte gleichzeitig vor Verzweiflung.

Der Scharfrichter schüttelte sein ungläubiges Haupt und wusste so recht nichts mehr zu sagen.

»Ich dachte, wir hätten den Höhepunkt der Hexenverfolgungen schon überschritten«, brüllte Ferdinand aufgebracht.

»Was soll ich tun?«, erwiderte der Scharfrichter mit ernster, versteinerter Miene.

»Ich bin doch nur der verdammte Vollstrecker, ich muss die Drecksarbeit verrichten«, sprach er mit drohend aufbrausender Stimme.

»Ich ahne«, stellte er im Beisein seiner Vertrauten ernüchtert fest, »dass hier im Namen des Bischofs ein Exempel statuiert werden soll.«

»Sie ist eine völlig hilflose, ganz zarte, wunderschöne Person«, rief Ferdinand entsetzt.

»Sie gehört dort nicht hin, ihr wisst es«, richtete er seine Stimme an den Henker und seine Knechte.

»Das ist ein verfluchtes Komplott und dazu ein verdammt dreistes.«

Alle zuckten hilflos mit ihren Schultern.

»Du wirst es sehen«, richtete sich der Scharfrichter an seinen Sohn, »alles wird ausprobiert werden müssen, das ganze Instrumentarium der Hexenverfolgung, mein Sohn. Zum ersten Mal habe ich eine amtliche Kontrolle, das hat es vorher ganz selten gegeben«, stöhnte der Henker.

»Daran erkennst du, wie hoch diese Person strafrechtlich und politisch eingestuft wird«, führte er weiter aus.

»Die Folter erfolgt unter strengster Aufsicht. Der amtliche Kontrolleur der Diözese wird mit seinem Gefolge für Morgen Mittag erwartet, ein brutaler, leidenschaftsloser Mistkerl, ich habe ihn schon kennenlernen dürfen. Er war fast immer bei den bedeutenden Hexenprozessen dabei.«

»Ich fass es einfach nicht, Vater«, murmelte Ferdinand verzweifelt und suchte Halt an der sonst so starken Brust seines Vaters.

Solche Sentimentalitäten kannte der Henker bei seinem Sohn bisher nicht.

Er fragte ganz bestürzt:

»Warum setzt du dich für diese fremde Person so vehement ein, Ferdinand?«

»Ja, Vater, ich weiß, aber so viel Elend in schönen, großen Frauenaugen habe ich noch nie zuvor gesehen. Ein derartiger erbarmungswürdiger Zustand ist mir selbst als praktizierendem Arzt bisher nicht unter die Augen gekommen.«

Ferdinand schien stark ergriffen, er bebte am ganzen Körper. Der Scharfrichter nahm dieses mit stillem Erstaunen wahr und fragte nur zur Ablenkung: »Was ist eigentlich mit Ceija, habe sie schon lange nicht mehr in deiner Nähe gesehen. Es ist an der Zeit, das Eheversprechen einzulösen. Du weißt, es könnte sonst ganz großen

Ärger geben, mein Junge. Du erinnerst dich hoffentlich noch an meine Vereinbarung.

Die Sorge in seiner Stimme war unüberhörbar.

Ferdinand schüttelte sich, als wolle er mit diesem Thema nichts zu tun haben. Er antwortete trotzig:

»Das hat Zeit, Vater.«

Der Scharfrichter verdrehte leicht seine Augen, was Missmut zeigen sollte, doch hörte er auf, weiter nachzuhaken. Er begab sich in ungeduldiger Bewegung zurück in den Kerker.

Ferdinand setzte sich nachdenklich auf seinen Rappen und ritt zurück zu dem kleinen Familienanwesen.

Dort tauchte er unter und vergrub sich in seine ärztlichen Tagesarbeiten.

Der Scharfrichter blieb grübelnd zurück auf seinem Schemel in der Umgebung der Kerkerzelle.

Da hing das wimmernde Etwas von Menschen vor ihm angekettet an der kalten, unwirtlichen Kerkerwand, zum Gotterbarmen. Auch er fühlte sich unwohl in seiner Haut angesichts der ihm oktroyierten, staatlichen Aufgabe. Doch als amtlichem Scharfrichter waren ihm die Hände gebunden. Die offizielle Aufsicht vermochte er nicht abzuschütteln, hegte er doch gerade bei diesem als äußerst brutal beschriebenen Kirchenvogt die Befürchtung, dass er eine besondere Freude oder gar Leidenschaft besaß, Menschen zu quälen. Von Groten war in den bestimmten Kreisen bekannt und verhasst. Er hatte einen gefürchteten Namen.

Die Hexenverfolgung, so überlegte der Scharfrichter, bedeutete im Amtsdeutsch begrifflich das Aufspüren, Festnehmen, Foltern und Bestrafen von Personen, von denen man glaubte, sie praktizieren Zauberei bzw. sie stünden mit dem Teufel im Bunde.

Dem Henker war im Laufe der Zeit klar geworden, dass ein ungünstiges Klima mit den für Menschen oft katastrophalen extremen Wettererscheinungen, wie Hagel und Unwetter, zu ihrer Verunsicherung beitrug und sie schnell in existentielle Not gerieten. Das war insbesondere zu den Zeiten der Pest in den Jahren 1347 bis 1353 bereits so gewesen. So hatte er das auch von seinem Sohn gehört. Diese Bündelung von Krisenerscheinungen ging für viele mit einer massenhaften, psychischen Erschütterung ihres Weltbildes einher. Es vermochte sich bis ins Extreme zu steigern. Es war ein Ausdruck von purer Angst, wenn die Menschen Sündenböcke für derartige Ereignisse suchten. Damit wurde der Glaube an Hexerei geboren.

Den Hexen wurden verschiedene Vorwürfe gemacht:

So würden sie angeblich die Ernten verderben, Menschen und Tiere durch Krankheiten und Verletzungen quälen oder Unzucht mit Teufeln treiben. Manche behaupteten, sie würden gegen die Kirche protestieren, oder sogar abscheuliche Hexenkünste praktizieren.

Ferdinand hatte immer wieder versucht, auf solche, seiner Meinung nach, bestehenden Absurditäten hinzuweisen.

Diese Aufklärung, gepaart mit modernen Ansichten, verdankte der Henker stundenlangen Erzählungen seines Sohnes, der sehr wissenschaftlich arbeitete und immer wieder versuchte, den Aberglauben zu enttarnen.

Auch ihm gelang es, infolgedessen immer mehr, wie seinem Ferdinand, sich davon zu lösen.

Deshalb hielt er immer weniger von abgepressten Geständnissen, insbesondere in Hexenprozessen.

Der Scharfrichter sah dem Erscheinen des Kirchenvogtes mit sehr gemischten Gefühlen entgegen.

Gegen Abend war er mit der Sortierung der Folterinstrumente fertig und wollte sich zuhause ein wenig entspannen.

Er hatte gerade nach schnellem Ritt seine Kleider an den Haken in der Wohnstube gehängt, als sein Sohn auf ihn einstürmte.

»Vater, ich muss sie unbedingt noch mal sehen, bis dieser Vogt kommt. Bitte«, flehte er, »Gib mir Gelegenheit dazu.«

Dem Scharfrichter wurde etwas seltsam ums Herz, er begriff diese seltsamen, sensiblen Anwandlungen seines Sohnes nicht mehr. Er konnte ihm die Bitte jedoch nicht abschlagen, dafür liebte er ihn zu sehr.

»Der Amtmann kommt Morgen gegen Mittag, mahnte er, bis dahin bleibt etwas Zeit. Hier ist der Schlüssel zum Kerkerturm, gehe ja behutsam damit um«, warnte er eindringlich.

Ferdinand wusste, der Vater vertraute ihm, sonst hätte er sich nicht auf die damaligen

Leichenbeschauungen eingelassen und das noch in Gegenwart seiner Freunde.

Er machte sich schleunigst auf den Weg. Unterwegs auf dem Pferderücken dachte er noch einmal über die Formen der Gerichtsbarkeit nach.

Sie stand ausnahmslos zuerst dem König zu. Er übertrug dieses Recht aber auf den von ihm eingesetzten Grafen in ihren Grafschaften. So waren die Grafen unmittelbare Blutgerichtsherren. Der hohe Klerus, Erzbischöfe, Bischöfe und Klosteräbte standen auf derselben gesellschaftlichen Stufe wie diese, durften aber aus rein kirchenrechtlichen Gründen die Blutgerichtsbarkeit nicht persönlich ausüben. Die Geistlichen mussten dafür einen Stellvertreter bestimmen: den Vogt. Der Vorsitz des Blutgerichts war eine Hauptaufgabe des Kirchenvogtes. Der Vogt war ein Laie, der aus der freien Gesellschaft ausgewählt wurde und den Bischof oder Abt im Gericht und in der Kirchenverwaltung vertrat.

Von Goten, der zuständige Vogt, so hatte Ferdinand gehört, war so geschäftstüchtig und machtbeflissen, dass er bei den Kirchenherren damals schon die Erblichkeit des Amtes durchsetzen wollte. Die Folge wäre gewesen, dass er sich innerhalb seines Amtsbezirkes eine übermächtige Stellung hätte aufbauen können. Mit einer derartigen Machtfülle ausgestattet, hätte er seine Befugnisse bei Gericht und Güterverwaltung für eigene Zwecke jederzeit schamlos ausbauen können. Doch diese drohende Vormachtstellung wurde im Laufe der Zeit aufgrund schlechter Beispiele in anderen Regionen durch den Landesherrn wieder rückgängig gemacht, sodass die gerichtsherrlichen Kompetenzen wieder auf die Landesherren übergegangen waren und der Vogt infolgedessen beamtet wurde.

Der Vogt, mit dem man hier zu tun bekam, war ein herrschsüchtiger, machtgieriger Geselle.

Ferdinand hatte sich mit diversen juristischen Gegebenheiten schon früh vertraut gemacht, das war er seinem Vater allein schon schuldig, der bei komplizierteren Amtsgeschäften, ihn des Öfteren um Hilfe gebeten hatte. Aufgrund des immer mehr wachsenden Buchmarktes, der größtenteils theologische Hintergründe hatte, war Ferdinand in der Lage, regionale Schriften auf Latein und Französisch zu lesen. Gerade wissenschaftliche Texte für sein Studium waren für ihn von herausragender Bedeutung und lagen selten in deutscher Sprache vor.

Dadurch, dass er sich während des Studiums intensiv mit dieser Literatur befasst hatte, war auch die französische Sprache, als Sprache der Königshäuser, in sein Fleisch und Blut übergegangen.

Jetzt gereichte es ihm zum Vorteil, da er sich ohne Probleme mit der Gefangenen verständigen konnte.

Zwar wurde der Lehrbetrieb an deutschen Universitäten, bis auf Ausnahmen, in Latein gehalten, doch hatte Ferdinand größten Wert daraufgelegt, die Werke französischer Literaten, Dichter oder anderer Wissenschaftler kennenzulernen.

So langsam wie möglich drehte Ferdinand den Schlüssel im alten verrosteten Schloss des Kerkerturmes. Als er in die Kerkerzelle trat, bemerkte er sofort eine hastige Bewegung vom festgezurrten Bündel Mensch in der Ecke. Ein sparsames Kienspanlicht im Dunkeln warf gespenstische Schatten. Ferdinand war froh, dass er eine Laterne mitgebracht hatte.

Die Gefangene hob den Kopf und schaute ihn mit tiefdunklen, leidenden Augen an. Sie waren weit aufgerissen und am Rande blutverschmiert.

Tränenreste klebten an ihren Wangen. Es war ein Anblick, der ihn erschauern ließ. »Warum tut man so etwas?«, fragte Ferdinand ganz leise.

Ein Zucken fuhr über ihr Gesicht. Die geöffneten Lippen setzen eine Reihe blendend weißer Zähne frei. Sie versuchte, Worte zu formulieren:

»Ich weiß es nicht«, hob sie an und fügte gleich hinzu: »Aber ich ahne es.«

Ihre Stimme klang kultiviert, zutraulich und warm, trotz ihres erbärmlichen Zustandes. »Mein Vater, der Marquis de Colbert, war König Ludwig wohl zu mächtig geworden. Da ich beim Hof des Königs ein und aus ging, hat mich eine Intrigantin mit den Giftmorden in Verbindung gebracht. Es war ein Leichtes, mich zu beschuldigen und mir falsche Beweise unterzuschieben. Es sollte im Grunde nicht mich, sondern meinen Vater treffen, dem man nicht das Geringste nachweisen konnte.«

»So kennt man die Intrigen am Königshof aus Berichten«, murmelte Ferdinand und munterte sie auf, weiterzuerzählen.

Sie machte vor Erschöpfung eine kleine Pause, um dann fortzufahren: »Aber dadurch, dass ich zu einer Persona non Grata gemacht und in die Verbannung geschickt wurde, machte man meinen Vater zu einer unerwünschten, gesellschaftlich geächteten Person. Er musste sich auf seine Privatgüter am Rande von Paris zurückziehen und steht unter ständiger Überwachung.«

Tränen schossen in ihre Augen und mit fast erstickter Stimme stammelte sie:

»Er hatte Glück und wurde bisher noch nicht in die Verbannung geschickt. Durch die jetzt gegen mich erhobenen, ungeheuerlichen Vorwürfe der Hexerei versucht man, unbedingt dieses abscheuliche Ziel noch zu erreichen.«

»Wie schrecklich ist denn so etwas?«, rief Ferdinand empört aus.

Die Marquise beschwerte sich: »er soll politisch und gesellschaftlich entmachtet werden. Vater wurde dem König wohl zu gefährlich, weil er immer wieder auf dessen ungeheure Verschwendungssucht hingewiesen hat, die den Staatshaushalt belastet wie niemals zuvor.«

Erschöpft sackte ihr Kopf wieder zur Seite. Ein leichter Blutstreifen floss von ihren trockenen, rissigen Lippen. Ihre feine Haut schimmerte wie helles, feines Pergament, und Ferdinand überlegte, wie schön sie wohl sein müsste, wenn sie bei guter Gesundheit in ihrer gewohnten Umgebung sein dürfte.

Ferdinand zögerte nicht, ihr sanft, mit dem mitgebrachten frischen Schwamm, die Streifen aus dem Gesicht zu wischen und ihre Lippen mit frischem Wasser zu befeuchten. Er hatte von zu Hause frisches Quellwasser mitgebracht. Mit leichten, tupfenden Bewegungen entfernte er leichte Schweißtropfen von ihrer schönen Stirn.

»Ich frage Euch jetzt nach diversen Giftmischungen und Ihr antwortet lediglich mit Nicken oder Schütteln des Kopfes«, sagte Ferdinand.

Die Prüfung war schnell vorbei, da es bei dem wissenschaftlichen Hintergrundwissen von Ferdinand ganz schnell klar wurde, dass sie tatsächlich von Gift, geschweige denn von der Art der Verabreichung, überhaupt keine Ahnung hatte. Das erleichterte ihn und überzeugte ihn gleichzeitig noch mehr von ihrer Unschuld.

Das Geschöpf machte immer noch einen derartig desolaten Eindruck, dass er seine Bestürzung nicht zurückzuhalten vermochte.

Sie rührte sein Herz an, und er bemerkte unter einem Tränenvorhang ihrer Augen, wie sie ihn leicht anlächelte. Er musste immer wieder in ihr kleines, zartes Gesicht schauen, als zöge es ihn magisch an.

»Ihr rührt mein Herz an, liebste Marquise Louise«, stammelte er, »ich halte Euch für absolut unschuldig.«

Er wunderte sich selbst am meisten über sich. Ferdinand trat nah an sie heran und er spürte ihre leichte Wärme durch sein Lederwams.

Dann bückte er sich und flüsterte ihr sanft ins Ohr:

»Ich werde alles unternehmen, Euren Zustand hier erträglicher zu machen. Verdammt, ja«, verbesserte er sich und sprach: »Ich werde Euch helfen, ich weiß nur noch nicht, wie.« Ferdinand spürte, wie sein Herz hämmerte.

Ihre schönen großen, tiefgründigen Augen blickten ihn mit leichter Hoffnung an und es berührte ihn so unendlich, sie ein wenig lächeln zu sehen.

Ihre schmal gewordenen, gequälten Lippen formten ein stilles, aber ernst gemeintes »Merci, Monsieur«.

Ferdinand musste sich losreißen, es fiel ihm schwer genug. Er packte seine Utensilien, verwischte verdächtige Spuren und verabschiedete sich mit einem aufmunternden Lächeln. Er gab ihr noch vorsichtig schluckweise Wasser aus dem mitgebrachten Krug und riss sich endlich los.

Er verließ den Ort der Schande und sah zu, dass er schnell nach Hause kam.

Dort fiel er wie ein Hund in einen schnellen, traumlosen Schlaf.

Der Scharfrichter bahnte sich wie immer morgens seinen Weg durch die herumtollende Kindermeute und machte sich auf zum verfluchten Henkerturm. Seine

Stimmung war bedrückt und die Nerven zum Zerreißen gespannt.

Mittags sollte von Groten mit seinem Gefolge erscheinen. Ihm graute davor. Der Vogthatte schon bei Anlieferung der Gefangenen erbarmungslos angekündigt, sie werde die ganze Härte des Amtes spüren.

Der Henker ordnete, nur um sich abzulenken, zum wiederholten Mal die Folterinstrumente vor Ort und flüsterte zu seinen Knechten gewandt:

»Ihr wisst, wie grob und unwirsch dieser Mann sein kann. Ein höchst arroganter Fatzke.

Er ist quasi die rechte Hand des Erzbischofs, fürchtet weder Tod noch Teufel. Daher macht keine Fehler und zeigte höchste Demut und Gehorsam.«

»Wir werden es schon überstehen«, hörte er die übereinstimmende Antwort seiner Folterknechte.

»Denkt daran«, ergänzte der Scharfrichter, »später die Feuerstelle herzurichten und den von Agnes vorbereiteten Suppentopf für das Mittagsmahl bereitzustellen.«

Dann war es so weit, dachten sie, doch zu ihrem Erstaunen drückte sich Ferdinand durch die halb offene Kerkertür und fragte seinen Vater:

»Darf ich von oben, vom Holzloch an den Dielen, stiller Beobachter sein, Vater?«

Der Scharfrichter blickte ihn verdutzt an, überlegte kurz und nickte dann zustimmend: »Ja, einverstanden, aber wehe, er merkt was, dann gnade uns Gott.«

Ferdinand hastete die Stiege nach oben hoch und begab sich zum betriebsbekannten Beobachtungsort. Von dort vermochte er alles gut zu überblicken, ohne selbst gesehen zu werden.

Da hing es nun, das arme Ding und wartete erbärmlich fröstelnd darauf, dass der gefürchtete Kirchenvogt den Kerkerturm betrat.

IX

Draußen hörte man plötzlich Pferdegewieher. Es war der Vogt mit seinen Gefolgsleuten. Die schwere Eichentür wurde aufgestoßen und der Vogt in Begleitung seiner Leute betrat den Turm.

»Na«, grinste er herablassend, »seid Ihr schon bei den Vorbereitungen, Meister Hans?« Er streifte die groblederen Handschuhe ab, rieb sich die Hände und schaute den Scharfrichter herausfordernd an:

»Ich gebe zu, ich freue mich schon richtig darauf.«

Zu seinen schwer bewaffneten Leuten gewandt, sagte er:

»Geht nach draußen, sonst wird es hier zu eng, in so einer Luft kann ich nicht arbeiten. Legt eure Waffenröcke ab und vertretet euch die Füße, ich werde euch dann rufen lassen.«

Mit rasselnden Sporen und raschelnden Kettenhemden verließen sie den engen Kerkerraum.

»Achtet genaustens darauf, Kerkermeister«, wandte er sich an den Henker, »wir haben strenge Regeln, entweder die Halsgerichtsordnung oder begleitend den Hexenhammer. Dieser erlaubt auch die Unterbrechung und Fortführung der Folter«, grinste er hintergründig, »um eine ergebnislos abgebrochene Folter wieder aufnehmen zu können. Das wichtigste Element ist und bleibt das Geständnis«, führte der Vogt gewissenlos aus.

»Das wird durch Androhung oder Durchführung der Folter angestrebt. Es ist wohl eine Mär, dass in deutschen Hexenprozessen in jüngerer Zeit gezielt Adelige in die Verfolgung einbezogen worden sein sollen, in der Hoffnung, den Prozesswellen ein Ende zu bereiten. Der Teufel würde sich freuen, gäben wir unser Tun wirklich schon auf«, bemerkte der Vogt selbstzufrieden.

»Es ist Vorsicht geboten«, meldete sich mit tiefer, mahnender Stimme der Scharfrichter:

»Sie besteht nur noch aus Haut und Knochen.«

»Auch die werden freudig zucken nach dem Einsatz unserer Folterinstrumente«, bemerkte der Vogt süffisant und herzlos.

»Zeigt mir die Kleine, Meister Hans.«

Dann machte er einen Schritt nach vorne, die zwei dunklen Treppenstufen hinunter in den hinteren Teil des Kerkers in Richtung Gefangene.

Die rauen Hände des Vogts tasteten geil und fordernd über den Körper der Angeketteten.

»Wirklich ein zartes, fast fleischloses Persönchen, Henker«, brach es aus ihm hervor.

»Da brauchen wir vermutlich nicht lange.«

Ferdinand in seinem Versteck hörte jedes Wort und nahm die kleinste Bewegung wahr. Zornesröte war in sein Gesicht gestiegen. Seine Knöchel, die einen Holzstiel umklammerten, wurden sichtbar weiß.

Er murmelte:

»Verdammt, ich ertrage es nicht länger.«

»Na, dann zeig mir mal dein süßes Händchen, Fräuleinchen«, forderte der Vogt die Gefangene auf.

Er griff die kettenschwere rechte Hand der Delinquentin und betrachtete sie sorgfältig.

»Hiermit wollen wir mal anfangen«, stellte er unbeirrbar fest.

»Los, Meister Hans, befrei sie von den Ketten und leg sie auf die Pritsche dort.«

Er trat einen Schritt zurück, damit die Knechte ihre Arbeit verrichten konnten.

»Du weißt, Scharfrichter, dass bei der gütlichen Befragung nichts herausgekommen ist?«, zischte er.

»Die Phase eins ist damit erledigt. Jetzt steht die Phase zwei an mit der wiederholten Befragung unter Vorzeigen und Erklären der Folterinstrumente. Dabei kommt es vor«, lachte er dreckig, »dass die Delinquentin vergewaltigt wird. Damit wollen wir noch ein wenig warten, nicht wahr, Meister Hans? Die richterliche Befragung nach dem Geschlechtsverkehr mit dem Teufel, die Teufelsbuhlschaft, Absprachen oder Verabredungen hat sie ebenfalls verneint. Jetzt folgen also die Schreckung, die Territion, das Zeigen der Folterwerkzeuge und ihre genauste Erklärung.

Jetzt seid ihr dran, Meister Hans«, frohlockte der Kirchenvogt.

Ein plötzliches, lautes Klopfen unterbrach jäh die Verhandlung.

»Was ist denn jetzt schon wieder los?«, brüllte der Vogt ungeduldig und drehte sich zur Tür. Einer seiner Männer stand dort und fragte:

»Für wann ist das Mittagsmahl geplant?«

Zum Henker gedreht, zischte der Vogt:

»Henker, hast du was vorbereiten lassen?«

»Ja klar, wie immer, meine Herren«, antwortete der Henker sofort, »da draußen rechts am Turm, wo das Feuer brennt. Da drüber am Dreibein hängt der Topf mit der Gemüsesuppe. Sie müsste gleich so weit sein. Die Knechte führen Euch hin und verteilen das Brot.«

»Gut« sprach der Vogt ungeduldig:

»Dann unterbrechen wir an dieser Stelle und nehmen erst einmal das Essen ein.«

Die ganze Schar begab sich nach draußen, und die Gefangene blieb auf der Pritsche liegen. Zum ersten Mal seit ihrer Ankunft ohne Ketten.

Diesen Moment, in dem alle am Feuer saßen, nutzte Ferdinand, um sich schnell aus dem Gefängnisturm zu stehlen. Dies gelang ihm auf seinem fliegenden Pferd problemlos bis zur Wohnunterkunft. Die ganze Zeit dröhnte sein Schädel unter der Wucht der Ereignisse.

»Die Kleine wird den Anfang der Folter nicht überleben«, murmelte er betroffen. Es machte ihn unendlich wütend, dass er so ohnmächtig war. »Ich muss mir jetzt und sofort etwas einfallen lassen«, stellte er entschlossen fest.

Ferdinand begab sich kurz in seine Arbeitsräume, grüßte im Herausgehen noch hastig seine Mutter und ritt sofort wieder Richtung Turm. Dort saß die Bagage beim Essen und ließ sich ein paar Krüge Bier schmecken. Ihr lautes Schmatzen und Rülpsen waren unüberhörbar. Etwas weiter unten hatten sie in Sichtweite des Turms die Pferde angebunden.

Ferdinand schlich sich umgehend dort hin, machte sie los und trieb sie mit leisem Zischen auseinander.

Die Männer bemerkten es schnell und schrien ganz aufgeregt:

»Die Pferde gehen durch, das gibt's doch nicht.«

»Ihr Idioten«, schrie der Vogt beim Aufspringen und polterte:

»Hinterher, fangt sie sofort wieder ein.«

In der Zwischenzeit der allgemeinen Aufregung hatte Ferdinand von hinten die Essstelle erreicht und unter Verteilung in die Trinkgefäße murmelte er freundlich:

»Jetzt probieren sie doch auch einmal den Extrakt aus dem Rizinusbaum, meine Herren, bei allen Ärzten gern verwendet. Das wird wahre Erleichterung bringen.«

Dass auch sein Vater, der Scharfrichter, Opfer sein würde, musste er in der Eile in Kauf nehmen.

Der Vogt und der Henker hatten sich wieder zum Feuer begeben, von wo aus sie amüsiert das Einfangen der Pferde beobachteten. Bis die Leute zurückkamen, wollten sie noch in Ruhe ihr Bier austrinken.

Ferdinand wusste, dass die Leute es sich auch nicht nehmen lassen würden, nach dem schweißtreibenden Einfangen der Tiere, das restliche Bier in ihren Krügen zu verkosten. So oft hatten sie, bei Gott, nicht die Gelegenheit, derartiges zu genießen.

Es dauerte nicht lange, bis Ferdinand sah, wie die erhoffte Wirkung eintrat. Plötzlich klagte der Kirchenvogt über Übelkeit:

»Verflucht, Henker, was war in der Suppe?«

Der Henker schaute mit hochrotem Kopf auf den Suppentopf und musste sich übergeben. Alle Körperschleusen öffneten sich.

Es dauerte nicht lange und alle Beteiligten lagen gekrümmt vor Schmerzen auf dem Boden.

Mit hasserfülltem Blick brüllte der Vogt:

»Wer zum Teufel hat die Suppe bereitet, mir platzt gleich der Darm, mir ist kotzübel.«

Zu den Leuten gerichtet rief er:

»Los, wir brechen ab für heute und machen Morgen weiter, wir gehen in unser Quartier, Henker. Aber du und deine Knechte sehen nicht viel besser aus, ab mit euch nach Hause.«

Mit lautem Getrampel begaben sie sich zu den Pferden und zogen ihres Weges.

Der Henker wusste sich diesen Zwischenfall nicht zu erklären, nur Ferdinand hatte diebische Freude.

Spät nachmittags besorgte er sich beim übelriechenden Vater den Schlüsselbund und eilte wieder zum Turm.

Der arme Vater war noch schlecht dran, aber hegte keinen bestimmten Verdacht.

»Auch die sitzen alle noch auf dem Balken«, stöhnte er hinter Ferdinand her.

»Es war höchste Zeit«, sprach er vor sich hin und etwas lauter werdend:

»Der Vogt will alle gebotenen Hexenproben ohne Erbarmen durchsetzen, obwohl die offiziellen Gerichtsverfahren diese Hexenproben nicht mehr vorsehen, ja eigentlich sind sie sogar streng verboten. Er braucht offensichtlich unbedingt ein Geständnis.«

Ferdinand ahnte, dass es für den Erzbischof geschah, dem eine Verbindung zum französischen König Ludwig XIV. nachgesagt wurde. Anders vermochte er es sich nicht zu erklären. Er hatte seinen Vater selten so nachdenklich und bestürzt gesehen. Er war auch sichtbar wütend gewesen, dass sich der Kirchenvogt über alle strengen Anwendungsverbote hinwegsetzen wollte. Zum ersten Mal schien es Ferdinand, hatte der Scharfrichter selbst tiefgründige Zweifel an der Rechtmäßigkeit seines Handels.

Ferdinand umarmte seinen Vater, was selten genug vorkam, doch er war einfach dankbar, dass er ihm ohne Weiteres den Schlüssel zum Turm überlassen hatte. Ferdinand wusste, jetzt musste er schnell handeln.

Nach hartem, halbstündigem Ritt erreichte er das Waldstück, den Ort der fröhlichen Fechtstunden.

Er hatte schon frühzeitig, noch am Morgen, durch einen Boten Gottlieb ausrichten lassen, er möge schnellstens zu ihrem bekannten Treffpunkt kommen, das möglichst allein und ungesehen.

Im Schatten eines mächtigen Baumes, halb versteckt, stand Gottlieb, sein alter Freund. Ferdinand schaute ihm tief und lange in die Augen und sprach: »Verdammt, Gottlieb, ich brauche unbedingt deine Hilfe. Besorge mir bitte sofort eine Kutsche aus eurem Fuhrmanns-betrieb, ich muss dringend nach Paris.«

»Paris«? fragte Gottlieb ungläubig:

»Was willst du denn dort?«

Ich muss unbedingt die französische Gefangene aus unserem Henkerturm befreien. Sie ist unschuldig und droht zu Tode gefoltert zu werden. Der Vogt und seine Leute sind gnadenlos und grausam. Wenn ich sie nicht befreie, ist sie des Todes. Sie ist ein reines Folterobjekt für unerfindliche Zwecke des Erzbischofs. Sie soll ohne nähere Gründe ermordet werden. Du kennst meine Einstellung als Arzt zu dieser Sache, ich kann nicht anders, sie braucht meine Hilfe. Ich habe mich mit Eid verpflichtet, den Menschen zu helfen. Dieses Mal nicht mit meiner Medizin, sondern durch Gefangenenbefreiung.«

»Du weißt, dass du dich strafbar machst, Ferdinand. Die Häscher werden dir bald folgen, sobald sie den Überblick haben, alter Freund«, warnte Gottlieb.

Aber er lächelte spontan und bemerkte:

»Ohne deine Hilfe hätte ich das Studium nicht geschafft. Die heimlichen Leichenbeschauungen waren so wichtig für unser wissenschaftliches Fortkommen und das haben du und dein Vater mir ermöglicht, du hast etwas gut bei mir. Du hast dich damals schon der Strafverfolgung ausgesetzt, wenn es rausgekommen wäre und dein Vater erst recht in seiner amtlichen Position eines Scharfrichters.«

Tränen schossen ihm in die Augen und er umarmte Ferdinand gerührt:

»Beeil dich, mein Freund, bin gegen Mitternacht am Kerkerturm.«

Ferdinand wusste, er könnte Gottlieb vertrauen, er hatte immer schon sein Wort gehalten.

Bei Eintritt der Dunkelheit verschaffte sich Ferdinand Zutritt zum Turm. Er tippte die schlafende Delinquentin auf die Nasenspitze. Sie lächelte gequält, als sie erwachte. Bei ihrem Unwohlsein und in der gebotenen Eile hatten die Knechte sie nur gefesselt. Es hatte keine Zeit mehr für das Anlegen der schweren Ketten gegeben. Das machte es Ferdinand erheblich leichter.

Er nahm zärtlich ihren Kopf in seine Hände und flüsterte ihr ins Ohr:

»Macht Euch keine Sorgen mehr, ich hole Euch hier heraus. Ich ertrage diese Ungerechtigkeit nicht länger. Ich bringe Euch direkt nach Paris zu Eurem Vater, dort wird uns jetzt keiner vermuten, gerade dort, wo die größte Gefahr droht. Wie genau, werde ich mir noch überlegen müssen, ich bin sicher, Euch fällt dazu auch etwas ein, werte Marquise.«

Er stellte sie vorsichtig auf ihre kleinen Füße, doch sie war einfach zu schwach. Als sie drohte, umzufallen, wickelte er sie in eine Decke und warf sie sich kurzerhand über die Schultern:

»Mein Gott«, schluchzte er verzweifelt, »was haben sie nur mit Euch gemacht?«

Er legte sie vorsichtig in den Eingangsbereiches des Turms und versuchte, vorsichtig ihre Lippen mit Wasser zu benetzen. Ihr Körper zitterte leicht, und sie fiel schnell wieder in einen unruhigen Schlaf. Da Ferdinand auch die ganze Zeit angespannt gewesen war, fiel es ihm nicht leicht, die aufkommende Müdigkeit zu bekämpfen. Immer wieder sackte sein Kopf zur Seite.

So vergingen Stunden, in denen sie Körper an Körper eng beieinanderlagen und sich gegenseitig Mut machten. Er war ihr gezwungenermaßen sehr nahegekommen, und er spürte, es gefiel ihm. Sie war wie ein kleines, schwer verletztes Vögelchen, welches Wasser und viel Zuneigung brauchte.

Als er das Kreischen der Kutschenbremsen vernahm, eilte er nach draußen, legte das Bündel Mensch auf die Wiese und verschloss die Kerkertür. Den Schlüssel verbarg er in einem der Tontöpfe, die da draußen herumstanden. Der Vater tat dies auch ab und zu. Man sollte äußerlich erst einmal nichts bemerken.

Gottlieb öffnete die Kutschentür, und gemeinsam legten sie die Marquise auf die vorbereiteten Decken direkt auf dem Kutschenboden.

Sie hob leicht ihren Kopf und legte ihn in den Schoß ihres Retters. Ihr tief dankbarer Blick aus ihren großen traurigen Augen traf Ferdinand wie eine Keule.

Ferdinand war jetzt glücklich wie nie vorher in seinem jungen Leben. Er vermochte inzwischen mit seinen medizinischen Künsten Menschen zu heilen, doch hier waren andere Qualitäten gefragt.

»Reiß dich los, mein Freund«, sprach Gottlieb mit ernster Miene, »wir müssen endlich aufbrechen!«

X

Sie schlossen die Kutschentür und stiegen auf den Bock.

Vier Pferde zogen kräftig an und zwei weitere Pferde, hinten angebunden, würde vorerst viel Vorsprung versprechen.

»Ich gehe mal davon aus, dass wir über eine Woche nach Paris brauchen«, rief Gottlieb durch den Fahrtwind.

»Die Fahrt wird mühsam und beschwerlich bei ihren schweren Verletzungen«, rief Ferdinand zurück.

»Aber wir haben keine andere Wahl.«

Gottlieb knallte mit der Peitsche und die Kutsche suchte sich ihren Weg durch die raue Nacht.

Die heftigen Stöße der schlechten Wege verursachten blaue Flecken. Bei Regen tropfte es in die Kutsche, bei Kälte wurde es auch dort unangenehm kalt. Von der Gefahr von Schlammlöchern gar nicht zu reden. Sie beteten, dass dieses Gefährt nicht mit gebrochenen Rädern oder Deichseln am Wegesrand liegen bleiben würde.

Sie kamen einigermaßen problemlos aus der Stadt, und sobald sie den alten Landweg der Postkutschen unter den Rädern hatten, war alles gut.

»Ich habe drei Reitsättel in der Kutschenkiste und reichlich Proviant. Dazu zwei geladene, großkalibrige Pistolen und zwei Ersatzdrapiere. Man weiß nicht, was kommt«, stellte Gottlieb ernüchtert fest.

»Mann«, schrie Ferdinand mit befreiter Stimme in den Fahrtwind, »wir beide auf dem Weg nach Paris, das ist ja völlig verrückt.«

Er kniff und herzte seinen Freund Gottlieb voller Übermut und Freude.

»Du bist zu allem fähig, Ferdinand, wenn du dir was in den Schädel setzt, du alter Dickkopf.«

Auch Gottlieb, wusste Ferdinand, war für Abenteuer schnell zu haben.

»Wir fahren durch die dunkle Nacht mit einer echten Marquise in der Kutsche«, rief Gottlieb entfesselt aus: »Ich fass es einfach nicht, Ferdinand.«

Die Kutsche holperte durch die Nacht. Vorbei flogen Büsche und Baumkronen. Ein anderes Mal rumpelte sie heftig durch diverse Schlammlöcher. Landschaften flogen unbemerkt vorbei, Vögel suchten mit lautem Gekreische verzweifelt Deckung. Nur Eulen lüfteten gelangweilt ihre Schwingen.

»Bis die sich von dem Rizinus erholt haben«, sinnierte Ferdinand, »sind wir ein ganzes Stück weg. Sie werden übelgelaunt und schlapp sein. Nur Vater tut mir leid, der hat es nicht verdient. Ich glaube, er hat zuletzt etwas geahnt.«

Ferdinand wusste, dass Gottlieb bereits als ganz junger Bursche für den väterlichen Fuhrwerksbetrieb Pferdekutschen jeder Art und Größe gelenkt hatte. Er kannte sich mit dem allgemein vorhandenen Wegenetz daher bestens aus.

Eine bessere Wahl für einen Fluchthelfer hätte Ferdinand gar nicht treffen können. Manchmal half nur der Zufall.

Nach zwei Stunden mit erhöhter Geschwindigkeit hielt Gottlieb die Kutsche endlich an. Die Pferde, insbesondere die, die im Gespann vorne gelaufen waren, mussten dringend versorgt werden.

Ferdinand schaute sofort nach der Marquise und öffnete aufgeregt den Wagenschlag. Sie hatte es sich in ihren Decken am Boden der Kutsche so einigermaßen bequem gemacht und überraschte den verblüfften Ferdinand mit einem breiten, dankbaren Lächeln.

»Ich danke Euch, mein Retter«, flüsterte sie: »Ich weiß gar nicht, wie ich das wieder gut machen soll. Ihre Augen leuchteten. Große schöne Augen, die von schweren Lidern überschattet wurden.

»Erst einmal ankommen«, erwiderte Ferdinand ganz leise. »Die größte Gefahr liegt noch vor uns, die ganzen Wälder sind voll von Räubern und anderem Gesindel. Nach dem Grenzübertritt nach Frankreich werden wir besonders vorsichtig sein müssen. Der König oder einer seiner führenden Köpfe scheint höchstes Interesse an Eurem Tod zu haben.«

Sie weinte leise, und ihre kleine Hand suchte die seine. Sie streichelte und liebkoste sie vorsichtig als sichtbares Zeichen tiefster Zuneigung. Ferdinands Herz schien vor Freude zu hüpfen.

»Wie lautet eigentlich Euer Vorname? Ich bin Louise, Marquise de Colbert«, sprach sie mit betont fester Stimme.

Er nickte leicht und wusste ganz instinktiv, diese Frau hier vor ihm würde sein Schicksal sein, wollte er es oder auch nicht.

»Ich bin Ferdinand«, stellte er sich vor und sprach mit zärtlichem Unterton: »Ich möchte, dass Ihr Euch weiter ausruht, denn es geht gleich weiter. Er neigte den Kopf und schaute ihr aufmunternd in die Augen.

Er schloss vorsichtig die Kutschentür und begab sich nach vorn zu Gottlieb auf den Bock. Er spürte intensiv, er hätte lieber woanders gesessen. Gottlieb war gerade mit dem Füttern und Tränken der Tiere fertig geworden. Sie standen wieder im Gespann.

Ferdinand und Gottlieb schauten sich einen kurzen Moment verständnisvoll an und die wilde Fahrt ging weiter.

»Du bist ein wahrer Freund«, rief Ferdinand in den Fahrtwind: »Was hätte ich nur ohne dich gemacht, Gottlieb?«

»Wir sind seit unserer Verschwiegenheitsverpflichtung im Kerkerturm auf Ewigkeit in Treue verbunden, Ferdinand«, erwiderte Gottlieb, ohne zu zögern, »du hättest bestimmt das Gleiche für mich gemacht.«

Auf der restlichen Fahrstrecke schwiegen sie. Jeder hing seinen eigenen Gedanken nach. Die Aufregung und die Müdigkeit machten sich langsam bemerkbar. Manchmal wechselten sie die Plätze auf dem Bock, und

Ferdinand übernahm das Pferdegespann. Die Anstrengung war unverkennbar.

Ferdinand bemerkte gar nicht, wie sich die Landschaften abwechselten. Gottlieb bevorzugte aus Sicherheitsgründen menschenleere Gegenden, soweit sie ihm noch in Erinnerung waren, dachte er. Dörfer oder kleine Ansiedlungen, die gezwungenermaßen an der Strecke lagen, durchquerten sie mit gebotener Eile. Ferdinand bemerkte, wie ihm immer wieder die Augen zufielen. Die Anspannung fiel langsam von ihm ab, und die kräftezehrenden Einsätze forderten ihren Tribut.

Er dachte an den Henkerturm, an die langen Stunden ihrer Leichenbeschauungen. Dachte daran, wie Vater ihnen immer wieder Gelegenheit geboten hatte, sich weiterzubilden.

Ferdinands Vater hatte alles darangesetzt, dass aus dem Älteren mal was wird, wie er zu sagen pflegte. Für ihn hatte er sich krummgelegt, hatte die anderen vernachlässigt. War das jetzt sein Dank? Heimlich still und leise mit einer völlig fremden, familienfernen Person in die Fremde ziehen. Tränen rannen ihm durch das Gesicht, Tränen, die der Fahrtwind schnell trocknete.

Er schüttelte ergriffen den Kopf. Musste das wirklich sein? Hätte es keine andere Lösung gegeben? Er sah das Gesicht des Vaters genau vor sich. Eine auf den ersten Blick grobschlächtige, furchteinflößende Gestalt. Aber mit einem goldenen Herzen, voller Liebe und Fürsorglichkeit. Ein Familienmensch, den sich jede Frau wünschte, ein Vater, der sich liebevoll und ausdauernd um die Kinder kümmerte. Zeit für alle, ja, Zeit für jeden hatte, der ihn brauchte. Ferdinand wurde tieftraurig. Das Bild der Mutter wurde nun für ihn ganz unerträglich.

Wie würden seine Geschwister, ja die ganze Familie über seine Flucht denken?

Es gab keine plausible Antwort für ihn, keine die ihn befriedigt hätte. Er hatte sie im Stich gelassen, hatte egoistisch seinen Weg gemacht. Ferdinand hob immer wieder verzweifelt seinen Kopf. Der Fahrtwind riss an seinen Haaren. Er würde sie benachrichtigen, schwor er bei sich, würde sich melden, sobald sich die Welt um ihn herum wieder beruhigt hatte. Er fühlte sich ja noch jung und kräftig.

Er setzte sich aufrecht hin und schaute durch einen Tränenvorhang hinüber zu seinem Freund Gottlieb, der mit steinerner Miene mit den Pferden und den Unbilden des holprigen Weges kämpfte.

»Wir kommen gut vorwärts«, schrie Ferdinand durch den Wind.

Gottlieb drehte den Kopf, schaute zu ihm herüber und lächelte freundlich. Er scheint mich zu verstehen, dachte Ferdinand bei sich und versuchte sich zusammenzureißen. Er hatte eine schwere Aufgabe übernommen, die vorerst seine ganze Kraft kostete. Er musste diese Person in Sicherheit bringen, soweit ihre Gesundheit das überhaupt zuließ.

Nach weiteren Stunden zügiger Fahrt zeigte Gottlieb auf eine Lichtung mit Wiesenrand und rief:

»Hier legen wir jetzt einen kurzen Halt ein, ich kippe sonst vom Bock.«

Er spannte zwei Pferde aus und wechselte sie mit denen von hinten, damit die Kräfte besser verteilt wurden. Ferdinand überprüfte derweil die Sättel, sie lagen noch, wie von Gottlieb verpackt, in der Kutschenkiste an der Rückseite. Vorerst hoffte er, würden sie sie nicht brauchen. Ferdinand ging im Moment davon aus, dass sie nicht unmittelbar verfolgt wurden. So schnell würde keiner auf die Art der Befreiung kommen. Nur sein guter Vater, dachte Ferdinand, würde alsbald wissen, wer tatsächlich dahintersteckte.

So brutal der Beruf seines Vaters auch war, er hatte ein ganz großes Herz seiner Familie gegenüber. Es tat im Innersten richtig weh, wenn Ferdinand daran dachte, sich bei seiner Familie gar nicht richtig verabschiedet zu haben. Doch er glaubte fest an das Leben, welches man nicht so einfach wegschmiss. Wie kostbar es war, hatte er schon in jungen Jahren bei seinen Heiltätigkeiten feststellen müssen. Wenn es Leben zu retten gab, dann hier und jetzt. Es war nicht nur eine männliche Pflicht, es war auch ein Gefühl der Ethik und Gerechtigkeit.

Was würde jetzt Ceija denken, fragte er sich plötzlich instinktiv. »Ceija«, murmelte er eigenartig berührt, »ist schon so weit weg aus meiner Gefühlswelt. Sein Herz schlug hier und jetzt für eine andere Frau, er spürte es nur zu deutlich.

»Wir müssen uns bald ein neues Gespann besorgen«, unterbrach Gottlieb jäh seine Gedankengänge:

»Die Pferde sind bald fertig, ich will sie nicht zu Tode treiben. Nochmal vier und zwei, das hat sich bewährt. Ich kenne da eine kleine abgelegene Poststation in der Nähe von Saarbrücken, bis dahin müssen wir erst einmal kommen. Ich lass sie zwischendurch immer mal Schritt gehen. Sie brauchen etwas mehr Ruhe.«

Als sie so den Tag mit Fahren und kurzen Pausen verbrachten, suchten sie sich für den Abend ein ruhiges Plätzchen an einem Waldessaum. Hier wollten sie eine erste ganze Nacht verbringen.

Gottlieb hatte es geschafft, die Pferde auf dem größten Teil der Strecke mit einem fachmännischen Rhythmus, richtig einzustellen. Doch jetzt war endlich die Zeit für eine große Rast gekommen.

Sie fuhren die Kutsche leicht eine Böschung am Waldrand hoch, damit sie sicher stand und gleichzeitig Schutz bot.

Die Sommerabende waren noch warm, wichtig war, dass es trocken blieb, denn Schlammlöcher waren für Kutschen das gefährlichste Hindernis.

Die Pferde standen ausgespannt in einer Wiese und für die Nacht sicher in einer schnell errichteten Koppel untergebracht. Futter und Wasser hatten sie jetzt ausreichend bekommen. Ein naher Bach bot dazu gute Versorgung.

Ferdinand hatte zwischenzeitlich ein Feuer gemacht. Er hatte Louise dorthin getragen und er sah und spürte, dass sie sich gut erholt hatte.

Sie blühte zusehends auf. Ihre schönen großen Augen leuchteten wieder. Sie lauschte zurückhaltend den Gesprächen der jungen Herren, die sich eifrig bemühten, Französisch zu sprechen, damit sie etwas verstand.

Ferdinand blickte Louise auffordernd an, doch etwas über ihre Herkunft und von ihrer Heimat zu erzählen, denn im Grunde wusste er noch gar nichts von ihr und ihrem Vorleben.

Sie setzte sich aufrecht hin und bemühte sich klar und deutlich zu sprechen. Ferdinand suchte immer Blickkontakt, weil ihr französischer Akzent so wunderbar anmutig und teilweise auch witzig klang. Es machte einfach Spaß, ihr zuzuhören. Anfangs sprach sie zurückhaltend und schüchtern, doch dann wurde ihre Stimme immer fester und lauter:

»Ich entstamme der Familie Colbert, einer weit verzweigten Familie in der Nähe von Paris. Die Familie pflegte intensive Kontakte zum Königshaus. Einige der bekanntesten Mitglieder bewegten sich sogar in höchsten Regierungskreisen und Ministerien. Ich bin wohlbehütet auf dem Schloss meines Vaters am Rande von Paris groß geworden. Ich wurde von Privatlehrern unterrichtet und genoss meine frühe Ausbildung bei unseren bekannteren Familienmitgliedern, die immer Bedarf hatten, insbesondere bei der Anbahnung politischer

Beziehungen oder im Rahmen von Festivitäten und Konversationen in den höchsten Ministerkreisen.«

Sie legte eine kurze Pause ein. Ferdinand bemerkte, dass es ihr noch nicht so leichtfiel, länger zu sprechen. Dann legte sie plötzlich unerwartet wieder los:

»Ich durfte viele bedeutende Persönlichkeiten kennenlernen. Dadurch hatte ich als Heranwachsende Zutritt zum gesamten Hofstaat des Königs.«

»So eine bedeutende Möglichkeit bekommt nicht jeder in so einem Alter«, unterbrach Gottlieb voller Bewunderung.

Louise lächelte ihn an und erzählte weiter:

»Der König installierte eine Art höfischen Absolutismus und stellte dabei den katholischen Glauben wieder in den Mittelpunkt. Er lebte bis zu seinem dreizehnten Lebensjahr unter der Regentschaft seiner Mutter, Anna von Österreich, und wurde schon früh von Kardinal Mazarin auf seine Rolle als absolutistischer Herrscher vorbereitet.«

Sie zögerte, um die richtigen Worte zu finden.

»Doch er gab sich nicht nur eine neue absolutistische Grundordnung, sondern auch einen galanten Stil. Damit wurde quasi eine Modeepoche begründet, wobei die französische Galante Conduite im höfischen Umgang die viel strengeren spanischen Zeremonielle ablöste. Es ging dabei um Natürlichkeit, Eleganz und Wendigkeit.«

Ferdinand und Gottlieb hörten ihr gebannt zu und wagten nicht, sie zu unterbrechen.

Sie lächelte zu ihnen durch das Feuer.

»Maitressen spielten im Leben des Königs und damit am Hof eine außerordentlich wichtige Rolle«, fuhr sie fort. »Es ging dabei nicht nur um Vergnügungssucht und Luxus, sondern um konkurrierende Machtinteressen. In dem Palast gab der König jeden Tag ein Lehrstück aus Ritualen, Symbolen und Kunstverständnis. Er war sein eigener Hauptdarsteller in prunkvollen Tanzaufführungen oder bei Paraden seiner Gardetruppen.«

Louise holte tief Luft. Man merkte ihr an, dass ihr noch einige Kräfte fehlten, aber sie war tapfer und erzählte weiter:

»Er war mit der spanischen Prinzessin Maria Teresa verheiratet, aus rein dynastisch-politischen Gründen. Sie gebar ihm zwei Kinder, die Prinzen. Er hatte dann zahllose Affären und Verbindungen mit wechselnden Maitressen, die die Königin in die Depression trieben. Die holde Weiblichkeit buhlte ständig um seine Zuneigung.«

Sie lächelte in sich gewandt als würden die Erinnerungen sie übermannen.

»War er denn tatsächlich so ein großartiges Mannsbild?«, fragte Ferdinand interessiert.

»Nein«, gab Gottlieb dieses Mal die Antwort:

»Er allein war der König und mit einer grenzenlosen Machtfülle ausgestattet.«

Louise lachte und erläuterte:

»Der König ging dann eine Affäre mit der 17-jährigen Louise de la Baume Le Blanc ein, die vier Kinder zur Welt brachte. Auch die Königin bekam noch drei weitere Kinder. Die nächste Frau in seinem Bett war die verheiratete Montespan, die allein sieben Kinder mit ihm zeugte. Im Jahr 1675 bemerkte er, dass es so nicht weitergehen konnte. Das Spiel um Sex und Intrigen drohte seine Herrschaft auszuhöhlen. Der Respekt gegenüber dem König ließ fühlbar immer mehr nach.«

Gottlieb räusperte sich und bemerkte nachdenklich:

»Das ist bei diesen Geschehnissen wahrlich kein Wunder.«

»Das war die beginnende Zeit der Giftgaben, die der König durch Einsatz eines Sondergerichtshofes in den Griff bekommen wollte«, fuhr Louise fort.

Sie sah mit ihren großen Augen in die Runde, und Ferdinand spürte mit stiller Freude, dass sie auf dem besten Wege war, sich zu erholen.

»Als mein Vater und auch andere am Hofe auf die ungeheure Belastung des Staatshaushaltes verwiesen, auf seine Eigenschaft, nur aus Leichtfertigkeit und Eitelkeit Kriege zu führen und damit den Staat in den Bankrott führen würde, ging der Stern meines Vaters am Hofe unter. Der König versuchte, ihm Verfehlungen nachzuweisen, um ihn in die Verbannung zu schicken. Doch das misslang, auch wegen der Macht und die Einflussnahme meiner bedeutenden Verwandtschaft, die sich ebenfalls auf höchster politischer Ebene bewegte.«

Ferdinand und Gottlieb hingen fasziniert an ihren Lippen und machten sich hier und da nur durch Nicken oder Kopfschütteln bemerkbar. Louise nahm es erfreut zur Kenntnis und erzählte ihre gesamte Lebensgeschichte. Es schien so, als wäre es für sie eine wundersame Befreiung.

Ferdinand konnte nachvollziehen, dass es ihr guttat, endlich jemanden gefunden zu haben, der an ihrem Schicksal teilnahm.

Sie schluckte und runzelte die Stirn.

»Da ich als junge Hofdame, wie viele andere auch, das Schicksal erlitt, durch die Vermittlung von Botschaften zwischen Maitressen und Intrigantinnen in die Giftaffären zu geraten, nahm der König die Chance wahr, mich in die Verbannung zu schicken, nur um meinen Vater, dem er sonst nichts anzuhaben vermochte, an seinem wundesten Punkt zu treffen. Meine Mutter ertrug die Schande nicht und starb, als ich Frankreich verlassen musste.«

Louise hielt inne. Ferdinand und Gottlieb bemerkten, wie die Erinnerung ihr Tränen in die Augen trieb.

Ferdinand räusperte sich mitfühlend und murmelte:

»Es war hochinteressant, etwas über dich und deine Familie zu erfahren und ich bin sehr glücklich, dass ich es sein durfte, der diesen finsteren Weg für dich und deine Familie erst einmal unterbrechen konnte.«

Es war offensichtlich, dass sie Ferdinand sehr mochte, denn ihre Blicke konnten nicht täuschen.

Ferdinand und Gottlieb hatten die Sättel ausgelegt und einen als Kopfstütze für Louise zurechtgerückt. Hier konnte sie endlich einmal eine Nacht ohne Ängste schlafen. Ferdinand und Gottlieb lagen auch in der Nähe des Feuers, Rapiere und geladene Pistolen griffbereit an ihrer Seite. Es waren schlimme Zeiten, überall lungerte Gesindel herum.

Irgendwann, als das Feuer nur noch Glut zeigte, waren alle vor Erschöpfung eingeschlafen. Den Schlaf brauchten sie dringend, denn morgens sollte es früh weitergehen.

Die ersten Vogelstimmen weckten die verschlafene Reisegruppe auf. Ganz vorsichtig tasteten sich erste Sonnenstrahlen durch die wuchtigen Baumkronen.

Ferdinand stand als Erster auf seinen Beinen. Er versorgte fröhlich die Pferde und rückte die Decken in der Kutsche zurecht.

Als er zum Feuer zurückkam, sprach er zum blinzelnden Gottlieb:

»Mein Freund, riechst du den Herbst auch schon?«

»Ja«, erwiderte der im Aufspringen, »es wird höchste Zeit, Regen und Schnee können wir nicht gebrauchen.«

Louise, die süße, zarte Marquise schlief noch tief und fest. Es war auch gut so, sie musste sich schnell erholen.

Als Gottlieb und Ferdinand soweit fertig waren, streichelte Ferdinand leicht über ihr Gesicht, bis sie ihre schönen Augen aufschlug. Sie flüsterte seinen Namen in ihrem wunderbaren französischen Akzent. Ferdinand war begeistert.

»Ferdinand«, wiederholte sie immer wieder lachend seinen Namen. »Dieser Name hat mir das Glück zurückgebracht.«

Auch Ferdinand musste lachen und seine Augen zeigten ihr, wie sehr er sie mochte.

»Hoch mit dir, winkte er, es geht gleich weiter.«

Ohne zu zögern, huschte die Marquise zum Bach und genoss es hörbar, sich endlich mal wieder gründlich zu waschen. Sie hatte sichtlich Freude daran, und Ferdinand mit seinem Freund lauschten, wie sie leise singend im Wasser planschte.

Ferdinand fand es richtig erfrischend und rief ihr zu:

»Ich habe dir ein paar saubere Kleidungsstücke von dem Ältesten meiner Brüder mitgebracht. Ich hoffe, sie passen dir. Es ist von Vorteil, wenn du in Frankreich als Bursche auftrittst.«

Kurz darauf stand sie vor ihm. Einfach umwerfend mit kecker Mütze in der Stirn und einem vielversprechenden Lächeln um den Mund. Ferdinand konnte sich nicht sattsehen. Die Kleider passten hervorragend und unterstrichen noch mal ihre weibliche Figur. Aber das wollte man doch gerade vermeiden, dachte er kopfschüttelnd. So gefiel es ihm viel besser, nur sinnvoll war es eben nicht. Sie begab sich schnell ins Kutscheninnere und die beiden Freunde sprangen beherzt auf ihren Bock, vier schnelle, ausgeruhte Pferde im Gespann.

Vielfältige, beeindruckende Landschaften flogen vorüber. Es duftete intensiv nach Herbst und Wald. Rehe und Wildschweine stoben angstvoll auseinander, wenn die Kutsche durch die moosigen Wege und Büsche brach. Stolze Geweihträger wie Dam- und Rotwild flüchteten links und rechts der Kutsche panisch in die Wälder.

Gottlieb kannte die Strecke von früher, war dort oft in Saarbrücken mit seinem Vater auf Geschäftsreisen gewesen.

Menschen, die ihnen unterwegs, zumeist auf Weiden oder Feldern, begegneten, hatten keinen Argwohn, so dass bis dahin die Flucht sehr unkompliziert verlief.

Sie waren meistens im Morgengrauen schon unterwegs, um Menschen aus dem Wege zu gehen. Doch immer schafften sie das nicht.

»Wenn wir durch die nächste Ortschaft fahren, halten wir am Backhaus an, Ferdinand, hörte er Gottlieb durch den Fahrtwind rufen. »Wir brauchen dringend Brot.«

»Da ist nichts gegen einzuwenden«, antwortete Ferdinand und sein Blick schweifte über die Felder, die beim Verlassen des Waldes sich unter ihren Augen ausbreiteten.

»Sie sind, wie ich das sehe, alle ordentlich bestellt worden, sodass ich davon ausgehe, dass wir nicht weit von hier eine Ortschaft finden.«

Es dauerte nicht lange, und einige Häuser tauchten vor ihnen auf. Ferdinand dreht sich zum Kutschfenster hin und rief in den Innenraum:

»Wir müssen Nahrung besorgen, verehrte Marquise. Haltet Euch also weiter gut versteckt, wenn wir in die Ortschaft fahren und die Kutsche zum Halten kommt.

»Oui, Monsieur«, hörte Ferdinand die Antwort und wendete sich wieder dem Fahrweg zu.

»Wir fahren schnell durch die Ortschaft und halten am Backhaus, welches immer aufgrund der Feuergefahr weg von den übrigen Häusern zu finden ist«, erklärte Gottlieb.

»So machen wir das, Gottlieb!«

Ferdinand ahnte, Gottlieb kannte sich nicht nur aus, sondern wusste über den Anbau und die Beschaffung von Nahrungsmitteln umfassend Bescheid.

Es dauerte nicht lange und sie fuhren durch eine kleine Ansiedlung mit einer Kirche im Mittelpunkt. Gottlieb hatte das Tempo der Pferde reduziert und hielt Ausschau nach einem Backhaus.

Dann zeigte er plötzlich auf ein kleines Fachwerkhaus etwas außerhalb und sprach:

»Das könnte es sein, Ferdinand.«

Gottlieb zog die Zügel an und brachte die Kutsche zum Stehen. Sie sicherten vorsichtig die Umgebung und stiegen dann langsam vom Kutschbock.

Ferdinand warf kurz ein Blick in die Kutsche und nickte der Marquise aufmunternd zu.

Sie schritten auf das Backhaus zu, und Ferdinand war hocherfreut, als sie auf zwei Frauen stießen, die gerade Brotlaibe in den Ofen schoben.

»Erschrecken Sie nicht, meine Damen«, hörte er Gottlieb sagen. Wir bräuchten für unsere lange Reise etwas Brot. Dürfen wir Ihnen etwas abkaufen?«

Die Frauen, Bäuerinnen, wie es Ferdinand schien, überlegten nicht lange, als sie das klimpernde Geräusch aus dem Geldbeutel von Gottlieb vernahmen.

»Einverstanden«, sagte eine von ihnen, legte drei frisch gebackene Brotlaibe heraus und übergab sie Ferdinand, nachdem Gottlieb ihnen einige Taler ausgezahlt hatte.

»Wir bedanken uns«, rief Ferdinand beim Verlassen der Backstube und folgte unversehens Gottlieb, der mit Schwung schon wieder auf den Bock gesprungen war.

»Ich verstau das schnell im Kutschkasten, und dann geht's auf die Strecke«, rief Ferdinand erfreut und hantierte am Kasten herum. Er nickte zuversichtlich ins Innere der Kutsche und nahm den Platz neben Gottlieb ein.

»Auf geht's«, spornte er die Pferde an und schon waren sie wieder im Rhythmus der Strecke.

»Ohne Brot lässt sich schwerlich leben«, rief Gottlieb und lächelte zu Ferdinand herüber.

Der nickte stumm und tauchte, inspiriert durch die Schönheit der Landschaft, wieder in seine Tagträume ein.

Die zwingenden Ruhepausen für Kutscher und Pferde gestalteten sich ebenfalls ohne Komplikationen. Ferdinand und offensichtlich auch Gottlieb bemerkten mit stiller Freude, dass ihr Gast Stunde um Stunde mehr aufblühte und sie immer wieder von sich aus, wie selbstverständlich, das Gespräch suchte.

Die Ruhezeiten wurden vom besonnenen Gottlieb so gestaltet, dass man möglichst Randgebiete aufsuchte, die ziemlich menschenleer waren, sodass keine dummen Fragen gestellt wurden. Auch wenn die Kutsche ein ums andere Mal langsam geführt werden musste, so ergaben sich kurze Gespräche mit Wanderern oder Bauern, die gerne ihre Arbeit für ein Pläuschchen unterbrachen. Von außen schien die Kutsche leer zu sein, weil Louise bewusst flach auf dem Boden lag, um nicht aufzufallen.

Sobald sie aber einen Haltepunkt erreicht hatten, sprang sie direkt aus der Kutsche und half ohne zu zögern bei der Versorgung der Pferde. Als ihre zusehends aufsteigenden Kräfte es zuließen, war sie mit Herzenslust dabei, die Burschen bei allen notwendigen Arbeiten zu unterstützen. Dafür wurde sie von den Freunden abwechselnd begeistert gelobt. Ihre Bewegungen wurden von Stunde zu Stunde anmutiger und weiblicher, sodass die Jungs großen Gefallen beim Zusehen hatten. Sie quittierte diese Auffälligkeiten mit einem entzückenden Lächeln.

Beim Holzhacken etwas abseits im Rahmen einer längeren Pause sprach Gottlieb Ferdinand an:

»Kannst du dir diese Person in richtigen Kleidern vorstellen, Ferdinand, die noch mehr ihre fantastische Weiblichkeit unterstreichen, ein Traum von Weib. Und Ferdinand, wie sie dich anschaut, in jeder Phase ihrer

Bewegungen. Ich sage dir im Vertrauen und als dein Freund, warte nicht zu lange, wenn sie dein Herz bewegt. Zeig ihr das deutlich, ich glaube, sie brennt lichterloh, und das macht sie nicht nur aus Dankbarkeit.«

Ferdinand zeigte Gottlieb daraufhin ein entspanntes, glückliches Lächeln und bemerkte amüsiert:

»Du bist wahrhaftig ein guter Beobachter, Gottlieb, ich glaube, es hat mich voll erwischt und das von Anfang an, als ich dem Bündel Mensch zum ersten Mal in die leidenden großen Augen schaute.«

»Und, was ist mit Ceija, mein Freund, hast du sie schon vergessen?«

Ferdinand lächelte etwas schief und zuckte mit den Schultern. Er wusste es wohl selbst nicht, schien Gottlieb.

Sie gingen vertraut zur geplanten Feuerstelle und bauten mit routinierten Handgriffen die gesammelten Holzreste auf.

Dann saßen sie in geselliger Runde am Feuer und vertieften sich in lustigen Sprechübungen. Als Louise das Wort Eichhörnchen in ihrem französischen Slang versuchte nachzusprechen, hielten sie sich die Bäuche vor Lachen. Immer wieder waren sie versucht, Louise schwere deutsche Sätze sprechen zu lassen. Sie hatte selbst auch sehr viel Spaß dabei.

Auch das Singen von bekannten Wanderliedern brachte die drei immer wieder zum Lachen.

»Gottlieb«, rief Ferdinand zu ihm herüber als sie mit dem Essen fertig waren und er an der Kutsche stand.

»Die Kutschkiste ist ja voller kulinarischer Köstlich-keiten, habe ich gesehen, hast du etwa den gesamten Wintervorrat deines Vaters geraubt?«

Gottlieb grinste breit:

»Sei beruhigt, ich habe ihnen noch genug dagelas-sen, Ferdinand. Wir können es hier bestimmt besser ge-brauchen, meinst du nicht auch? Besonders die schwe-ren Schinken und die Dauerwürste.«

Als Gottlieb kurz zum Abspülen der Töpfe zum Bach ging, rückte Ferdinand etwas näher an Louise heran. Er schaute tief in ihre Augen und lachte breit.

»Ich muss dir gestehen«, stammelte er etwas unsi-cher, »ich habe mich neben einer Person noch nie so wohl gefühlt wie neben dir.«

Sie beugte sich zu ihm herüber und sah ihm direkt in die Augen. Dann flüsterte sie: »Es geht mir wie dir, Fer-dinand.« Es schien ihm, als hätten ihre Augen kurz auf-geleuchtet.

Gottlieb räusperte sich kurz und trieb die Turteltau-ben an, wieder ihre Plätze einzunehmen.

Der ständige Wechsel auf dem Bock hatte sich be-währt, erhielt Ferdinand dadurch doch immer mehr Routine beim Lenken des Pferdegespanns. Auf einigen Streckenabschnitten, auf denen Gottlieb das Gespann übernahm, wurde richtig Tempo gemacht, um or-dentlich weiterzukommen. Sie mussten so schnell wie möglich in Paris sein, um zumindest den bischöflichen Häschern von Augsburg zu entkommen. Der Fahrtwind zerrte so in ihren Haaren, dass sie sich auf dem Bock manchmal nicht wiedererkannten. Doch sie hatten ihre pure Freude daran.

Als sie an einem kleinen Waldgebiet um die Ecke bogen, sprangen plötzlich von hinten aus einem Baum heraus zwei Räuber auf das Kutschendach.

Der Ältere brüllte fordernd:

»Haltet an und öffnet sofort die Kutschentür!«

Sein Blick war finster und durchtrieben. Er grinste und entblößte dabei eine Reihe fleckiger Zähne.

»Los macht schon, dort drinnen sollten sich unendlich viele Gepäckstücke mit brauchbarem Schmuck und Geschmeide befinden, die ihr doch bestimmt entbehren könnt. Eure Kutsche wird dadurch viel schneller, und wir können es gut gebrauchen.«

Er hatte den Satz noch nicht vollendet, da gab Gottlieb den Pferden sofort die Peitsche, um in rasanter Fahrt die Kerle vom Dach zu reißen. Ferdinand versuchte nach einem der Räuber zu greifen. Die Kutsche rollte noch ein kurzes Stück, bis einer der Kerle eine Feuerwaffe zog und sie auf Ferdinand richtete.

Ein Frösteln überfiel Ferdinand, und er hielt unwillkürlich den Atem an. Er öffnete den Mund, um zu protestieren, dann schloss er ihn sofort wieder und schüttelte resignierend den Kopf. Sein Gesicht verdunkelte sich zusehends, doch er wollte kein törichtes Risiko eingehen.

Gottlieb und Ferdinand hatten inzwischen beide ihre Arme gehoben. Sie befanden sich in einer aussichtslosen Lage, schauten sie doch in die Mündungen von einer großkalibrigen Pistole. Sie waren völlig hilflos und wie erstarrt.

»Los, von der Kutsche runter und rührt euch nicht, sonst seid ihr des Todes«, schrie der Jüngere, während der Ältere mit der Pistole gefährlich vor ihren Gesichtern herumfuchtelte. Gottlieb und Ferdinand begaben sich zähneknirschend nach unten und warteten gespannt, wie einer der Kriminellen den Knauf der Kutschentür drehte. Sorge legte sich auf Ferdinands Züge. Tiefe trostlose Verzweiflung gepaart mit grenzenloser Verachtung schlug über ihm zusammen.

Als der Kerl versuchte, mit einem heftigen Ruck die Kutschentür zu öffnen, schaute er ebenfalls in zwei Mündungsöffnungen.

Louise, links und rechts die schweren Waffen in der Hand, forderte mit ernster, schneidender Stimme die Räuber auf, ihre Waffen fallen zu lassen: »Los, weg mit der Pistole, sonst geschieht ein Unglück.«

Sie hatte das Glück, dass sie nebeneinanderstanden, weil sie in der Kutsche niemanden vermutet hatten. Ihr vor Entschlossenheit starrer Gesichtsausdruck ließ keinen Zweifel daran, dass sie es bitterernst meinte. Gottlieb und Ferdinand entwaffneten die Räuber umgehend und schickten sie mit viel Gejohle in den Wald zurück. Anstatt etwas mitgenommen zu haben, ließen sie zwei ansehnliche, geladene Pistolen zurück.

Die Freunde feierten begeistert ihre Pistolenheldin.

»Ja«, gestand sie, »ich habe es bei meinem Vater gelernt, Jagd und Waffen sind seine große Leidenschaft.

Ich hatte die Dinger vorsichtshalber bei der letzten Rast aus der Kiste gekramt. Bei mir am Körper schienen sie mir praktischer zu sein.«

»Und wie«, rief Gottlieb begeistert.

»Du bist eine ganz faszinierende Frau«, bestätigte Ferdinand mit überzeugter, klangvoller Stimme. »Nicht nur, dass du eine ausgesprochene Schönheit bist, auch mit Pistolen vermagst du beeindruckend umzugehen.«

»Los, weiter«, trieb Gottlieb zur Eile, »wir müssen vorwärtskommen. Unser Ziel ist nicht mehr weit.«

Nach vielen kräftezehrenden Tagen in gewohntem Rhythmus ohne weitere Störungen, erreichten sie endlich die Poststation am Rande von Saarbrücken, von der Gottlieb erzählt hatte.

Dort mussten dringend alle Pferde ausgetauscht werden. Sie waren komplett am Ende. Das war Gottliebs Aufgabe, er kannte sich bestens damit aus.

In der Zwischenzeit schauten sich Ferdinand und Louise, die ganz in ihrer Rolle als Bursche aufging, in der dort angeschlossenen Kaschemme um und setzten sich in der dunklen, rauchigen Kneipe an einen altersbrüchigen Eichentisch.

Sie bestellten unauffällig zwei Krüge Bier, etwas anderes gab es dort gar nicht, und nahmen, immer rundherum sichernd, tiefe herzhafte Schlucke. Die Strapazen der Reise machten sich immer mehr bemerkbar. Das ewige Schlagen der Kutsche auf unebenen und ausgefahrenen Wegen führte immer wieder zu schmerzhaften blauen Flecken am ganzen Körper. Aber es ließ sich halt nicht vermeiden, wollte man schnell weiterkommen. Beide waren immens froh, dass das Wetter noch mitspielte und es weder regnete noch schneite. Auch die Temperaturen waren für die aufkommenden Herbsttage noch erträglich.

Als eine Handvoll laut grölender, buntgekleideter Soldaten eintrat, forderte Ferdinand Louise auf, sich zu ducken und die Kappe tiefer in die Stirn zu ziehen.

»Das könnte Ärger geben«, zischte er unvermittelt.

»Ach«, brüllte plötzlich ihr Anführer, »sieh mal da, ganz neue Gesichter in unserer Garnisonsstadt, das ist ja mal eine Überraschung.«

Ferdinand wollte sich auf kein Gespräch einlassen und erwiderte:

»Wir sind nur auf der Durchreise und gleich wieder weg.«

Doch der angetrunkene Soldat gab keine Ruhe und forderte beide auf, sich hinzustellen.

»Mal schauen, ob ihr bewaffnet seid.«

Ferdinand tat so, als hätte er die Aufforderung nicht verstanden und drängte Louise zur Kneipentür.

»Aha«, rülpste der Soldat, »schau mal an, ihr wollt euch heimlich, verdrücken. So was gibt es bei Onkel Heinrich nicht«, krächzte der Anführer mit unangenehm kalter Stimme. Er beugte sich ungelenk vor und griff nach Louises Hand. Ein freudloses Lächeln umspielte seinen Mund.

Ferdinand stieß den angehaltenen Atem aus und packte ihn an seinen ausgestreckten Arm. Sein Gesicht war starr. Er machte einen Schritt nach vorne und riss den Trunkenbold mit all seiner Kraft zu Boden. Er hörte, wie ein schwaches, schrilles Lachen erklang.

Gleichzeitig hörte Ferdinand das Umstürzen von Tischen und Stühlen und das Zerbersten von Gläsern. Der Raum summte vor lauten, brüllenden Stimmen.

Ein Pulk von bunten, uniformierten Leibern stürmte auf Louise und Ferdinand zu. Aufkeimende Furcht stieg in ihm auf. Der Klang von Louises flehender Stimme wehte zu ihm herüber.

»Lasst uns bitte jetzt endlich in Ruhe gehen!«

In diesem Moment schlug die Tür auf, und Gottlieb erschien. Als er die Szenerie kurz überblickt hatte, schrie er mit einer Grimasse von finsterer Entschlossenheit:

»Los, raus hier, die Kutsche steht bereit.«

Zur Unterstützung seiner Aufforderung trug er zwei Pistolen am Hosenbund und zwei in den Händen, deren Finger die Abzüge kräftig durchzogen, sodass laute Salven die Kaschemme erbeben ließen.

Starker, undurchdringlicher Qualm stand bleiern dort, wo gerade noch Gestalten zu sehen waren. Gottliebs Erscheinung hatte derartigen Schrecken verbreitet, dass jegliche Lust an weiteren Gesprächen und Raufereien verebbt war.

Im Laufen rief Ferdinand:

»Da haben wir nochmal großes Glück gehabt, so eine wilde Meute auf unserer Fährte kann ich nur schwer ertragen.«

Louise warf sich schweigend in ihren Unterstand in der Kutsche, und Ferdinand mit Gottlieb sprangen behände auf den Bock. Gottlieb knallte mit der Peitsche, und Ferdinand sicherte mit den übernommenen Waffen nach hinten ab, ob ihnen jemand folgte.

Doch es blieb ruhig. Mit den frischen Pferden ging es auf nach Paris.

»Für den bevorstehenden Grenzübergang nach Frankreich müssen wir uns etwas einfallen lassen«, schrie Gottlieb durch den Fahrtwind. Die Grenzen sind hier allesamt gut gesichert. Das ist doch hier Kriegsgebiet im Hinblick auf die ständigen Auseinandersetzungen Frankreichs mit den angrenzenden Staaten.«

Gottlieb schaute Ferdinand ernst an und sagte:

»Es ist dem Anwachsen französischer Macht geschuldet, die Ludwig XIV. erbarmungslos und ehrgeizig vergrößert.«

Gottlieb, der das väterliche Fuhrwerksgeschäft in Augsburg mit den geschäftlichen Verbindungen bis ins Ausland, Tag für Tag von Kind auf mitbekommen hatte, unterhielt sich munter mit Ferdinand auf dem Bock. Es war wichtig, sich bei der Monotonie der Kutschfahrt wach zu halten, so gut es eben ging.

»Frankreich ist auf dem Weg zur einflussreichsten Macht in Europa, die überall versucht, ihre

Herrschaftsinteressen durchzusetzen«, erläuterte er. »Die Niederlande sind zurzeit ihr größter Gegner. Sie erschaffen sich gerade ihr goldenes Zeitalter, in dem Amsterdam wohl sehr bald zum Welthandelsplatz wird.«

»Das ist ja kaum zu glauben«, staunte Ferdinand.

»Ihre Wirtschaftskraft liegt weniger im Geldbesitz als in der Fähigkeit, aus Warenhandel und Finanzverkehr Mehrwerte schaffen zu können«, berichtete Gottlieb weiter. »Sie zeigen anschaulich als Staatsverband, der nicht über Rohstoffe verfügt und eine unbedeutende Rolle in der Landwirtschaft spielt, ihre Fähigkeit, trotzdem einen zentralen europäischen Handelsplatz zu schaffen. Es wurde an der Börse ein Wechselsystem begründet, wo sogar bargeldlos gehandelt werden kann.«

Gottlieb unterbrach kurz, um sich über das Gesicht zu reiben. Er bemühte sich ein paar störende Fliegen zu vertreiben.

»Das sind hochinteressante Weisheiten aus einer Welt, die mich bisher nie wirklich interessiert hat«, stellte Ferdinand fest. Er hörte ihm weiter gebannt zu und war hocherfreut von Gottliebs Erfahrungen zu profitieren.

Er setzte sich aufrecht hin und strich gedankenversunken seine Kleidung glatt, um Gottliebs Bericht weiter zu lauschen.

»Die Niederlande decken ihre Kraft als seefahrende Handelsmacht durch eine Militärmaschinerie, die ihre Handelsinteressen weltweit sichert.«

»Du bist ja total in diese politischen Hintergründe eingeweiht«, bemerkte Ferdinand höchst überrascht.

»Ja, mein Freund, die tieferen Gründe dieser territorialen Auseinandersetzungen mit ihren Ursachen haben mich immer schon interessiert«, bestätigte Gottlieb mit ein wenig Stolz in der Stimme. »Für die Sicherheit unserer Handelswege ist dieses Wissen unbedingt nötig.« Er schnalzte mit der Zunge und berichtete weiter:

»Für den Einsatz in warmen, äquatorialen Zonen hat man in den Niederlanden aus dem Schiffstyp der Fleute, als Nachfolgemodell der Kogge, nunmehr das Pinasschiff entwickelt, eine Weiterführung der technischen Vorteile der Fleute. Sie wird als schnelles, schwer bewaffnetes Transport- und Handelsschiff konstruiert, inzwischen weltweit begehrt, das in der Lage ist, sich selbst gegen kleinere Kriegsschiffe, Freibeuter und Piraten zu verteidigen.«

»Da habe ich absolut keine Ahnung von«, reagierte Ferdinand resignierend.

»Es ist zurzeit auch ein bevorzugtes Handelsschiff im überseeischen Stückgut- und Sklavenhandel, Ferdinand«, strahlte Gottlieb ihn an.

»Ich habe das alles im Handelskontor meines Vaters in Augsburg lernen müssen. Aber anhand dieser Schilderungen erkennst du auch, dass Frankreich und die Niederlande stark konkurrierende Handelsinteressen haben.«

Er unterbrach kurz, da die Pferde ihn zu einem plötzlichen Fahrmanöver zwangen.

Er nahm die Zügel etwas enger in die Hände und beruhigte die Pferde mit surrenden Lauten. Wohl eine Eigenart, die ihm sein Vater beigebracht hatte, dachte Ferdinand.

Ein wenig später nahm Gottlieb seine Erläuterungen mit unverhohlener Begeisterung wieder auf:

»Doch auch mit den Regionen im Reich gibt es ständig Konfrontationen. Die Pfalz ist im Moment ein Ort ständiger Auseinandersetzungen. Ludwig hatte nicht nur Teile des Elsass annektiert, insbesondere Straßburg, das Einfallstor für kaiserliche Truppen, sondern auch östliche Teile der Spanischen Niederlande besetzt, wie auch Luxemburg und das Kurfürstentum Pfalz. Doch es brodelt, es droht ein Zusammenschluss protestantischer und katholischer Staaten gegen die Eroberungspolitik Frankreichs.«

»Die Welt droht mal wieder aus den Fugen zu geraten«, warf Ferdinand mit verzweifelter Miene ein, »und wir, die Untertanen, müssen uns fügen.«

»Ich erzähle dir das so ausführlich, Ferdinand«, erklärte Gottlieb weiter, »weil die Niederlande in einem Moment politischer Umwälzungen zurzeit der einzige Fleck sind, den man als Fluchtpunkt neben England einplanen könnte, wenn man Frankreich wieder verlassen müsste.«

»Das ist in der Tat gut zu wissen«, bemerkte Ferdinand hocherfreut. Er war begeistert, dass sein Freund derartiges Wissen gespeichert hatte, könnte es ihnen bei der Flucht doch noch sehr zugute kommen.

Gottlieb nickte zur Bestätigung seiner Ausführungen noch einmal und erklärte dann, auf das Kutschengespann schauend:

»Ferdinand, mit einer derartigen Kutsche die Grenze zu passieren, dürfte auch im besten Fall unmöglich sein. Selbst bei einer grünen Grenze sind die Übergänge stark gesichert und eine Kutsche braucht eben Wege, ohne die geht es nun einmal nicht. Ach, übrigens, ich habe bei dem Pferdewechsel ein paar Hühner erstehen können. Freu dich, Ferdinand heute gibt es mal frisches Fleisch!«

Ferdinand sah Gottlieb lange an und sagte:

»Gottlieb, du bist ein wirklich guter, umsichtiger Freund. Dazu noch ein Organisationstalent, wie ich noch keines kannte. Ich danke dir, ohne dich wären wir nicht so weit gekommen.«

Ferdinand sprang vom Bock und öffnete behänd die Wagentür. Louise hatte sich bereits frisch gemacht und sprang aus der Kutsche in seine Arme. Es war ein berauschendes Gefühl für Ferdinand. Er blickte ihr tief in die Augen und zögerte.

Nein, dachte er, ich muss ihr etwas Zeit geben.

Die drei suchten sich alsbald ein geschütztes Plätzchen an einer Waldlichtung und bereiteten in gewohnter, spezieller Arbeitsteilung die Feuerstelle vor.

Als sie eng nebeneinander um das lodernde Feuer saßen und die letzten Hühnerschenkel mit Heißhunger verschlungen hatten, erläuterte Gottlieb:

»Ich habe alles nochmal genauestens durchdacht. Ich befürchte, zuerst müssen wir uns von der Kutsche trennen.«

Sein Gesicht war voller planvoller Entschlossenheit. Er wollte wohl diese Sache zu einem guten Ende bringen.

So kannte Ferdinand seinen Freund. Ferdinands Sache war offensichtlich schon lange zu seiner eigenen geworden.

»Ich werde sie gleich morgen als Erster an der Postgrenzstation, die ich schon erwähnt hatte, umtauschen. Wir werden vier gute Reitpferde und drei Packpferde benötigen.«

Er blickte nachdenklich hoch, und wand sich an Louise:

»Marquise, ich gehe mal davon aus, dass Ihr bei der Jagdleidenschaft Eures Vaters auch das Reiten erlernt habt?«

Unter heftigem Kopfnicken kam ein »Ja« als Zustimmung aus ihrem Mund.

»Ihr reitet immer voraus mit dem Packpferd, was du führen musst, Ferdinand.«

Gottliebs Gesichtszüge wurden immer ernster, und er führte konkretisierend aus:

»Es wird kein Kinderspiel, die Grenzsoldaten sind gut ausgebildet. Sollten sie uns entdecken, bleibe ich zurück, kümmert euch dann nicht weiter um mich. Ich komme zeitnah nach. Lasst euch nicht ablenken und nehmt auf euren Pferden den direkten Weg nach Paris.

Sollte das Packpferd stören, lass es bitte sofort los, Ferdinand. Merkt euch, nehmt die Waffen ganz nah an euren Körper, verstaut sie dort, sodass ihr sie nicht verlieren könnt. Das ist die einzige Gewähr, die wir haben. Den Kram auf dem Packpferd, sollte es um Leben und Tod gehen, können wir ersetzen. Doch einzig entscheidend ist, kommt gesund nach Paris, ihr beiden.«

Ferdinand hatte gespannt und hochkonzentriert zugehört.

Er fuhr bestätigend fort:

»Du hast recht, Gottlieb, nur Leib und Leben sind wichtig. Wir haben es bis hierhin geschafft, jetzt wollen wir unser Ziel auch wirklich erreichen.«

Nun erhob auch Louise tapfer ihre Stimme:

»Ferdinand und ich haben uns überlegt, den Vater auf einem Maskenball des Königs in Versailles zu kontaktieren. Dort in der Höhle des Löwen wird uns keiner vermuten. Wir werden, wie die anderen dort auch, Masken tragen.«

»Richtig«, bestätigte Ferdinand und sprach weiter:

»Louise erzählte mir, dass es in der großen Kathedrale Notre-Dame eine Bittstelle gibt, wo die Gläubigen in einer Nische auf einem steinernen Erker kleine Geschenke oder Bittbriefe hinterlassen können. Damit du sie genau findest, Gottlieb, sie liegt auf der ile de la cite' im 4. Arrondissement von Paris. An dieser Stelle werden wir eine Nachricht für dich hinterlegen, Gottlieb, mit dem Zeitpunkt des Maskenballs am Hof von König Ludwig XIV. Des Weiteren werden wir genau unsere

Kostüme beschreiben, an denen du sowohl uns als auch Louises Vater, den Marquis de Colbert, erkennen wirst. Es wäre jetzt verfrüht, diese festzulegen. Erstens wissen wir noch nicht, wie genau wir den Marquis treffen, des Weiteren soll keiner unsere Verkleidung kennen, damit sie im Falle einer vorzeitigen Gefangenschaft nicht abgepresst oder im Schlaf ausgeplaudert werden kann. Das ist unsere einzige Sicherheit.«

Ferdinand lächelte schwach. Eine Falte schlich sich zwischen seine Brauen. Die Anspannung war ihm ins Gesicht geschrieben.

Gottlieb nickte heftig und aufmunternd:

»Ich bin der festen Überzeugung, dass das ein wirklich guter Plan ist. Ihr könnt euch voll auf mich verlassen. Nur der Tod kann mich hindern, zum Treff zu erscheinen, denkt bitte immer daran und vertraut mir.«

Er schaute beiden mit scheinbarer innerer Zufriedenheit tief und lange in die Augen.

Mit diesen Worten legte sich Gottlieb schlafen, denn er musste am anderen Morgen ganz in der Früh als Erster raus.

In der letzten Nacht vor dem Grenzübertritt nach Frankreich, der Heimat von Louise, kuschelte sich Ferdinand ganz nah an sie heran.

Sie ließ ihn sofort spüren, wie sehr sie sich in ihn verliebt hatte. Auch Ferdinand genoss die schüchternen, aber eindeutigen Liebkosungen. Mit dem letzten Hüsteln von Gottlieb waren sie eingeschlafen.

Als sie morgens wach wurden, spürten sie leichten Regen auf ihren Gesichtern. Es war irgendwie anders als sonst, wenn sie sich zum Schutz unter die Kutsche gerollt hatten. Das war auch der Tatsache geschuldet, dass die Kutsche unbemerkt, während sie noch schliefen, weggefahren worden war. Gottlieb war also schon früh aufgebrochen. Er war unterwegs, die arg geschundenen Pferde gegen gute Reitpferde und die unbrauchbar gewordene Kutsche einzutauschen.

Ferdinand zog die halb schlafende Louise an sich heran und flüsterte ihr ins Ohr: »Ich liebe dich für mein Leben, mein süßer Häftling.

Jetzt sind wir bald in Frankreich und du bist endlich frei, Louise.«

»Nein«, antwortete sie mit ihrem wohlklingenden französischen Akzent.

»Nicht ganz Ferdinand, jetzt bin ich übergangslos in deine Gefangenschaft geraten und ich hoffe, du wirst mich nie mehr freigeben.«

Ferdinands Herz hüpfte vor Freude. Er zögerte, als wolle er seine Worte sorgfältig abwägen. »Werdet Ihr dieses schwere Schicksal akzeptieren, Marquise Louise de Colbert?«

Louise küsste Ferdinand intensiv als Zeichen ihres großen Einverständnisses. Sie sprach mit glücklich lächelndem Gesicht und leuchtenden Augen, aber mit fester Stimme:

»Wenn es geht, mein Ferdinand, möchte ich für immer an deiner Seite bleiben, du bist mir in kurzer Zeit so vertraut geworden, als würden wir uns schon ein ganzes Leben kennen.«

Ferdinand lies widerwillig von der inniglichen Umarmung ab und begann, die Gegenstände einzusammeln, um sie in Vorbereitung des Ritts demnächst sorgfältig auf dem Packpferd verstauen zu können.

Der Regen fiel immer noch leicht, und im Schutz der Bäume und Sträucher trafen sie ruhig ihre Vorbereitungen.

Plötzlich hörten sie durch das Rauschen des Waldes das Brechen von Ästen und deutliches Hufgeklapper.

Gottlieb kam endlich mit den Pferden.

Er sprang geschmeidig vom Pferd und erklärte:

»Es hat alles gut geklappt, die Kutsche habe ich gegen sechs hervorragende Reitpferde und drei kräftige Packpferde eintauschen können. Ein paar Taler sind sogar noch übriggeblieben. Die werden mir sicher noch nützlich sein. Gut, dass ich den alten Postmann noch von früher kannte.«

Sie verstauten die restlichen Utensilien auf die Packpferde und rückten abschließend die Sättel zurecht.

Ferdinand half Louise, die Länge der Steigbügel einzustellen und hob sie, leicht wie eine Feder, auf das Pferd.

Gottlieb überprüfte noch mal, ob alles richtig saß, und erklärte eindringlich:

»Achtet genau auf mein Zeichen. Haltet euch eng an die Pferde, also viel Glück.«

Und los ging es in gestrecktem Galopp auf die französische Grenze zu. Nasse Äste und Zweige schlugen den Reitern ins Gesicht und hinterließen Streifen und Schrammen. Egal, jetzt ging es um alles. Sie waren angespannt und hochkonzentriert.

»Dort ist die Grenze«, rief Gottlieb plötzlich und zeigte auf den vermoosten Grenzstein.

Im selben Moment hörte man laute Stimmen, die fluchten und riefen.

Bunte Kleidung schimmerte durch das Unterholz. Ferdinand raunte:

»Soldaten.«

»Gebt mir die Packpferde«, schrie Gottlieb und riss die langen, glitschigen Zügel an sich.

»Los, reitet zügig weiter, ich lenke sie ab. Ich komme so schnell wie möglich nach, wie versprochen.«

Die Laute wurden immer mehr vom Wald verschluckt, und Gottlieb verschwand in den dichten Schwaden des Morgennebels.

XI

In wildem Tempo ritten Louise und Ferdinand vorwärts, immer weiter weg vom Stimmengewirr. Die Pferde hinterließen fliegende, weiße Schweißfahnen, ihre Lefzen gaben schmatzende Geräusche von sich.

Nachdem sie so ein ganzes Stück in wildem, verwegenem Ritt geschafft hatten, gab Ferdinand das Zeichen zum Halt.

Er sprang vom Pferd und hob seine Marquise aus dem nassen Sattel. Sie war fix und fertig. Die Zeichen der Angst standen wieder in ihren getriebenen Gesichtszügen. Ferdinand spürte das Pochen ihres Herzens durch sein Lederwams. Sie bebte am ganzen Körper, und indem er sie zärtlich umarmte, versuchte er sie mit seinen Küssen zu beruhigen.

»Hoffentlich konnte Gottlieb sie abschütteln und sich dabei in Sicherheit bringen«, stöhnte Ferdinand tief besorgt.

Sie ließen sich unruhig auf einem moosüberwucherten Baumstupf nieder und warteten ungeduldig auf Gottlieb.

Doch er kam nicht.

Sie warteten und warteten.

Schließlich stand Ferdinand ziemlich verzweifelt auf und sagte:

»Es hat keinen Zweck, Louise, wir können nicht länger warten. Wir müssen weiter. Die ganze Grenzregion wird in Aufruhr sein. Wir müssen hier weg.«

Die Flüchtenden warfen sich in ihre Sättel und machten sich mit mehreren Tagesritten und unruhigen Übernachtungen auf, immer weiter Richtung Paris.

Paris, das unumstrittene Zentrum Frankreichs.

Kurz bevor sie die Hauptstadt erreichten, bat Louise Ferdinand, noch einmal eine kurze Rast einzulegen. Er hatte den Eindruck, dass sich Louise doch noch nicht ganz von ihren letzten Strapazen erholt hatte.

Als sie es sich auf einem Fleckchen Moos bequem gemacht hatten, sah Ferdinand sie mit interessierten Augen an.

»Liebste Louise, erzähl mir noch etwas über deine Heimatstadt Paris. Ich komme mir so schäbig provinziell vor, wenn ich an Dillingen und Augsburg denke. Zwar herausragend schöne Städte, aber kein Vergleich zum Zentrum eures großen Volkes. Ich bin verdammt gespannt, was mich da alles erwartet, Louise.«

Er lehnte sich ostentativ nach hinten und nahm sich Zeit, ihr schweigsam zuzuhören.

Louise beugte sich zu ihm herunter und erläuterte:

»Ferdinand, alle sozialen, politischen und kulturellen Eliten orientieren sich nach Paris. Hier befinden sich nicht nur Hof, Staatsrat und Zentralbehörden bis zur Verlegung nach Versailles, sondern es gibt dort die Obergerichte Zentralfrankreichs, Abteilungen der königlichen Ministerien und Spezialgerichte.«

Sie stieß einen kleinen Seufzer aus.

»Dort residieren auch die Eliten des französischen Adels, die Prinzen von Geblüt, die Herzöge und Pairs, sowie viele andere Adelsgeschlechter. Hier befinden sich Büros und Paläste von Generalpächtern der indirekten Steuern und Zölle.«

Ferdinand hörte ihr gebannt zu. Er neigte seinen Kopf zu ihr und lächelte sie an.

»Es ist schön, dir zuzuhören, Louise«, flüsterte er begeistert.

»Unter Ludwig XIV. hatte eine zweite große Bauwelle nach Richelieu eingesetzt«, erzählte Louise weiter. »Die Stadt sollte in ein neues Rom verwandelt werden. Bereits relativ früh, im Jahre 1672, begann man damit, die alten Stadtmauern abzutragen und durch einen breiten Boulevard zu ersetzen. Hier wurden zu Ehren des Königs Triumphbögen errichtet. Paris war seit Langem schon über die Mauern hinweg gewachsen. Es hatten sich auch mondäne Viertel gebildet. Wie viele andere Städte war Paris ehemals von einer Befestigungsmauer umgeben, um den Schutz der Bevölkerung bei kriegerischen Auseinandersetzungen zu gewähren. Die Breite des Sockels maß drei, ihre Höhe sechs und ihre Oberkante immer noch zweieinhalb Meter. Siebenunddreißig Türme krönten die Mauer.«

»Was für eine extrem andere Welt«, warf Ferdinand erschrocken ein.

Louise blickte ihn lächelnd an. Ihre Augen leuchteten im Licht der untergehenden Sonne.

»Unter Ludwigs Führung gab es einfache Maßnahmen mit großen Effekten, wie einer ersten Straßenbeleuchtung, einer primitiven Kanalisation, die durchgehende Pflasterung der Straßen und die Schaffung einer Berufsfeuerwehr und einer Müllabfuhr. Auch die Neuregelung der Polizeitruppen hatte eingesetzt.«

»Das hört sich sehr gut an«, meinte Ferdinand begeistert, »ich bin gespannt, mir das alles mit dir einmal anzuschauen. Ich freue mich darauf, Louise.«

Louise nickte aufmunternd und beschloss ihren Bericht mit strahlenden Augen: »Daneben gab es zahlreiche Baumaßnahmen, wie Brücken, Kirchen, Parkanlagen, Brunnen und Statuen. Städtebaulich ging es nach Ludwig XIV., sollte Paris an erster Stelle stehen und so ein Vorbild für ganz Europa werden.«

Sie lächelte ihn mit strahlenden Augen an.

»Am Schloss von Versailles haben bis zu 22000 Leute gearbeitet. Mein Onkel, Jean Baptiste hat immer gelästert, die neue Schlossanlage sähe aus wie ein Mann mit großen Armen und einem dicken Kopf.«

Irgendwie schwang ein wenig Stolz in ihrer Stimme mit.

Ferdinand und erst recht Louise wollten mit ungebrochenem Willen endlich dort hingelangen. Er umarmte sie liebevoll und half ihr in den Sattel. Es musste vorwärts gehen.

Sie rochen die Stadt schon von Weitem, bevor ihnen überhaupt die Sicht darauf möglich war. Ferdinand brachte sein Pferd zum Stehen und griff in die Zügel von Louises Pferd. Er sah sie ernst an und sagte:

»Riechst du das?«

»Ja«, nickte Louise wissend. »Bei großen Städten ist der Kloakenduft bestialisch. Es ist ein Gemisch von Elend und Armut.«

Die Luft war schwer von Feuchtigkeit. Gewitterwolken schienen erst vor Kurzem weitergezogen zu sein. Dunkelheit und Nebel krochen langsam, aber unaufhaltsam hoch.

Einzelne verstreute Feuer im Nebel deuteten darauf hin, dass sie die Stadtgrenze endlich erreicht hatten. Sie zogen sich in die Sättel und nahmen wieder Tempo auf, ihr Ziel schien nun zum Greifen nah.

Louise rief Ferdinand plötzlich zu:

»Wir müssen uns gleich in der Vorstadt rechts halten. Dort kenne ich die Unterkunft einer jetzt wohl älteren Dame, die früher bei uns auf dem Schloss gearbeitet hat. Die wird uns vielleicht für kurze Zeit beherbergen können.«

»Auf geht's«, spornte Ferdinand noch mal die Pferde an und sie ritten, als wäre der Teufel hinter ihnen her.

Spät in der Nacht erreichten sie eine unscheinbare Unterkunft in einem der vielen Stadtbezirke. Die nächtliche, beklemmende Dunkelheit wurde nur durch einzelne, brennende Feuer gespenstisch erhellt. Louise stieg vom Pferd und überließ Ferdinand die Zügel. Sie schritt fest entschlossen auf ein kleines Holzhaus zu und klopfte drängend an die Tür.

Eine alte Dame tat ihr auf.

Sie hatte ihre Haare nach hinten gekämmt, doch trotz der Strenge ihrer Frisur machte sie einen überaus freundlichen, offenen Eindruck. Ihre akkurate Kleidung ließ auf einen ausgesuchten, guten Geschmack schließen. Sie neigte den Kopf etwas nach vorn und schaute Louise direkt in die Augen.

Louise lächelte, zog ihre Kappe vom Kopf und ihre langen, wieder seidig gewordenen, Haare umspielten ihre Schultern. Sie fiel der alten Dame in die Arme und herzte sie. Diese schaute zuerst verblüfft, erkannte dann aber sehr schnell, dass Louise vor ihr stand, die Tochter des Marquis de Colbert. Ferdinand beobachtete dies alles mit zunehmender Beruhigung.

»Lass dich anschauen, Kleines«, schluchzte sie und drückte sie fest an ihre Brust.

Sie schaute Ferdinand lange in die Augen und sagte: »Ich frage erst gar nicht, tretet näher!«

Nachdem Ferdinand notdürftig die Pferde verstaut hatte und zurückgekommen war, fragte Louise die Dame ohne Umschweife:

»Charlotte, kannst du uns für einige Tage hier bei dir unterbringen? Du weißt, ich werde nach der Giftaffäre am Hof des Königs gesucht und muss unbedingt Kontakt zu meinem Vater aufnehmen. Wir sind von Augsburg bis hierhin geflohen. Ferdinand hat mich vor der Folter und dem sicheren Tod bewahrt.«

Tränen schossen in ihre Augen.

Die alte Dame nickte mitfühlend. Nicht einen Hauch von Skepsis oder Zurückhaltung strahlte ihre Körperhaltung aus. Blinzelnd kämpfte sie gegen die Tränen an, die ihr die Sicht zu rauben schienen.

»Kommt herein«, sprach sie mit bewegter Stimme. Die Erinnerung an gute, alte Zeiten schien sie zu übermannen. Eine wohlige Stimmung der Vertrautheit machte sich breit, so kam es Ferdinand vor.

Louise und Ferdinand schauten sich um. Durch die Diele gelangten sie in eine gemütlich eingerichtet Wohnstube, wo das Licht einer großen Kerze anheimelnd über die Bretterdielen floss. Von der Wohnstube zweigten zwei weitere, kleinere Räume ab, die wohl als Schlafkammern benutzt wurden.

Ferdinand und Louise machten es sich in der Behausung so bequem wie möglich und nahmen für eine kurze Zeit ihre Umgebung gar nicht mehr wahr, so waren sie miteinander beschäftigt. Immer wieder dachte Ferdinand an seinen Freund Gottlieb und hoffte inständig, dass ihm nichts zugestoßen war.

Die Zweisamkeit gefiel ihnen so sehr, dass sie ihre Zweifel und ihre so einschneidenden Probleme fast vergaßen.

Doch irgendwann drängte die Zeit, sie mussten handeln und versuchen, sowohl mit dem Vater als auch mit Gottlieb in Verbindung zu treten.

Louise nahm die alte Dame am nächsten Tag zur Seite und erklärte:

»Charlotte, du musst unbedingt heimlich meinen Vater treffen. Er soll Vorbereitungen treffen, damit wir uns bei ihm verstecken können. Ich weiß, als ich ihn das letzte Mal sprach, war er entsetzt, dass unser Anwesen Tag und Nacht beobachtet wurde.«

Blinzelnd kämpfte sie gegen ihre Tränen an.

»Das wird sich bis heute nicht geändert haben, deshalb ist höchste Vorsicht geboten. Bestell ihm bitte, unter strengster Geheimhaltung, er möge zum nächsten Maskenball des Königs kommen, da vermutet uns keiner.«

Zweifel flackerte in ihrem Gesicht auf.

»Er möge als Teufel verkleidet erscheinen, damit wir ihn erkennen. Sag ihm, dass ich als Reh vermummt erscheinen werde und die Begleitung an meiner Seite als Wolf. Wir werden immer zusammen auftreten. Er wird uns mit Sicherheit erkennen.«

Charlotte nickte zum Verständnis und versprach, alles heimlich, wie aufgetragen, zu erledigen.

Kurz darauf brachen Louise und Ferdinand zur Kathedrale Notre-Dame auf, um dort die geplanten Vorkehrungen zu Ende zu bringen.

Ferdinand stand überwältigt vor diesem einmaligen Kirchenbauwerk. Es lag majestätisch mit fast neunzig Metern Höhe und zwei riesigen Türmen auf einer Seine-Insel mitten im Zentrum von Paris. Louise erklärte ihm, dass man zwischen 1164 und 1345 über zweihundert Jahre daran gebaut hatte.

Ferdinand war von dem grandiosen Bauwerk tief beeindruckt und konnte sich kaum von seinem berührenden Anblick losreißen.

Louise nahm ihn ohne Umschweife an die Hand und führte ihn zwischen all den Gläubigen an eine Stelle, wo man Bittbriefe an einem Brett über einem steinernen Vorsprung hinterlegte und darauf andere kleinere Gaben.

Hier hefteten sie mit einer vorbereiteten Kordel einen kleinen Zettel an, der nun unübersehbar dort am Brett hing.

Darauf hatte Ferdinand in deutscher Sprache Folgendes vermerkt:

»Mein Freund Gottlieb, wir werden am kommenden Feiertag am nächsten Maskenball des Königs Ludwig XIV. zusammen als Reh und Wolf erscheinen, trage du bitte als Kennzeichen die Maskierung eines Fuchses. Der Marquis wird eine Teufelsmaske tragen. Gib auf dich acht.«

Ferdinand hatte Herzschmerz, wenn er an Gottlieb dachte, der so unendlich viel für sie getan hatte und er hoffte inständig, ihn gesund beim Maskenball wiederzusehen.

Als sie zurück in ihre Unterkunft kamen, wurden sie schon von Charlotte sehnsüchtig erwartet. Mit Stolz in der Stimme verkündete sie:

»Ich habe Euren Vater im Garten des Schlosses aufspüren können. Er war hocherfreut, zu hören, dass Ihr noch lebt, liebste Marquise. Er wird alles Notwendige veranlassen, Euch bei ihm zu verstecken. Der Marquis war ganz außer sich vor Freude. Ihr Vater wird in der Maskierung eines Teufels erscheinen, wie vorgeschlagen.«

Es war selbstverständlich nicht einfach, sich Zutritt zum Maskenball des Königs zu verschaffen. Doch sowohl der Marquis de Colbert, der als ehemaliges Regierungsmitglied bei Hof einst ein und aus gegangen war, als auch Louise hatten immer noch ihre heimlichen Verbindungen, um an Zutrittspapiere zu gelangen.

Der Marquis de Colbert war ein hochgeschätztes Regierungsmitglied gewesen, bis seine Kritik an der Lebensart und der Verschwendungssucht des Königs ihn die Reputation kostete.

Wer beim König in Ungnade fiel, hatte mit erheblichen Repressalien zu rechnen. Doch an der Einstellung des Marquis hatte das nichts zu ändern vermocht.

Am Abend hatte sich Louise kurzfristig dazu entschlossen, die verschiedenen Materialien, die sie nachmittags bei diversen bekannten Händlern an der Kathedrale erworben hatte, zu Kostümen zu verarbeiten. Es waren bunte Tuchfetzen, die auf einer Art Puppe aufgelegt nach und nach zugeschnitten, verschiedene Muster ergaben. Sie bearbeitete dazu erworbene Tierfelle mit Tupfern aus einem vorbereiteten Farbeimer und verband sie mit Schnüren, damit sie den Körper ganz bedeckten und nicht herunterrutschten.

Auch Ferdinand war nach Anleitung durch Louise mit großem Interesse bei der Sache.

Er hörte gespannt zu, als Louise ihm währenddessen gewisse Hintergründe erläuterte.

Die Arbeit ging Louise so geübt von der Hand, dass sie genügend Zeit dazu fand.

»Nur mit der Tatsache, dass auch ich derartigen Zwängen bis hin zu Verfolgungen ausgesetzt sein würde, damit hat Vater nicht gerechnet«, erklärte sie mit verächtlichem Unterton in der Stimme.

»Er hat daraufhin mit dem König abgeschlossen und für ewig gebrochen. Nur sein hohes Ansehen beim Volk und bei anderen Mitgliedern der aktuellen Regierung hat seinen Kopf bisher gerettet. Seit der König im Rahmen der Giftmorde den Sondergerichtshof eingerichtet hat, ist die Kontrolle bei den Bällen erheblich strenger geworden.«

Da Ferdinand und Louise lange vorher schon über ihr gewähltes Vorgehen beratschlagt hatten, warf Ferdinand zur Erinnerung ein:

»Es scheint am besten zu sein, dort in Versailles inmitten des umtriebigen Hofstaates aufzutauchen, wo keiner mit uns rechnen wird, Louise. Der König flößt wohl nach wie vor höchsten Respekt ein.«

»Louise, die sich am Hof bestens auskannte, klärte Ferdinand weiter auf:

»Nachdem der König bereits als Vierjähriger 1643 den Thron geerbt hatte, führte Kardinal Mazarin die Geschäfte für den König. Der Leitende Minister galt als ein außerordentliches Talent in der Politik und unterrichtete daher selbst den König in der Kunst der Staatsführung. Er erhielt eine solide Ausbildung in Staatsangelegenheiten, Recht, Geschichte und Militärstrategie, aber auch in diversen Sprachen und Wissenschaften. Als Mazarin starb, war der zweiundzwanzigjährige König gut auf sein Amt vorbereitet. Er verkündete zur Überraschung aller, dass er keinen Leitenden Minister mehr benötige, sondern die Regierungsgeschäfte höchstpersönlich führen würde. Ludwig begann, die Regierung umzubilden, und entließ einen Großteil des Staatsrats. Sogar seine Mutter schloss er aus.«

»Das nenne ich ausgesprochen mutig, wenn nicht sogar überheblich, bei seinem Alter«, unterbrach Ferdinand höchst überrascht.

Louise unterbrach kurz und legte ein halbfertiges Kostüm über den Stuhl.

Sie deutete auf die Gesichtsmaske mit der Kapuze und rief kichernd aus:

»Schau mal Ferdinand, was ich zwischenzeitlich schon geschafft habe.« Ferdinand klatschte begeistert Beifall.

»Man merkt, dass du das schon sehr oft gemacht hast, Louise.«

»Der König«, führte Louise nun mit roten Bäckchen weiter aus, »will Europa beeindrucken, ja die ganze

Welt nicht nur politisch überraschen, sondern auch seine Macht und seinen Reichtum zur Schau stellen.«

»Ein Anspruch, den seine Stellung erlaubt, und ein Machtanspruch, der offensichtlich seinem Wesen entspricht«, meinte Ferdinand.

Louise nickte kurz und berichtete weiter, während ihre flinken Hände mit der Nadel an der Wolfsmaske für Ferdinand arbeiteten. Ihre Augen glänzten vor Glück und Eifer.

»Doch die sinnliche Stimmung, die die ersten 15 Jahre der Selbstregierung Ludwigs geprägt hatten, erlebte dann den ersten Rückschlag. Ein Priester verweigerte seiner Maitresse Montespan wegen doppelten Ehebruchs die Absolution, weil sie und der König schließlich verheiratet waren. Der reagierte aber diesmal sehr besonnen. Um die Kirche nicht zu provozieren, brach er die intime Beziehung zu seiner Geliebten für eine kurze Zeit ab. Es war ihm wohl plötzlich klar geworden, dass die Spielchen am Hof geeignet waren, seine Herrschaft zu gefährden.«

Louises Mund verzog sich voller Verachtung.

»Da musste man ja auch irgendwann von ausgehen«, warf Ferdinand schockiert ein.

Louise lächelte ihn beherzt an und legte das erste fertige Kostüm zur Seite. Dann fuhr sie unbeirrt fort.

»Der König wollte das tunlichst vermeiden. Er befahl die Einrichtung eines Sondergerichtshofes und ließ auch ohne Gerichtsurteile eine Reihe der Beteiligten oder die er dafürhielt, lebenslänglich in entlegene Festungen sperren.«

Eine wachsende Bestürzung stand ihr ins Gesicht geschrieben.

»Es gibt, nach meinen Erkundigungen, immer noch gegen über dreihundert Mitglieder der besseren und besten Gesellschaft Ermittlungsverfahren. Es wurden auch manche schon zum Tode verurteilt und in die Verbannung geschickt. Inzwischen läuft sogar ein Verfahren gegen die Geliebte des Königs, Madame de Montespan.«

Louise redete wie im Rausch und voller Erinnerungen.

Die Wolfsmaske mit Nadel und Faden daran hatte sie zwischenseitlich zur Seite gelegt, weil sie das Thema doch so nervlich mitnahm.

»Der Madame Montespan wird vorgeworfen, sie habe eine andere Geliebte des Königs, Angelique de Fontanges, vergiftet. Daneben habe sie Liebespulver zur heimlichen Verabreichung an den König bestellt und schwarze Messen mit Kindermord abhalten lassen, um den Erhalt der intimen Beziehung mit dem König zu bewirken. Ludwig, so erzählt man, habe sich von ihr abgewandt und die Erzieherin ihrer gemeinsamen Kinder, Francoise d'Aubigne', Marquise de Maintenon, auserwählt.

Es ist so undurchsichtig, wie es schlimmer nicht sein könnte.«

Louise schaute ganz betroffen, als sei sie der Auslöser gewesen.

Ferdinand ging um den Nähtisch herum zu ihr hinüber und küsste sie zärtlich.

»Ich habe mich in die Marquis in der Kerkerzelle total verliebt«, flüsterte er ihr zärtlich ins Ohr. »Es traf mich wie ein Schlag als ich das erste Mal in deine wunderschönen Augen sah. Du warst so hilflos und verzweifelt. Es hat mich innerlich ungeheuer berührt. Ich hatte einfach nur den tiefen Wunsch, dir zu helfen.«

»Ferdinand«, entgegnete Louise, »ich habe deine Spontanität, Fürsorge und Offenheit kennenlernen dürfen. Du hast mein Herz ebenso berührt. Ich möchte dich nie mehr missen, verstehst du, ich meine es ernst. Ferdinand schloss sie in seine Arme und küsste sie. Sein Mund strich ihr sanft über das Ohr. Eine wohlige Gänsehaut überzog ihren Körper. Sie seufzte leicht und lehnte sich an seinen Körper. Ferdinands Herzschlag beschleunigte sich.

»Komm«, wand sie sich wie eine Schlange aus seiner Umarmung und deutete auf die Kostüme. Sie schlüpften hinein und führten sie sich gegenseitig vor. Kichern und lautes Gelächter waberte durch die Kammer.

»Wie oft«, rief Louise begeistert aus, »habe ich für den Vater und manchmal auch für die Mutter diese Masken-Arrangements getroffen.«

Irgendwann jedoch trat gespenstische Ruhe ein.

Es kam unweigerlich die Anspannung beider hoch.

Die Marquise dachte an ihren Vater, der hoffentlich ohne Aufsehen in den Ballsaal gelangen würde.

Ferdinands Gedanken drehten sich um Gottlieb. Er betete für ihn, dass er noch gesund war und in der Lage, mit ihren Anweisungen auf dem Zettel verkleidet nach Versailles zu gelangen.

XII

Dann war es endlich so weit. Im Gedränge der vielen, teilweise urkomischen, Gestalten hatten sie keinerlei Schwierigkeiten, die strengen Kontrollen zu überwinden.

Da gab es Gazellen, Elefanten, Giraffen, Einhörner und Wildpferde. Glitzernde Fische mit riesengroßen Augen. Vögel mit bunten, wallenden Federn, die meisten mit Kapuzen oder Gesichtsmasken oder auffällig bei den Damen neben einer wallenden Fantasiefrisur leichte Masken, die von Hand getragen, ab und zu die Gesichter freigaben. Auch Kostüme als ganze Gebäude oder Denkmäler, vielgestaltig bunt gemustert.

Ferdinand fühlte sich unwohl. Die großzügige Freitreppe war unheimlich und beeindruckend zugleich. Der Hauptsaal mit riesengroßen Masken geschmückt vor seidengewandeten Wänden. Dazwischen immer wieder mannshohe Spiegel, die diese Vielfalt von Gestalten gespenstisch in den Raum zurückwarfen. Diese pompöse Umgebung war völlig neu für ihn. Er hätte das in diesem Ausmaß nie erwartet. Der Einzug der vielen Menschen mit ihren exquisiten, einfallsreichen Kostümierungen war überwältigend.

Schwere Kronleuchter an den Decken warfen ein diffuses Licht auf die Kostümierten.

Am Ende des Saales standen üppige, überquellende Tische mit Köstlichkeiten aller Art. Mit ganzen

Schweins- oder Hirschköpfen geschmückt und bunten Fasanenfedern in Salatköpfen oder ganzen Brotlaiben. Ein Summen von Stimmen aller Art lag in der Luft. Diener in Livree huschten hier und da durch die Menge. Das Mosaik auf dem Boden vielgestaltig mit Quadraten oder Würfelmustern. Hier und da verschmiert mit Essensresten, die vorbeiziehende Gestalten wie beiläufig aus ihren Händen hatten fallen lassen.

In der Mitte des Saales hatten sich Pärchen gefunden, die in vorgegebenen Reihen nach Orchester-Streichmusik und den Regeln bestimmter Tanzgruppierungen vor und zurückschritten.

Für Ferdinand war es eine absolut fremde, geheimnisvolle Welt. Er war begeistert und gleichzeitig tief verunsichert und beunruhigt. Die Masken waren von feinster Qualität. Jeder wollte ein Teil dieser großartigen Vorführung sein. Dort, wo der König mit seiner Anwesenheit glänzte, musste man sich zeigen. Jeder hatte das drängende Gefühl, dazugehören zu müssen.

Das spezielle Wissen hatte er nur Louise zu verdanken, die ihm nächtelang jede Kleinigkeit des höfischen Lebens erklärt hatte.

Der König spielte dabei die herausragende Rolle, war sie doch stärkster Ausdruck seiner inszenierten Selbstdarstellung. Da es der König war, der diese Rollenspiele so liebte, hatte das gefälligst auch für seine Untertanen zu gelten. Es war wie ein großes Theaterstück, von ihm geschrieben und bestimmt, nach seinen Regularien, mit den Statisten und Besetzungen, die nur ihm genehm waren.

Das galt zumindest für diejenigen, die als Teil eines großen Schauspiels dabei sein wollten. Schon das auffällig monotone Gewirr der Gespräche in der schwülen Luft, das Rascheln der vornehmen Ballkleider, war ein Ohrenschmaus für jeden, der so etwas liebte. Die Kostüme waren allesamt sehr aufwendig gefertigt. Ein Meer von Pomp und Seide. Verzierungen und Stickereien, wo man auch hinschaute. Spitzen, Bordüren, Schleifen und Rüschen. Puder und Perücken. Man ging nicht, man schwebte, besser man stolzierte. Letzteres galt insbesondere für die vertretene Männerwelt. Die Damen fächerten sich Luft zu und kicherten. Die Herren lachten oder führten gewichtige Gespräche. Die Stimmung schien für Ferdinand beschwingt und leicht, doch irgendwie auch angespannt, insbesondere wenn der König in ihrer Nähe wie ein Pfau durch die Menge der Gleichgesinnten schritt.

Es war ein wahrhaft rauschendes Fest, nicht zu sprechen von den zarten Tönen des Orchesters, die die Teilnehmer animierten, sich auf der Tanzfläche beschwingt zu bewegen. Doch jeder Schritt, jede Bewegung hatte eine besondere Bedeutung, entsprang einem bestimmten Regular.

Das kannte Ferdinand bis dato nicht. Es war bedrückend in dieser so völlig fremden Welt.

Doch für seine geliebte Louise war er bereit, sich darauf einzulassen, sich hineinzustürzen in das Gewimmel von Masken und Menschen. Innerlich widerstrebte es ihm. Er spürte, es war alles eine riesengroße Schau, nichts so richtig ernst gemeint. Ein lockeres, wie ihm auf den ersten Blick schien, luftiges, leichtes Spiel. Hier konnte man dem König ganz nahekommen, wie sonst nur selten. Doch etwas war noch wichtiger, hier konnte man gesehen werden, Aufmerksamkeit erhaschen durch ausgefallene Kleidung und Kostümierung. Nicht nur Gesten, sondern auch Tanzschritte waren gefragt. Alles könnte dem König auffallen und ihn begeistern. Auch die Teilnehmer des Balles untereinander schauten auf ausgefallene Kostümierungen, quittierten besonders auffällige mit zustimmendem Nicken oder mit intensivem Wispern im Vorübergehen.

Ferdinand musste sich Mut zusprechen, er hatte nicht wirklich gewusst, auf was er sich da eingelassen hatte. Auffallen, bei Gott, das wollten sie ja gerade nicht. An Masken und Kostümierungen war fast alles, was fantasievoll und auffällig war, vertreten. Gut, dass man dem Vater noch mitgeteilt hatte, dass zwei bestimmte Masken, nämlich Reh und Wolf, gemeinsam auftreten würden.

In einer Ecke entdeckte Louise plötzlich einen Teufel. Sie sicherte behutsam die Umgebung ab und prüfte, ob die Statur ihrem Vater ähnelte. Dieser hatte sich klugerweise nicht in einen undurchsichtigen Umhang gestürzt, der es noch schwieriger gemacht hätte, die Umrisse einer Person zu identifizieren.

Dann war sich Louise plötzlich sicher. Sie nahm Ferdinand fester an die Hand und bewegte sich auf den Teufel zu.

Der Teufel machte umgehend eine galante Verbeugung, und nun wusste Louise es genau, es war ihr geliebter Vater.

Sie machte ebenfalls einen auffälligen Knicks und raunte dem Teufel zu: »Mein Vater, das ist Ferdinand aus Augsburg, ihm allein verdanke ich mein Leben. Er hat mich vor dem Scheiterhaufen bewahrt, er verdient Euren vollen Respekt.«

Auch Ferdinand näherte sich dem Vater und versuchte eine undefinierbare Bewegung, die zwischen tölpelhaft und galant eingestuft werden durfte.

Alle fingen gemeinsam an zu lachen. Eine leicht entspannte Fröhlichkeit stellte sich ein.

Als sie in die Nähe der Tanzfläche schritten, erstarrte Ferdinand. Er hatte einen Fuchs in weitem, schwarzem Seidengewand entdeckt.

»Das müsste Gottlieb sein«, zischte er Louise zu: »Gott sei Dank, er lebt.«

Ferdinand folgte ihm sofort. Doch dann drehte sich dieser Fuchs überraschend um und bewegte sich auf eine schlecht einsehbare Nische an der Freitreppe zu. Ferdinand begab sich eiligen Schrittes dort hin, unmittelbar dahinter. Er hatte den Eindruck, dass er an einer schlecht zugänglichen Stelle mit ihm das Gespräch suchen wollte.

Als er ihn erreicht hatte, sprach er ihn freudig erregt an:

»Gottlieb, mein Freund, da bist du ja endlich.«

Seine Worte waren noch nicht verhallt, als er den Stahl eines Dolches spürte, der unaufhaltsam in seinen Unterleib drang.

Blut tropfte aus seinem Mund und er sank schwer getroffen zu Boden.

Mit schnellen Schritten entfernte sich der Fuchs vom Tatort und verlor sich in den vielen Gestalten der Maskerade.

Louise, die das Geschehen mit ansehen musste, schrie voller Verzweiflung kurz auf. Doch der Vater, der neben ihr stand, ergriff sie und trieb sie zur Ruhe, damit die Tat nicht sofort auffiel. Aufsehen konnte jetzt niemand vertragen.

Sie hoben den ohnmächtigen Ferdinand sofort auf und schleppten ihn umgehend nach draußen. Die meisten Herumstehenden ordneten es als Alkoholunfall ein.

Dort am Rande des Balltrubels in einer Seitengasse übernahmen ihn sofort die Diener des Marquis mit der abgestellten Kutsche. Er ordnete mit gefasster Stimme an: »Los, los schnell, ab zum Leibarzt des Königs.«

Louise befand sich ständig an Ferdinands Seite und stützte ihn.

»Wir fahren direkt in die Rue Chomelle zum Leibarzt«, sprach der Marquis bestimmt, »er ist mir noch etwas schuldig.«

Nach rasender Kutschenfahrt erreichten sie schnell das Haus des Leibarztes. Er bemühte sich sofort um Ferdinand und stellte nach kurzer Diagnose fest:

»Ich werde umgehend eine Notoperation durchführen.«

Der Marquis de Colbert und seine Tochter warteten vor dem Raum voller Ungeduld und in stiller Verzweiflung.

Ferdinand lag auf einem Tisch inmitten von schwerem, geschmackvollem Mobiliar. Riesige Kerzen warfen ein blendendes Licht auf seinen Körper. Er blinzelte so gut es eben ging durch seine schwer gewordenen Augenlider und bemerkte, wie ein Mann in weißer Schürze sich seiner Wunde zuwandte.

»Riechen sie hier an diesem Fläschchen«, flüsterte der Arzt freundlich und geschäftig zugleich. Als er sich mit dem Skalpell, dass Ferdinand nur zu gut kannte, über ihn beugte, fiel ein schwerer Vorhang über sein Bewusstsein.

Als der Leibarzt des Königs nach eineinhalb Stunden aus dem hell erleuchteten Raum trat, bemerkte er:

»Der Stich hat nur ganz knapp wichtige Organe verfehlt, sodass der junge Bursche noch mal großes Glück gehabt hat. Er hat zwar viel Blut verloren, aber seine Konstitution wird ihn durchkommen lassen. Ich kenne derartige Verletzungen von Duellen zuhauf. Nehmen sie ihn mit und pflegen sie ihn gesund. Alles andere unterliegt der ärztlichen Verschwiegenheitspflicht.«

Louise weinte heftig. Der Vater versuchte sie, mit tröstenden Worten zu beruhigen: »Louise, reiß dich bitte zusammen, wir fahren jetzt gemeinsam zu der Jagdhütte auf unserem Anwesen. Dort, tief versteckt im Wald, sind wir erst einmal sicher. Meine Diener und auch die angestellten Jäger habe ich sofort nach deiner Botschaft angewiesen, auf Fremde zu achten und sie unter Androhung von Gewalt sofort des Grundstücks zu verweisen. Ich habe die Hütte mit allem Nötigen ausstatten lassen. Wir sind gut vorbereitet. Dort können wir ihn in Ruhe gesund pflegen.«

Der Leibarzt machte Ferdinand transportfähig und es ging in gemäßigter Fahrt zu der versteckten Jagdhütte auf dem Anwesen des Marquis de Colbert, ganz in der Nähe von Paris.

Die Bäume des Forstes standen tief und dicht und schützten vor ungebetenen Blicken Dritter.

XIII

In der einsamen Holzhütte wurde Ferdinand auf das große Bett gelegt, und Louise kümmerte sich jeden Tag aufopferungsvoll um ihn.

Über Wochen beobachtete sie Fieberkurven, bereitete feuchte Umschläge und versorgte die Wunde so gut, wie es in ihren Kräften stand. Sie bemühte sich tagtäglich um frisches Wasser und ausreichende Krankennahrung. Sie war für ihn da, genau wie er da gewesen war in den bittersten Stunden ihres jungen Lebens.

Manchmal saß sie nur stumm an seinem Bett und betrachtete seine entspannten Gesichtszüge im Schlaf.

Er war ihr in kurzer Zeit bereits so vertraut geworden. Sie wollte seine Gegenwart nicht mehr missen. Unter Einsatz seines Lebens war er bereit gewesen, sie den Häschern des Erzbischofs zu entziehen und damit ihr Leben zu retten. Er tat es mit aller Konsequenz, obwohl er weder ihre Schuld und Verstrickung kannte noch ihre wahre Identität. Er hatte nichts von ihr gewusst. Trotzdem hatte er nicht einen Moment gezögert, sein Leben für sie zu riskieren. Das würde sie nie mehr vergessen. Auch der selbstlose Einsatz von Gottlieb, der erst der Garant für das Gelingen der Flucht war, würde ihr wie eingebrannt im Gedächtnis bleiben.

Ferdinand, der inzwischen wach geworden war, sah sie so grübelnd am Feuer sitzen, und es war ein Moment des Glücks, wie er es empfand, ein Augenblick der

Besinnung, der ihm bewusst machte, was für eine schöne, aber insbesondere herzliche Frau er kennen und lieben lernen durfte. Er berührte sie leicht am Arm und freute sich, als sie breit lächelnd entdeckte, dass er sie die ganze Zeit stumm beobachtet hatte. Ja, das Schicksal hatte sie zusammengeführt auf einer Grenze des Erträglichen zwischen Leben und Tod. »Ich liebe dich«, murmelte er und schlief sofort wieder ein.

Die Tage wurden kürzer, und das Herbstlaub fiel in unaufhaltsamen, bunten Schüben.

Das Kaminfeuer brannte und spendete wohlige Wärme, denn draußen begann es, immer kälter zu werden. Sturmböen rüttelten an den Fensterläden. Auch erste Schneeflocken mischten sich dazwischen und überzogen die Hütte dann und wann mit leichtem Puderzucker.

Ganz allmählich kehrte die Fröhlichkeit in die Hütte zurück. Ferdinand konnte wieder laut lachen, und seine Laune wurde täglich besser. Die Wunde war gut verheilt, und er durfte die ersten Schritte mit Louises Unterstützung wagen. Nur eine blutrote Narbe zeigte die Stelle des unglaublichen Verbrechens.

Immer wieder kamen die Bilder in ihm hoch, Bilder, die er nie mehr vergessen würde. Jede einzelne Sekunde des Bewegungsablaufs des ungeheuren Mordversuchs lief immer wieder vor seinem geistigen Auge ab, immer und immer wieder.

Ferdinand schüttelte heftig den Kopf und versicherte:

»Das war niemals Gottlieb, er wäre gar nicht in der Lage, mir so etwas anzutun, Louise. Ich wüsste auch keinen Grund für solch eine Tat.«

»Die weiten Gewänder ließen gar keinen Schluss auf die Statur des Täters zu«, ergänzte sie voller Zweifel.

»Auch die Größe«, grübelte Ferdinand, »ich habe keinerlei Erinnerung mehr daran, es ging einfach viel zu schnell.«

»Ich kann nicht begreifen, dass er sich plötzlich grundlos abwandte«, bemerkte Louise nachdenklich.

»Trotz Verkleidung hatte er uns doch schon erkannt und war auf uns zugegangen, das verstehe ich einfach nicht«, grübelte Ferdinand. »Er kannte also unsere Absprache genau, wenn es nicht mein Freund Gottlieb war.

Ja, ich muss und werde es herausbekommen, Louise.«

»Beruhige dich Ferdinand, noch ist es nicht so weit«, antwortete sie besorgt. »Du brauchst noch etwas Zeit, aber sie wird kommen, ich bin mir dessen sicher.«

Louise war so ein herzliches, anschmiegsames Wesen, dass er gerührt war vor Glück. Er hatte alles richtig gemacht. Der Einsatz seines Lebens war absolut nötig gewesen. Ferdinand war so weit mit sich und seiner Wahl zufrieden.

Auch der Marquis war ab und zu in die Hütte gekommen. Auch er hatte sich auf Ferdinand eingelassen und sagte manches Mal voller Begeisterung:

»Ich bin immer wieder erstaunt, Ferdinand, mit welchem Wissen du mich beeindruckst und wie sehr deine Einstellung zum Leben der meinen gleicht, als ich in deinem Alter war. Ich bin hocherfreut, dass ich einen praktischen Arzt in meiner Nähe weiß, in meinem Alter ein naheliegender Gedanke und wahrhaftig ein Geschenk Gottes.«

Sie führten lange wissenschaftliche Gespräche in trauter Kaminrunde. Der Marquis fühlte sich wohl bei den jungen Leuten. Er war begeistert, da er seit dem Verlust seiner Ehefrau vor Wochen sehr einsam geworden war. Der Marquis liebte es einfach, mit den Jungen nächtelang zu diskutieren. Er war sehr lebenserfahren und klug. Auch Ferdinand fühlte sich wohl in diesen Gesprächsrunden, konnte er doch auch umfassend von seinem Leben in Augsburg und Dillingen berichten.

Louise bemerkte irgendwann, dass Ferdinand immer unruhiger zu werden schien.

Eines Abends fragte sie:

»Was bedrückt dich, mein Liebster?«

»Ich muss einfach wissen, wer mir so etwas Schreckliches angetan hat, Louise«, stellte er nüchtern fest.

»Ich finde seit Tagen keinen richtigen Schlaf mehr. Ich werde morgen aufbrechen, um es herauszufinden. Ich werde versuchen, wieder Quartier bei Charlotte zu nehmen. Sei aber beruhigt, Louise, ich habe bei dir einen Ort voller Geborgenheit gefunden. Ich habe absolut richtig gehandelt, als ich für dich, meine Geliebte, mein

Leben riskiert habe. Ich bin ein glücklicher Mann, und du bist der Grund dafür. Ich liebe dich für mein Leben.«

Louise schmiegte sich fest an ihn und schwieg. Ein Zeichen für ihn, dass er die richtigen Worte gefunden hatte. »Ich bin heute schon mal auf dem Rappen aus eurem Gestüt geritten. Er gefällt mir, und ich glaube, ich ihm auch«, stellte er unverrückbar fest.

In langen Gesprächen versuchte er, Louise zu erklären, wie genau er vorgehen wollte: »Von der Vorstadt aus werde ich Stadtbezirk um Stadtbezirk durchkämmen und jeden fragen, ob er den von mir genauestens beschriebenen Gottlieb schon einmal gesehen hat. Er hat doch einen ausgeprägten fremdländischen Akzent. Gottlieb hat so viel für mich und für dich getan. Der hinterhältige Mordversuch passt da gar nicht. Es kommt nicht zusammen. Zeit für einen Mord hätte es vorher zuhauf gegeben, warum gerade hier in Paris?«

»Es ist doch klar«, stellte Louise fest: »Der Mann, wenn es nicht wirklich Gottlieb gewesen ist, muss den Zettel, den Bittbrief, gekannt haben, sonst hätte er nicht um unsere Verkleidung gewusst. Keiner ohne dieses Wissen wäre so konsequent auf uns zugesteuert.«

»Ja«, bestätigte Ferdinand, »genau so sehe ich das auch.«

»Die Kostüme hat er richtig erkannt. Aber warum wandte er sich so plötzlich ab?«, merkte sie verbittert an.

Ferdinand überlegte kurz und antwortete:

»Er suchte bewusst einen stilleren Ort, um diese Tat unerkannt zu begehen. Einen anderen Grund vermag ich nicht zu erkennen, meine Liebste.«

»Deshalb die Nische an der Freitreppe«, resümierte Louise. Im Gedränge der vielen maskierten Menschen vermochte er schnell und unerkannt zu entkommen. Ein infamer, hinterhältiger Plan. Er hätte es doch überall an jeder anderen Stelle jederzeit tun können, aber er wusste um unseren Treffpunkt. Nur dort vermochte er uns sicher zu finden, und es musste unbedingt heimlich geschehen.«

»Ich werde meine Suche bei Charlotte beginnen, von dort aus mache ich meine Runden«, bemerkte er mit entschlossener Stimme. Ich nehme mir eine Woche. Sollte ich keinen Erfolg haben, Louise, gehen wir gemeinsam zur Kathedrale und suchen dort.«

Louise nickte zustimmend, sie wusste, sie würde ihn nicht aufhalten können. Sie wollte es auch nicht, denn auch sie suchte verzweifelt nach der Wahrheit.

Am nächsten Morgen brach Ferdinand schon sehr früh auf. Er führte den Rappen, ein ausgesprochen schönes Pferd aus dem Gestüt des Marquis de Colbert, Richtung Paris.

Die leichten Schneeflocken, die sich auf Pferd und Kleidung legten, nahm er kaum wahr. Nur ab und zu wischte er sich die Feuchte aus seinem Gesicht. Er musste den Mordversuch unbedingt aufklären und zuerst Gottlieb finden, den Einzigen, der ihm Gewissheit über die Person des Täters geben konnte, zumindest klarzustellen vermochte, dass er es nicht gewesen ist. Es ließ ihm keine Ruhe.

Die alte Charlotte war erstaunt, ihn wiederzusehen.

»Wie geht es Louise, meinem Mädchen?«, fragte sie interessiert. »Ich habe sie für mein Leben gern.«

»Ich auch«, erwiderte Ferdinand spontan und beide mussten herzlich lachen.

Ferdinand konzentrierte sich und fragte:

»Charlotte, haben Sie in den Tagen damals bis heute hier in der Nähe einen blonden, deutsch sprechenden Mann gesehen, ca. 1,75 Meter groß, etwa siebenundzwanzig Jahre alt? Auffällige braune Augen und gekleidet wie ein Edelmann mit Rapier an seiner Hüfte. So ein Mann muss doch in Paris auffallen.«

»Nein, ganz bestimmt nicht, aber sie haben recht, so ein Mann wäre mir aufgefallen, schöne Männer sowieso«, lachte Charlotte schallend.

»Charlotte«, fragte Ferdinand: »Könnte ich wohl für ein paar Tage wieder hier Quartier finden, bis ich eine Spur habe?«

»Kein Problem«, lächelte Charlotte und zwinkerte mit kecken Augen, »wenn Louise nichts dagegen hat.«

Eine ganze Woche lang streifte Ferdinand durch jedes Viertel von Paris. Er ließ keine Kaschemme aus, war sie auch noch so unbekannt oder dreckig. Selbst an den nächtlichen Feuern der Obdachlosen stellte er immer wieder dieselben Fragen. »Habt ihr einen großen, deutsch sprechenden blonden, braunäugigen Mann gesehen, er heißt Gottlieb und ist etwa siebenundzwanzig Jahre alt?«

Doch so weit er auch ritt, so viele Kreaturen er auch befragte, niemand hatte auch nur eine Spur von Gottlieb gesehen.

Nach einer Woche gab er enttäuscht auf. Er verabschiedete sich von der freundlichen Charlotte, die ihm noch viel Glück bei der weiteren Suche wünschte.

Mit den herzlichsten Grüßen an Louise ließ sie den schönen, blonden Deutschen ziehen.

Lange winkte er Charlotte noch vom Pferd aus zum Abschied zu und rief:

»Lass es dir gut ergehen. Bis bald, liebste Charlotte.«

XIV

Ziemlich zerknirscht und ermattet kehrte er eines Abends zur Jagdhütte zurück. Den Schnee klopfte er sich fröstelnd aus dem Uniformmantel, als er eintrat.

Louise war hoch erfreut, ihn zu sehen, und machte sofort das Kaminfeuer an.

»Und?«, fragte sie, »konntest du etwas über Gottlieb erfahren?«

»Nein, meine Liebste, nichts, rein gar nichts, keiner hat ihn gesehen oder etwas gehört, es gibt nicht die geringste Spur. Ich meine, ein blonder Deutscher mit schlechtem Akzent würde doch jedem sofort aufgefallen sein oder nicht?«, rätselte er enttäuscht.

»An sich hast du recht, Ferdinand«, stellte Louise nachdenklich fest:

»Aber es ist nun mal nicht zu ändern.«

Ferdinand zog resignierend die Schultern hoch.

»Ach Louise, eine große Bitte:

Begleite mich doch noch einmal zur Notre-Dame. Ich will unbedingt zum Brett, wo wir den Bittbrief damals angeheftet haben, vielleicht findet sich dort eine Spur.«

Ferdinand erholte sich einen ganzen Tag lang wohlig in den Armen seiner Liebsten und fühlte sich rund herum gut aufgehoben, bis auf dieses innere Drängen, dem Wunsch nach Aufklärung und Wahrheit.

Am übernächsten Tag brachen sie gemeinsam auf, benutzten dafür heimlich und getarnt die Kutsche des

Vaters, der sich bereitwillig angeboten hatte, mitzufahren. Vorne saßen in Verkleidung seine Diener auf dem Bock.

Der alte Herr freute sich auf den Besuch in Notre-Dame, war es doch auch für ihn eine imposante, außergewöhnlich schöne Kirche.

»Es ist die Kirche des Erzbistums Paris«, erklärte er stolz, »sie ist 90 Meter hoch und 130 Meter lang. Ihre Türme ragen fast 69 Meter in den Himmel.«

Ferdinand gefiel es, mit seiner neuen Familie durch Paris zu fahren. Er dachte spontan an seine Eltern und bedauerte, dass er ihnen sowohl Louise als aufgeblühte Marquise als auch ihren Vater, den Marquis de Colbert, nicht vorstellen konnte.

Auch Louise war während der ganzen Fahrt in Gedanken versunken und schien sich an ihre Flucht und an die große, uneigennützige Hilfe von Gottlieb zu erinnern. Tränen schossen in ihre schönen Augen, wenn sie an den hübschen fröhlichen jungen Mann zurückdachte.

Die Bremsen der Kutsche kreischten laut, als sie eine Seitengasse in der Nähe der Seine-Insel Notre-Dame erreichten.

Der Marquis verließ als Erster die Kutsche mit den Worten:

»Ihr braucht mich ja nicht bei der Spurensuche, ich ziehe mich zurück zum Beten. Ich war lange nicht mehr dort. Wir treffen uns dann wieder hier an der Kutsche.«

Schnellen Schrittes lief er auf die mächtige Kathedrale zu.

Ferdinand, der Louise beim Aussteigen geholfen hatte, erklärte:

»Vielleicht liegt irgendetwas dort in einer Nische oder einem Erker. Vielleicht heftet etwas am Brett. Unter Umständen hat dort einer eine Nachricht für uns hinterlegt.«

Voller Spannung bahnten sie sich den Weg durch die Gläubigen. Dann endlich standen sie vor dem Brett mit Bittbriefen in allen Größen und Schattierungen, insbesondere von Menschen aus der höheren Schicht, die des Schreibens mächtig waren. Die anderen hatten daneben auf einem steinernen Vorsprung kleine Gaben für die Mutter Gottes platziert.

Beide suchten akribisch nach irgendwelchen Auffälligkeiten.

Doch waren auch ihre Untersuchungen noch so umfassend und intensiv gewesen, ein brauchbares Ergebnis oder irgendeinen Hinweis fanden sie nicht.

Ferdinand und Louise gingen immer wieder auf verschiedenen Wegen in die Kirche hinein und aus der Kirche heraus. Sie sahen sich auch veranlasst, den einen oder anderen Gläubigen nach der gesuchten Person zu befragen. Beide waren in der Lage, eine ausgezeichnete Beschreibung ihres Freundes abzugeben. Doch nichts, keine Hinweise, keine Zeugen. Louise und Ferdinand waren verzweifelt.

Nachdem sich Ferdinand ein letztes Mal umgeschaut hatte, flüsterte er Louise deprimiert ins Ohr: »Komm wir gehen, es hat keinen Zweck mehr.«

Als sie sich unendlich traurig auf den Rückweg machten, bemerkte Ferdinand wie ihnen ein älterer, elegant gekleideter Herr folgte.

Er zupfte plötzlich Louise am Ärmel und begann:

»Entschuldigung, ich hörte Sie vorhin über einen jungen blonden Mann mit deutschem Akzent und auffällig braunen Augen reden. Ich erinnere mich jetzt.«

Louise und Ferdinand blieben auf der Stelle stehen, als hätte sie der Schlag getroffen.

»Was meinten Sie, Monsieur?«

»Ja«, grübelte er, »Ich glaube, ich kenne einen von denen.«

»Was heißt einen von denen?«, fragte Ferdinand höflich.

Der feine Herr hielt einen Moment inne und streifte sich behutsam die Handschuhe ab. Er kramte in seiner Jackentasche und zog einen zerknüllten Zettel heraus.

»Ich habe die von ihnen beschriebene Person dort am Brett gesehen mit einem zweiten auffälligen, blonden Mann. Beide sprachen einen unnachahmlichen deutschen Akzent«, erzählte er aufgeregt.

Er zögerte, um nach den richtigen Worten zu suchen.

»Aus alten Kriegstagen kenne ich Brocken dieser schweren Sprache. Die Herren standen am Brett und unterhielten sich. Sie machten einen sehr nervösen, unruhigen Eindruck. Als sie nach intensiver Suche offensichtlich etwas gefunden hatten, betrachtete einer es sehr konzentriert und schob es sofort in seine Rocktasche. Dem anderen, der ebenfalls aufgeregt an seinem Rock fummelte, fiel ein zerknüllter Zettel herunter. Ich bückte mich, hob ihn auf, doch als ich hinterherrief, waren sie schon in der Menge der Betenden verschwunden. Hier ist der Zettel, den ich meine, bitte nehmen Sie ihn an sich. Ich vermag damit nichts anzufangen.«

Seine unruhige Hand streckte ihnen den Zettel auffordernd entgegen.

Louise und Ferdinand sahen sich verblüfft an. Sie bedankten sich erleichtert bei dem freundlichen Herrn:

»Sie haben uns sehr geholfen.«

Dann widmeten sie sich sofort dem Schriftstück.

»Was ist das?«, rief Ferdinand verwirrt aus, als er den Zettel vorsichtig ausrollte.

Louise schaute ihm dabei ganz neugierig über die Schultern.

»Kannst du etwas erkennen?«, fragte sie aufgeregt.

»Ja, ja«, begann Ferdinand zu stottern, er schüttelte immer wieder seinen Kopf. »Jetzt verstehe ich gar nichts mehr«, sprach er entnervt. »Das ist uralt. Es ist das Protokoll vom Duell am Räuberwald in Dillingen zwischen meinem Freund Alexander und einem Zigeuner.

Du kannst nichts davon wissen, Louise«, beruhigte er sie.

»Aber wie ich den eindeutigen Schilderungen des älteren Herrn entnehmen muss, waren sowohl mein

Freund Gottlieb als auch mein Freund Alexander die beiden Personen am Brett der Bittsteller. Die Personenbeschreibung ist eindeutig. Ich verstehe das Ganze nicht. Wie kommt Alex plötzlich hierhin nach Paris und was wollte er?«

Immer wieder entrollte er das zerknitterte Papier und schlug sich vor die Stirn.

Er wendete sich verzweifelt Louise zu und stammelte:

»Ich verstehe jetzt rein gar nichts mehr, meine Liebste.«

Ein anderer Gottesdienstbesucher überholte sie mit schnellen Schritten und rief aufmunternd: »Habt ihr etwas erfahren können, ihr beiden?«

Ferdinand und Louise nickten freundlich und setzten ihren Weg zur Kutsche fort, bis sie sahen, dass es der Marquis war, der sie überholt hatte.

Alsbald ging es zurück zur Jagdhütte in die Wälder des Marquis de Colbert.

Dort angekommen, ließ der Marquis die beiden nachdenklich wirkenden Fahrgäste aussteigen, und er setzte seinen Weg zum Schloss allein fort.

»Ich komme morgen mal wieder vorbei und lese aus dem Nachrichtenblatt vor, das gefällt Ferdinand doch so gut. Ich wünsche euch einen schönen Abend«, verabschiedete sich der Marquis beim Anfahren.

Ferdinand und Louise hatten gedankenversunken in der Kutsche gesessen. Sie fanden einfach keine Ruhe bei all ihren Denkansätzen. Ferdinand konnte und wollte nicht begreifen, warum ausgerechnet Alexander in Paris war. Sie hätten sich doch vorher irgendwie bemerkbar machen können. Oder sie hätten beide zum Maskenball kommen können, oder war er es vielleicht gewesen, der ihm nach dem Leben trachtete? Auch das konnte er nicht glauben. Ferdinand wusste sich keinen Reim darauf zu machen, auch Louise vermochte ihm da nicht weiterzuhelfen. Die Auflösung blieb ihm ganz und gar verschlossen.

Am nächsten Morgen erschien der Marquis wie gewohnt in der Jagdhütte.

An diesem Morgen hatte er das monatlich erscheinende Nachrichtenblatt mitgebracht, um es Ferdinand und Louise vorzulesen. Nach einem Gespräch mit Ferdinand hatte er erfahren, aus welcher Gegend Deutschlands er kam und wo seine Eltern wohnten und was sie genau taten. Auch über seine Geschwister hatte Ferdinand damals gesprochen.

Als der Marquis nach seiner Sehhilfe griff und das Blatt Seite um Seite studierte, stutzte er plötzlich.

»Hier ist auch ein Bericht aus Deutschland dabei. Was für ein Zufall.«

Er beugte sich vor und reichte das Nachrichtenblatt zu Louise herüber.

»Könntest du uns das mal vorlesen, meine Liebe?«

»Dort steht ja eine absurde, doch auch beängstigende Geschichte«, schrie Louise plötzlich fassungslos auf. »Eine Geschichte aus Augsburg, der Stadt meiner Kerkerschaft.«

Sie setzte sich und holte tief Luft.

»In Augsburg ist ein amtierender Scharfrichter selbst zum Tode verurteilt worden und starb unter dem eigenen Schwert, und zwar mit dem Schwert, mit dem er jahrelang anderen die Köpfe abgeschlagen hatte«, führte Louise entsetzt aus.

»Ihm ist verbotene Leichenbeschau über Jahre nachgewiesen worden. Die Beweise seien eindeutig gewesen, schreibt man.

Eine Tat, die dort wohl Leichenschändung heißt.«

»Kommst du nicht aus Augsburg, Ferdinand?«, fragte der Marquis besorgt.

Ferdinand war aschfahl geworden. Er ging nach draußen und musste sich heftig übergeben.

Es gab keinen Zweifel, das konnte nur sein Vater sein.

Als er schreckensbleich zurückkam, sprach er völlig am Boden zerstört:

»Ja richtig, es muss sich um meinen Vater handeln.«

Ferdinand ging noch einmal abseits der Hütte in das Wäldchen, sackte auf die Knie und weinte bitterlich. Er schämte sich seiner Tränen nicht. Es war der Vater, der ihm sehr viel bedeutet hatte. Seine Geschwister und ihn hatte er mit sehr viel Liebe aufgezogen. Er war klug und weitsichtig gewesen, hatte ihm eine gute Ausbildung geboten, und einzig ihm hatte er es zu verdanken, dass er Akademiker werden konnte. Er dachte plötzlich intensiv an seine Mutter und seine Geschwister. Was war aus ihnen geworden, wenn der Vater wirklich tot war? Er schwor bei sich, so schnell wie möglich schriftlich per

Brief Kontakt aufzunehmen, sobald er in Sicherheit war. Jetzt, solange er auf der Flucht war, wäre es einfach zu gefährlich.

Er war fix und fertig und fragte sich immer wieder »Was ist da nur geschehen?« Eine überzeugende Erklärung gab es nicht.

Ferdinand trat wieder wachsbleich in die Hütte ein und entschuldigte sich. Louise sah sofort, wie schlecht es ihrem Liebsten ging und drückte und herzte ihn.

Ferdinand war ihr sehr dankbar dafür. Auch der Marquis de Colbert saß gerührt auf seinem Lehnstuhl.

Nach einer kurzen Erholung sprang Ferdinand ungestüm auf und sprach:

»Jetzt muss ich erst recht nach Paris, ich muss unbedingt meine alten Freunde finden. Sie schulden mir eine Menge Erklärungen, wenn sie überhaupt noch da sind. Ich werde die letzte Spur von Notre-Dame aus aufnehmen.«

Louise beobachtete, wie aufgebracht ihr Ferdinand war und wie sehr ihn die ganze Geschichte belastete.

Sie willigte sofort ein und bestärkte ihn in seinem Vorhaben:

»Geh morgen noch mal zu Charlotte und mach von dort aus auf dem Rappen wieder deine Erkundigungsausflüge.

Ich drücke dir ganz fest die Daumen, dass du dieses Mal erfolgreich bist.«

»Durchkämme jedes Arrondissement von Paris, mein Junge, bestärkte ihn der Marquis. Auch ich bin in Gedanken bei dir, mein Sohn.«

Dann sprach Louise außergewöhnlich ernst zu ihm:

»Vorher nehme ich dir aber ein Versprechen ab, Ferdinand. Schwöre mir, dass du mich nie mehr verlässt, ganz gleich, was geschieht. Und, dass du nicht aus Paris fort gehst, ohne mich vorher zu benachrichtigen. Schwöre es im Beisein meines Vaters!«

Ferdinand musste über die gezeigte Erregtheit seiner Louise lächeln und wiederholte: »Ich liebe dich für mein Leben, mein Vögelchen. Du bist jetzt meine Heimat, ich möchte mit dir leben und Kinder haben.«

Der Marquis war rot geworden, doch er freute sich für die beiden.

XV

Der Schnee lag leicht und flockig auf den Wegen, als Ferdinand aufbrach, um wieder nach Paris zu reiten. Er hatte seinen alten, abgewetzten Militärmantel an und das Rapier an seiner Seite.

»Wenn nötig«, sprach er leise, aber entschlossen zu sich, »werde ich sofort davon Gebrauch machen. Doch auf wen«, dachte er sofort, »soll ich eigentlich einschlagen?«

Er hatte schon einmal Paris eine ganze Woche auf den Kopf gestellt. »Was hatte sich eigentlich verändert?«, fragte er sich nachdenklich.

Charlotte staunte nicht schlecht als der junge blonde Deutsche wieder vor ihrer Tür stand:

»Euch scheint es aber bei mir zu gefallen, junger Herr.«

Doch sie sah, sein Zustand war einfach erbärmlich, noch schlimmer als beim letzten Mal.

»Kommt rein«, flüsterte sie aufmunternd. »Sie müssen erst einmal etwas Vernünftiges essen.«

Während Ferdinand die wohlschmeckende Suppe löffelte, setzte sich Charlotte an seine Seite auf einen Stuhl.

»Ich habe mich zwischenzeitlich mal etwas schlau gemacht, Ferdinand. Am Nordufer der Seine im 4. Arrondissement gibt es einen Platz, den Place de Greve. Aufgrund des angrenzenden Uferstreifens ist hier zwischenzeitlich der wichtigste Hafen der Stadt entstanden. Bald darauf hatte man sogar Lager, Weinstuben und Gasthäuser errichtet.«

Ferdinand hatte zwischenzeitlich den Löffel aus der Hand gelegt und hörte Charlotte mit Interesse zu. Sein Gesicht war immer noch aschfahl, Schweißperlen hatten sich an seiner Stirn gebildet.

Charlotte sah ihn mit traurigen Augen an und stieß einen langen Seufzer aus.

»Alle Menschen, so hatte man mir versichert, die auf der Suche nach Arbeit sind, könnte man dort antreffen. Es hat sich auch ein wichtiger öffentlicher Markt entwickelt, da dort Holz, Weizen, Wein und Heu entladen werden soll. Tagelöhner, Schauerleute und jegliche Art von Gesindel treiben sich angeblich dort herum. Auch das Haus der Kaufmannsgilde soll dort stehen. Du erkennst die Gegend sofort an ihrer hässlichen, ja geradezu finsteren Gebäudefassaden. Es hat sich zum Zentrum von Paris gemausert, mit sämtlichen Veranstaltungen, die man sich heute so vorstellen kann.«

Sie zögerte und sah ihn mit leuchtenden Augen an.

»Ferdinand, ich rate dir, auch dort einmal zu suchen.«

Mit einem entschuldigenden Lächeln erklärte er:

»Danke, Charlotte für deine intensiven Bemühungen, aber ich muss jetzt ins Bett, ich bin hundemüde.«

Nach der, bei seinem Zustand, doch für ihn sehr anstrengenden Unterhaltung fiel Ferdinand in einen tiefen, erholsamen Schlaf.

Am nächsten Morgen brach er schon in aller Herrgottsfrühe auf und begann ungestüm seine geplanten Unternehmungen. Ausgangspunkt wie geplant war Notre- Dame.

Der Schneefall hatte in der Nacht aufgehört und machte nun einem zertretenen Matsch auf Straßen und Gassen Platz.

Wie ein gehetzter Hund streifte Ferdinand nun Tag für Tag durch Paris auf der Suche nach Gottlieb und Alexander. Doch es war wie beim letzten Mal. Keiner kannte die gesuchten Personen, nirgendwo hatte man sie gesehen. Er fragte an jeder Ecke und jeden, der ihm entgegenkam. Kein Drecksloch war ihm zu dunkel, kein Weg zu weit. So ging es Nacht für Nacht und Tag für Tag. Finstere Orte und Gestalten in abgewetzten Gewändern begegneten ihm ständig. Überall, wo er auftauchte, wurde er neugierig und ratlos angestarrt.

Er stapfte durch Gassen voller Müll und bestialischem Gestank, stolperte über dreckige Wäschehaufen oder Menschen, die sich achtlos dazwischen gelegt hatten. Gesindel mit schwarzen Stummeln im Mund und rot geränderten, kranken Augen. Sein Griff zum Rapier wurde immer häufiger und intensiver.

Er wurde blasser und entnervter. Die Haare hingen ihm strähnig vor dem ausgemergelten Gesicht. Seine Gestalt wurde immer armseliger, immer erbärmlicher. Auch Charlotte vermochte ihn nicht aufzumuntern, so oft sie dies auch verzweifelt versuchte. Das Essen interessierte ihn erst recht nicht mehr.

Eines späten Nachmittags befand er sich auf seiner Suche in der Nähe des Place de Greve, welcher Charlotte ihm so sehr für seine Ermittlungen empfohlen hatte.

Er hörte von Weitem schon das Lärmen und das Geschrei des Volkes. Ferdinand kannte diese Laute nur zu gut. Es berührte ihn innerlich sehr stark. Er dachte an seine Jugendzeit in Augsburg und an den Vater, der ihn immer so gern dabeihaben wollte. Doch er hatte sich, bis auf wenige Male, energisch dagegen gewehrt. Wie hasste er die verzerrten Fratzen der lüsternen Leute, wie sie jedes Mal den Tod der Delinquenten herbeiklatschten in der Hoffnung, so etwas würde ihnen nie widerfahren. Plötzlich fiel ihm wieder ein, dass auch Louise den Place de Greve in ihren Erzählungen erwähnt hatte, den Ort, wo die bekannte Hexe Catherine Monvoisin hingerichtet worden sein soll, verbrannt auf einem Scheiterhaufen. Einer der Höhepunkte der französischen Giftaffären am Hofe des Königs.

Von Weitem sah er schon die gespenstischen Hausfassaden, wie sie Charlotte beschrieben hatte. Ein großes Haus mit Säulenkonstruktion fiel ihm sofort auf.

Die Luft war schwer von Feuchtigkeit. Schneeflocken wirbelten leicht vom Wind getragen. Ferdinand beugte sich instinktiv vor, um die weißen Kristalle aus seinem Haar zu wischen. Er zögerte, als er ganz weit vor ihm einen Galgen erblickte.

Der grässliche Schmerzensschrei einer Frau ging ihm durch Mark und Bein. Die Stimme, die zu ihm herübergeweht war, ja, die kannte er doch?

Seine Augen weiteten sich. Er schluckte. Seine Kehle war wie zugeschnürt.

Von innerem Drang beherrscht, suchte er sich den Weg nach vorne. Diese verfluchte Stimme! Seine Schritte wurden immer schneller. Der Atem wurde immer heftiger. Ein Ausdruck von Ekel war auf seine Züge getreten. Er nahm ein seltsames Flattern in seinem Magen wahr. Etwas zog ihn unaufhaltsam dort hin. Doch, die Stimme kannte er. Mit teils schwerem Schubsen und harten Schlägen bahnte er sich den Weg nach ganz vorne zu einem Podest, welches neben dem Galgen errichtet worden war.

Er fühlte das raue, rissige Holz des Schafotts unter seinen Händen. Es war ein widerliches, abstoßendes Gefühl. Neben ihm hieben schmutzige Fäuste im Rhythmus gegen die Holzplanken. Er befand sich mitten im Geschiebe und Gedränge einer aufgebrachten Menschenmenge. Ihre Kopfbedeckungen fingen immer mehr von diesen treibenden Flocken auf. Die Nasen der meisten waren rot, ihre Blicke teilweise von Fieber gezeichnet. Ihr Atem zerschnitt die kühle Luft.

Salatköpfe und Obstreste zerplatzten an den Planken. Die Menge um ihn herum raste. Wilde, finstere Blicke verfolgten seine Schritte. Zahnlose Mäuler schrien Wortfetzen hinaus bis zum Krächzen. Betäubende Wut flackerte in ihren Augen auf. Ein Frösteln überfiel Ferdinand und er hielt unwillkürlich den Atem an.

Er sah unvermittelt in die weit aufgerissenen Augen des Scharfrichters. Die schwarze Kapuze wehte drohend im Wind, ein großes Beil in seinen schmutzigen, kräftigen Händen.

Dann blickte er auf die Delinquentin.

Er schaute noch einmal richtig hin und geriet unvermittelt ins Straucheln.

Ferdinand musste sich festhalten und sich übergeben. Seine Blicke schienen sich im Nichts widerzuspiegeln. Die Knie wurden ihm weich. Sein Herz hämmerte, und der Atem stockte. Der Wind um ihn herum wimmerte plötzlich wie ein hungriges Kind.

Was er dort sah, ließ ihn für sein Leben erschüttern. Er ging in die Knie. Er zögerte, wollte nicht hinschauen. Er sog die kühle Luft scharf durch die Nase und atmete laut und angstvoll.

Ferdinand zögerte immer noch, dann nahm er all seinen Mut zusammen, neigte den Kopf und starrte dann ungläubig hoch.

Ja, er kannte diese Person, es war Ceija, seine ihm versprochene Frau.

Sie stand ihm Auge in Auge gegenüber und blickte ihn mit stolzem Blick an.

Plötzlich fing sie an zu schreien, laut und eindringlich:

»Ferdinand, Ferdinand, ich habe dich geliebt, so wahnsinnig geliebt, verzeih mir bitte!«

Er schaute sie ungläubig an. Eine Woge der Erregung überschwemmte ihn. Er wollte hoch zu ihr. Der Klang ihrer Stimme zerriss sein Innerstes.

Er erklomm hoffnungslos und erschöpft das Podest, streckte seine Hand aus, um nach ihr zu greifen und erstarrte mitten in der Bewegung, als gierige wütende Griffe ihn herunterzogen. Ferdinand zitterte am ganzen Körper. Ein Stich der Enttäuschung traf ihn wie ein Schwert. Zweifel flackerten in seinem Gesicht auf.

Der Scharfrichter zögerte, starrte zu ihm herunter. Ferdinand sah kurz das Aufblitzen seiner Zähne. Er warf ihm einen vernichtenden Blick zu. Ferdinand spürte einen kalten Lufthauch auf seinem Gesicht. Er öffnete den Mund, um etwas zu sagen, schloss ihn aber gleich wieder.

Ceija deutete mit dem Kopf auf ihn. Ein Zittern durchlief ihren Körper. Ihr Atem formte sich in der Luft zu weißem Nebel.

Ein weiterer Griff von Ferdinand ging ins Leere. Seine geballte Faust verblieb als Zeichen seiner tiefen Verbitterung und Ohnmacht.

Es schüttelte ihn durch Mark und Bein, als das Beil mit dumpfem Schlag den Kopf vom Rumpf trennte. So unerbittlich, unaufhaltsam und für alle Ewigkeit. Ferdinand blickte wie in Trance auf den Kopf, dessen Lippen immer noch seinen Namen formten.

Es schauderte ihn, Tränen strömten ohne Unterlass seine schmalen Wangen hinunter. Ein tiefes Schluchzen erschütterte ihn. Tiefe, trostlose Verzweiflung schlug über ihm zusammen. Irgendetwas umklammerte sein Herz so fest, dass es weh tat. Das Bild, was er auffing, verschwamm als Ohnmacht, Ungläubigkeit und Wut, das seinen Geist flutete.

Er schrie in den feuerrot gefärbten Abendhimmel:

»Verflucht, warum, wieso, ich begreife nichts, gar nichts.«

Blinzelnd kämpfte er gegen seine Tränen an, die ihm fast die Sicht raubten.

Als er langsam seinen dröhnenden Kopf hob, sah er, wie von etwas Unsichtbarem unvermittelt angezogen zur Seite. Er nahm eine Bewegung am Rande seines Gesichtsfeldes wahr.

Da traf es ihn wie ein Schlag.

Dort hinten stand Alexander mit weit aufgerissenem Mund und tränenüberströmten Gesicht. Er winkte ihn zu sich rüber und rief immer und immer wieder:

»Ferdinand, Ferdinand.

Komm bitte, um Himmels Willen, komm bitte sofort her zu mir.«

Der Schnee, der Ferdinands Weg säumte, verströmte einen sanften Schimmer im Licht der aufkommenden Dunkelheit.

Ferdinand war mit schnellen Schritten zu ihm herübergeeilt. Alexander fiel ihm weinend um den Hals, bebend am ganzen Körper.

»Komm bitte mit mir dort an den Turm, dort hinten in der Ecke des verfluchten Platzes. Du erkennst ihn an den scharfen Kanten seiner Skulpturen.« Er zeigte mit seiner zittrigen Hand in seine Richtung.

»Ich erzähle dir alles, ja verflucht alles«, hörte er ihn erbärmlich schluchzen.

»Vergib mir«, begann er und blickte schamhaft zu Boden. Ich habe mein Leben verwirkt. Wie aufgedreht zog Alex ihn hin zu dem Turm, wo er sich in einer Nische am Treppenaufgang niederließ- weit genug weg vom elenden Tumult-, etwas geschützt vor dem Schneefall, der von Minute zu Minute heftiger geworden war.

»Ferdinand«, begann er schniefend, »ich habe sie geliebt, für mein Leben geliebt vom ersten Augenblick an. Doch sie, das elende Weib, hat nur mit mir gespielt, sie liebte nur dich, nur dich und das bis zu ihrem letzten Atemzug.

Es hat nach dem Duell im Räuberwald in Dillingen angefangen. Ab da besuchte ich sie häufiger. Sie umgarnte mich, ich konnte ihr einfach nicht widerstehen, ihr wahnsinniger Körper war schuld, Ich war ihr hörig, ja, verdammt hörig«, wiederholte er eindringlich und immer wieder.

Er hob die Arme und schrie wie am Spieß. Er beugte sich vor und griff nach Ferdinands Hand.

»Ich hasse sie, dieses elende Weibstück.

Sie zwang mich, deinen Vater zu verraten, unseren Lehrherrn, zwang mich, von den Leichenbeschauungen zu erzählen. Alles Wort für Wort. Sie wollte es als Druckmittel gegen dich benutzen und gegen mich, um mich als Handlanger ihrer Liebe zu dir zu benutzen. Nach dem

Zwischenfall in der Studentenkneipe sah sie ihre Chance, deine Liebe wiederzugewinnen, zusehends schwinden.«

Er schüttelte immer wieder ungläubig seinen Kopf. Er seufzte und zog die Knie an seine Brust.

»Ich wollte es einfach nicht wahrhaben. Um ihr zu gefallen, wurde ich zu einem verdammten Denunzianten. Ich hatte Gottlieb dann, als sich die Gelegenheit dazu bot, kurz entschlossen das Protokollbuch gestohlen.«

Er zuckte ratlos mit der Schulter und schlug sich mit der flachen Hand vor die Stirn. »Ich verdammter Idiot.

Doch dann wart ihr plötzlich verschwunden.

Verzeih mir, Ferdinand, ich bin ein Schwein, ich war nicht bei Sinnen. Als das mit deinem Vater passierte, war ich schon lange nicht mehr vor Ort. Ceija zwang mich, euch zu verfolgen, trieb mich Tag für Tag hinter euch her. Immer anfeuernd, den ganzen Weg nach Paris, immer dicht hinter euch.«

Ferdinand sah ihn immer wieder ungläubig an.

»Kurz vor unserer Abreise hatte sie mich gezwungen, das Berichtsbuch dem Kirchenvogt zu übermitteln, sonst hätte sie mich sofort verraten. Ich hatte es ihr auf ihr verdammtes Flehen hin bereits ausgehändigt. Verflucht, sie hatte mich in der Hand.«

Er blickte mit leerem Blick auf Ferdinand. Er schnaubte leise. Wieder wurde er durch einen Weinkrampf geschüttelt.

»Der Kirchenvogt freute sich wohl diebisch, einen schriftlichen Beweis zu haben. Ich hoffte als Kronzeuge darauf, verschont zu bleiben. Aber da war ich auch schon unterwegs.«

Er wandte Ferdinand sein tränenüberströmtes Gesicht zu. Dieser entzog sich seinen Blicken. Die Enttäuschung in ihm war zu groß.

»Dein Vater«, schluchzte er, »so hörte ich unterwegs bei eurer Verfolgung, noch in der Nähe der Grenze, wurde kurz nach eurer Flucht, ohne Prozess und ohne viel Aufhebens mit seinem eigenen Zweihandschwert hingerichtet. Er hat wohl auch für eure schnelle Flucht büßen müssen.«

Er schnappte nach Luft. Eine Woge der Erregung schien seinen Körper wieder zum Erzittern zu bringen.

»Wir sind Tag und Nacht durchgeritten. Als es Gottlieb dann gelang, die Soldaten abzuschütteln, nahmen wir unterwegs kurz vor Paris Kontakt zu ihm auf. Gottlieb vertraute uns, wir sagten ihm, wir müssten im Auftrag deines Vaters Kontakt zu dir aufnehmen. Er wusste nichts, gar nichts«, wiederholte er völlig apathisch.

Ein schwaches Licht von den Wirtshäusern am Platz de Greve legte sich mit dunklem Schatten auf Alexanders Gesicht.

Ferdinand schaute zum Horizont. Eine dünne Mondsichel war dort inzwischen erschienen

»Gottlieb«, schluchzte Alexander wieder, »berichtete uns arglos von dem Plan, und ich ging mit ihm dann zur Kathedrale Notre-Dame. Dort nahm er den Bittbrief vom Brett, las ihn durch und steckte ihn sofort ein. Gottlieb wollte euch auf dem Maskenball treffen, und zwar allein.«

Ferdinand sah mit leerem Blick auf Alexander. Ein zittriges Bündel von Mensch, ausgezehrt und krank, mit rot unterlaufenen Augen. Seine fiebrig glänzenden Augen suchten immer wieder Blickkontakt zu ihm.

»Am Vorabend des Maskenballs saßen wir am Feuer, inmitten einer Gruppe von fahrenden Zigeunern. Der Alkohol floss in Strömen. Ceija forderte ihn immer wieder auf, ihm die Verkleidung von euch zu verraten, und wollte, dass er sie mit zum Maskenball nimmt. Doch Gottlieb verriet nichts. Er blieb stumm wie ein Fisch, der Gute. Ceija trank Alkohol, so viel Alkohol, zu viel, sie war wie verrückt, sie kreischte und wütete. Sie redete immer mehr, immer drängender auf ihn ein, ich vermochte sie nicht aufzuhalten.«

Er seufzte und presste die Hände auf seine Schläfen. Er zog scharf die Luft durch seine Nase ein.

»Dann sah ich plötzlich, wie sein Gesicht aschfahl wurde, er blickte mit gläsernen Augen um sich und taumelte unaufhaltsam zu Boden. Sie hatte ihn niedergestochen, dieses Satansweib, einfach niedergestochen. Er hatte ihr wohl von der anderen Frau erzählt und ihr gesagt, du würdest sie für dein Leben lieben. Da ist sie durchgedreht und hat ihn erbarmungslos in ihrer Wut getötet.«

Er schluchzte und stammelte:

228

»Unseren Gottlieb, einfach abgestochen. Abgestochen wie ein Schwein.«

Er schüttelte immer wieder fassungslos seinen Kopf. Er streckte seine Hand nach Ferdinand aus, erstarrte aber mitten in der Bewegung.

»Sie flüchtete sofort mit der Gruppe von Zigeunern, die noch immer in der Nähe bei uns am Feuer saßen. Ceija hatte den Zettel aus den Kleidern von Gottlieb gestohlen und ihn mitgenommen. So ein verflucht durchtriebenes Weib.«

Ungläubigkeit und Wut legten sich auf seine Züge.

»Ich habe mich sofort um Gottlieb gekümmert. Doch da kam jede Hilfe zu spät. Der Dolch hatte ihm die Eingeweide aufgeschlitzt, verstehst du, Ferdinand, unseren Gottlieb aufgeschlitzt wie ein Stück Vieh.«

Alexander schüttelte sich immer wieder in Weinkrämpfen.

»Ich habe sie die ganze Nacht gesucht, erst am alten Friedhof, Pere-Lachaise und dann im Bois de Boulogne.«

Er blinzelte durch einen Vorhang von Tränen. Wut flackerte plötzlich in seinem Gesicht auf.

»Ceija wollte in seiner Maske zum großen Ball des Königs. Sie hatte die vorbereitete Verkleidung, die er vorsichtshalber in einem Jutesack versteckt hatte, von Gottlieb auch an sich genommen als sie verschwand. Ich habe sie überall gesucht, wohl ahnend, dass sie zum Maskenball wollte. Doch, obwohl ich mich dort unauffällig aufbaute, konnte ich sie nicht ausmachen. Man sah sie nirgendwo, nein, nirgendwo«, wiederholte er voller Verzweiflung.

In Ferdinand hatte sich ein tröstliches Gefühl von Leere breitgemacht.

Alexander biss sich auf die Unterlippe, als er ausstieß:

»Ich habe dann alles versucht, Ferdinand, wirklich alles, aber die Bediensteten des Königs ließen mich nicht rein. Eine Verkleidung besaß ich nicht, ich war darauf nicht vorbereitet. Ich stand dort wie blöd.«

Verzweiflung stieg wieder sichtbar in ihm hoch. Er sah Ferdinand durchdringend an.

»Als ich Ceija dann endlich entdeckte, als sie in großen, eiligen Schritten den Palast verließ, wusste ich, es musste etwas passiert sein. Als sie mich sah, schrie sie wie von Sinnen:

Er ist tot, er ist tot, ich wollte es doch gar nicht.«

Alexanders Blick senkte sich. Er schien sich im Nichts widerzuspiegeln. Er schämte sich abgrundtief, so kam es Ferdinand vor.

»Gerade in dem Augenblick«, murmelte Alexander, »wo ich mich entschlossen hatte, mit ihr zu fliehen, wurde sie von den Soldaten verhaftet. Wie ich später hörte, gestand sie den Mord an Gottlieb und auch den Mordversuch an dir. Ihr war dann offensichtlich alles egal, sie wollte einfach nicht mehr leben.«

Er fuhr sich nervös durch die Haare und atmete laut und angstvoll.

»Sie hat sich selbst vernichtet, Ferdinand. Mit dem Gedanken daran, dass sie sich das Liebste, was sie besaß, selbst genommen hatte, war ihr Lebensmut zerbrochen, ja, für immer zerbrochen. Ferdinand, ich hasse mich dafür, dass ich das alles mitgemacht, meine Seele verkauft habe an dieses verfluchte Weib. Ich hasse mich ebenfalls dafür, dass ich dich, Gottlieb und deinen Vater verraten habe, den ewigen Schwur brach, den wir uns damals gegeben hatten.«

Ein Ausdruck von Ekel legte sich auf seine Züge. Sein Körper begann erneut zu beben.

Plötzlich ging ein Ruck durch seinen Körper, seine Augen verdrehten sich, und ohne die geringste Chance des Eingreifens zog er eine geladene Pistole und schoss sich unvermittelt in den Kopf.

Ferdinand wich entsetzt zurück. Blut klebte an seinem Hemd, Blut, überall Blut.

Vor ihm auf der angewachsenen Schneefläche am Treppenaufgang zum Turm breitete sich in Windeseile eine große Blutlache aus. Das Weiß des Untergrundes verlieh ihr einen unnatürlichen, schreienden Glanz.

Er war fertig, er konnte sich einfach nicht mehr beruhigen, sein Körper bebte in Weinkrämpfen, alle seine guten Freunde waren auf einen Schlag tot.

Sein Vater durch elenden Verrat ermordet.

Und das alles aus Liebe. Die Liebe eines unberechenbaren, schönen Zigeunermädchens, ungezügelt, unbeherrscht und schicksalhaft. Nun als Mörderin verurteilt und durch das Beil des Scharfrichters gestorben.

XVI

Ein kalter Wind fegte durch Ferdinands Militärmantel, doch er spürte es nicht, die Kälte, die ihn frösteln ließ, kam von innen, diese unendliche, erbarmungslose Kälte. Kristallgleich glitzerten die Schneereste in seinen wirren Haaren.

Er suchte das angebundene Pferd, seinen geliebten Rappen, klopfte sich die Schneereste aus der Kleidung, hob sich in den Sattel und verließ im gestreckten Galopp den Ort des Grauens. Weit weg von Paris, der Stadt, die ihm so viel Glück, aber eben auch so viel Elend gebracht hatte. Er hatte jetzt nur noch Gedanken für seine geliebte Louise.

Doch als er so in Emotionen versunken auf seinem Pferd saß, wurde ihm schlagartig klar, was Alexander so im Einzelnen berichtet hatte. Er dachte intensiv daran, dass dieser erwähnt hatte, dass Ceija wohl ein umfassendes Geständnis gemacht hätte. Das würde aber bedeuten, so durchfuhr es ihn plötzlich siedend heiß, dass nicht nur er, sondern auch Louise und besonders ihr Vater, der Marquis, jetzt höchst gefährdet waren.

Ferdinand zog die Zügel fester an sich heran und führte den Rappen nicht zur Hütte, wie ursprünglich gewollt, sondern abrupt direkt zum Schloss der Colberts. Jetzt kam es darauf an, dass er schneller sein musste als die Geheimpolizei des Königs mit dem ganzen Voll-streckungsapparat dahinter.

Er schmiegte sich nah an den Träger des Pferdes. Der eisige Wind spielte gnadenlos und heftig mit dem langen Mantel, als er endlich die Umrisse des beeindruckenden Schlosses der Colberts am Horizont vor ihm erkannte. Die schneebedeckten Wipfel der hohen Bäume am Rande des Gartens zeichneten sich deutlich und kontrastreich vom Horizont ab. Der Schnee verbreitete einen leichten, unwirklichen Schimmer im Licht der Nacht.

Er musste jetzt äußerst vorsichtig sein, denn Louise hatte immer betont, dass eine ständige Überwachung vor Ort stattfände.

Er ließ sich umsichtig aus dem Sattel gleiten und band den Rappen ganz achtsam, rundherum sichernd, an einen Baum in der Nähe des mächtigen Gebäudes.

Schneefetzen rieselten ihm immer wieder von den Zweigen in den Mantelkragen. Es war noch tiefdunkel, aber Feuer von Wachmannschaften oder ähnliches waren bisher nicht festzustellen.

Schritt für Schritt näherte er sich langsam dem Schlossgebäude. Der Schnee knirschte unbarmherzig laut unter seinen Stiefeln.

Plötzlich hörte er ein nicht definierbares Geräusch direkt in seiner unmittelbaren Nähe.

Seitlich von ihm nahm er eine dunkle Gestalt wahr, die in gebückter Haltung, ein Pferd an langer Leine hinter sich herziehend, die Chaussee zum Schloss hochschlich. Jetzt hieß es sich beobachtend zurückzuhalten.

Tausend Gedanken rasten währenddessen durch seinen Kopf.

Der Marquis de Colbert entstammte altem französischem Hochadel, so hatte er an den langen Abenden in der Jagdhütte berichtet. Ferdinand war immer noch äußerst beeindruckt. In diesen Gesprächen hatte der Marquis von seiner Familie und ihrer Bedeutung in der großen Politik gesprochen. Seine Stimme hatte weich und kultiviert geklungen. Ferdinand wusste noch alle Einzelheiten.

Seine Verwandtschaft fand sich in Regierungskreisen und diversen Ministerien. Auch er war lange an der Seite des Königs gewesen. Doch sein bekanntester Verwandter war Jean Baptiste Colbert, der als französischer Staatsmann der Begründer des Merkantilismus bzw. Colbertismus wurde. Er war unter Ludwig XIV. erfolgreicher Finanzminister. Er versuchte, den Staatshaushalt zu sanieren, um die wachsenden Aufwendungen für den König, seinen Hofstaat, dessen Militär und insbesondere seine Kriegszüge zu finanzieren. Colbert war derjenige, der die Basis der französischen Wirtschafts- und Kolonialpolitik schuf. Er war in seinen jungen Jahren bereits Vermögensverwalter von Kardinal Mazarin gewesen und wurde von diesem dem König anempfohlen. Colbert hatte immer mehr Verantwortung für die Regierung übernommen, nur der König stand über ihm und lediglich das Heer lag außerhalb seiner Einflussnahme.

Ferdinands Gedanken wurden jäh unterbrochen als ein riesiger Schneebrocken sich aus den Bäumen löste und sich wellenförmig verbreitete.

Der Marquis begleitete den bedeutenden Verwandten teilweise bei seiner Aufgabenerfüllung für Bauwesen, Finanzen, Handel und Verkehr. Die Marine und die Kolonien hatten es Jean Baptiste Colbert besonders angetan. Auch für Kunst und Wissenschaft hatte er sich stets eingesetzt.

Ferdinand schaute während seiner Gedankengänge immer wieder zum Schloss, ob sich dort etwas tat. Ruhe war jetzt oberstes Gebot.

Jean Baptiste Colbert war Begründer der französischen Ost- und Westindienkompanien und an der Organisation der Senegalkompanie beteiligt. Colbert förderte sogar zahlreiche Wissenschaftler. Die Depositenbank, die er gegründet hatte, überlebte finanziell leider nicht lange. Er setzte sich insbesondere für eine aktive Außenhandelsbilanz ein. Colbert in Person gründete und förderte die ersten Manufakturen. Viele ausländische Fachkräfte wurden von ihm in sein Land geholt, um auch beste Erzeugnisse anderer Staaten in seinem Heimatland Frankreich herstellen zu können. Colbert meinte, er könne dadurch teure Importe sparen.

Wieder löste sich ein Schneeblock aus den Baumwipfeln, was Ferdinand mit etwas Unbehagen zur Kenntnis nahm. Jedes Geräusch ließ ihn aufschrecken. Immer wieder fiel sein Blick auf die imposante Treppenanlage, die so still und leicht schneeglänzend vor ihm lag.

Es blieb genug Zeit, sich wieder seinen Gedankengängen zu widmen.

Besonders die französische Luxusindustrie, wie der
Handel mit Spiegeln, Gobelinteppichen, Spitzen, Gold-
schmiedearbeiten und Möbeln, wurde bald führend in
Europa und darüber hinaus. Indem er, wie bisher kein
anderer, die Korruption bekämpfte und die Bürokratie
neu organisierte, konnte Jean Baptiste Colbert die Steu-
ereinnahmen mehr als verdoppeln, ohne neue Steuern
zu erheben. Damit wurde bereits am Anfang der per-
sönlichen Regierung Ludwigs mit einer so möglich gewordenen Steuersenkung ein schnelleres Wachstum
der französischen Wirtschaft erreicht. Colbert ließ aber
auch die Landstraßen zu festen Chausseen ausbauen
und sorgte für den Abbau von Ausfuhrzöllen. Auch sein
Engagement bei der Vereinfachung des Rechnungswe-
sens und der Finanzverwaltung war nachhaltig zu spüren. Ihm war der Ausbau der Kriegsflotte zu verdanken,
wobei der Marquis ihm gerade dabei hilfreich zur Seite
gestanden hatte.

Ferdinand schüttelte sich. Der eiskalte Wind schnitt
ihm unangenehm ins Gesicht. Er drückte sich den Mantelkragen noch näher an seinen Hals. Die Gedanken an
den Marquis und seinen bedeutenden Verwandten gingen Ferdinand nicht aus dem Kopf.

Die Nähe zum König und zum Hofstaat war dem Marquis zum Verhängnis geworden, seine Direktheit und
Ehrlichkeit war nicht gefragt und wurde ihm letztendlich zum Verhängnis. Nur seinem bekannteren, großen

Verwandten Jean Baptiste Colbert konnte er es verdanken, bisher nicht in die Verbannung geschickt worden zu sein. Doch er spürte, der König war erpicht darauf, den kleinsten Fehler von ihm auszunutzen. Dank seines Bekanntheitsgrades und seiner guten Beziehungen bekam er die kleinsten Bewegungen und Gerüchte in Bezug auf seine Person sofort mit. Insbesondere die Freundschaft zum Leibarzt des Königs gab ihm immer einen nicht zu unterschätzenden Wissensvorsprung.

Ferdinand nickte in Gedanken mit seinem Kopf. Es war ihm Hoffnung und Ehre zugleich, dass er so bedeutende Männer in seinem Leben kennenlernen durfte.

Der Marquis hatte sich in letzter Zeit auf sein Schloss zurückgezogen und fühlte sich ganz und gar als Privatmann.

Politische Themen sprach er nicht mehr öffentlich, sondern nur noch im Freundeskreis an.

Ferdinand vermochte es nachzuempfinden. Es wäre ihm sicherlich nicht anders ergangen.

Aber die schreckliche Geschichte mit seiner Tochter hatte ihn vollends fertig gemacht.

Wie konnte der König ihm so etwas Abscheuliches antun?

Es war ihm schwer zu Herzen gegangen. Als seine Frau dann noch überraschend aus Gram gestorben war, ließen auch seine Kräfte erkennbar nach.

Das hatte auch Ferdinand bewusst mitbekommen und versuchte Louise, so gut es ging, im Verhältnis zu ihrem Vater zu unterstützen.

Der König hatte den Marquis in der Hand. Er war Spielball seiner ungeheuren, umfassenden Macht geworden. Er frönte seinen Hobbys Reiten und Jagen. Sein Anwesen mit den umläufigen Jagdgefilden gab ihm ausreichend Gelegenheit dazu.

Jetzt stand Ferdinand hier ganz gespannt in seiner Nähe, abgeschottet als heimlicher Beobachter.

Es war ihm inzwischen sehr kalt geworden, da er sich kaum Bewegungen in seiner Situation erlauben konnte. Nur ab und zu hatte er auf der Stelle gehüpft. Mehr erlaubte er sich aus Vorsicht nicht.

Am frühen Morgen, noch zu nachtschlafender Zeit, bemerkte er, wie es heftig am Eingangsportal des Schlosses klopfte. Ein Mann, der als Jäger verkleidet war, lauschte Ferdinand, gab sich als Bote des Leibarztes zu erkennen.

Jede zivilgekleidete Person wäre unter Umständen auffällig gewesen, wenn man davon ausging, dass das Schloss heimlich beobachtet wurde, dachte Ferdinand.

»Marquis, ich komme direkt vom Leibarzt des Königs«, begann er. »Durch die Gefangennahme eines Zigeunermädchens aus Augsburg, in Deutschland, ist herausgekommen, dass Ihre Tochter zurück ist, der auferlegten Verbannung nach Augsburg unter der Aufsicht des dortigen Erzbischofs entkommen, und bei Ihnen wohl Unterschlupf gefunden hat. Der Leibarzt lässt Sie warnen. Ihre Verhaftung soll kurz bevorstehen. Sie sollen sich sputen, die Verfolger sind schon unterwegs.«

Mit diesen Worten drehte er sich hastig wieder ab und wurde unmittelbar, wie von Geisterhand, vom Morgennebel verschluckt.

Der Marquis wollte sich gerade schnellen Schrittes dem Gebäudeinneren zuwenden, als eine weitere dunkle Gestalt aus dem Gebüsch am Eingangsportal sprang.

»Halt, Marquis de Colbert«, hörte man die gehetzte Stimme von Ferdinand rufen, »Marquis, ich bin es, Ferdinand. Ich habe gerade in der Stadt erfahren, dass ein Geständnis eines Zigeunermädchens, was mir gut bekannt war, eine absolute Gefährdungssituation für uns alle heraufbeschworen hat. Wir müssen jetzt und sofort fliehen, sonst haben wir keine Chance mehr, dem König zu entkommen. Alle weiteren Einzelheiten und Hintergründe werden sie dann von mir noch unterwegs erfahren. Fahren sie bitte, ohne zu zögern, mit ihrer Kutsche zu Louise, ich komme umgehend mit dem Pferd nach. Ich werde die Umgebung absuchen, um festzustellen, ob sie uns schon auf der Spur sind.«

Der Marquis antwortete:

»Ferdinand, beruhige dich. Für diesen Fall hatte ich bereits lange einen Plan gefasst. Den setzte ich jetzt sofort um. Meine Bediensteten wissen Bescheid, ich werde mich beeilen, erst einmal vielen Dank für deine Warnung, bis später und sei vorsichtig.«

Der Marquis drehte sich um und rief umgehend ins Haus hinein nach seinen Dienern.

Ferdinand bemerkte noch, wie ein geschäftiges Treiben im Schloss begann, bevor das schwere Schlosstor hinter ihm wieder knirschend einrastete. Er fasste sein Rapier entschlossener und begab sich eilends zu seinem Rappen. Er streichelte den wohlgeformten schlanken Pferdehals und flüsterte:

»Jetzt kommt es darauf an, jetzt müssen wir noch einmal alles geben.«

Er nahm die Zügel enger und richtete das Pferd gen Jagdhütte.

Die direkte Umgebung des Schlosses schien noch unbewacht zu sein. Nach allen Seiten intensiv beobachtend, führte er den Rappen durch den dichten Wald immer näher hin zur Hütte.

Plötzlich hörte er ganz in der Nähe ein metallisches Geräusch.

Mit halb schlafenden Augen schaute Louise verdutzt auf den Marquis, ihren Vater, der, von zwei Dienern begleitet, überraschend früh schon an der Jagdhütte auftauchte.

Er rief ganz aufgeregt durch die Hütte:

»Komm, Louise, pack das Nötigste, wir müssen sofort fliehen!

Dein Ferdinand war auch schon früh am Schloss und hat mich ausdrücklich gewarnt. Er kommt so schnell wie möglich hinterher. Mein alter Freund, der Leibarzt, hat mir einen Boten geschickt. Vor einigen Tagen hat man ein Zigeunermädchen aus Augsburg festgenommen. Sie hat ein umfassendes Geständnis gemacht. Hat das etwa mit eurer Geschichte zu tun?«, fragte der Marquis gespielt verzweifelt, aber bereits lächelnd überzeugt. »Die wahren Hintergründe soll dir Ferdinand erzählen.«

»Ja«, antwortete Louise niedergeschlagen: »So wird es wohl sein.«

»Also, keine Diskussion, pack schnell und komm dann umgehend in die Kutsche, es wird allerhöchste Zeit. Ich habe gleich Auswechselpferde mit anbinden lassen. Ferdinand hat mir das zwischenzeitlich bestätigt und mich aufgefordert, sofort zu handeln. Er will zur Vorsicht die Umgebung absichern und uns dann sofort mit dem Pferd folgen.«

Louise packte in höchster Eile die nötigsten Sachen zusammen. Hier ging es um Leben und Tod. Dabei hätten sie nach all den schrecklichen Geschehnissen endlich einmal Ruhe gebraucht. Doch daraus wurde nichts.

Das Geräusch hatte Ferdinand nicht zur Ruhe kommen lassen. Er kannte einen derartigen Klang nur von Waffen-, Gürtel- oder Koppelschnallen.

Unmittelbar vernahm er beim Nähertreten nun auch deutliche Gesprächsfetzen im starken Wind. Er machte behände den Rappen fest, beruhigte ihn mit leisen Worten und versuchte, sich anzuschleichen, den Geräuschen bedächtig folgend.

Er blickte gespannt hoch. Er hatte es geahnt, zwei Uniformierte. Als er die bunten Rockaufschläge durch das Unterholz schimmern sah, wurde ihm bewusst, wie nah die Häscher des Königs schon waren.

Sie waren ganz in der Nähe der Jagdhütte, wo gerade die Kutsche des Marquis vorgefahren war.

Er zog leise sein Rapier und wartete auf einen günstigen Augenblick der Überraschung. Als die Soldaten unter Beobachtung der Hütte gerade in einem Gespräch vertieft waren, sprang er hinter einem Baum hervor.

Er brüllte sie unvermittelt an:

»Gnade euch Gott, was sucht ihr hier auf dem Anwesen des Marquis de Colbert?«

Sie waren völlig perplex und wichen erschrocken zurück. Bevor es ihnen gelang, ihre Waffen zu ziehen, richtete Ferdinand abwechselnd die tänzelnde Spitze seines Rapiers auf ihre Kehlköpfe. Starr vor Angst ließen sie sich zurück an einen mächtigen Baum drängen.

Ferdinand machte ihnen mit seinen eindeutigen Gesten sofort klar, dass sie ihm Rede und Antwort zu stehen hatten, ansonsten würden sie des Todes sein. Jetzt würden sich die jahrelangen Fechtstunden im Waldstück von Augsburg endlich einmal auszahlen, dachte er bei sich.

»Erzählt, was macht ihr hier, wie lautet euer Befehl? Sagt mir ohne Umschweife die Wahrheit, sonst steche ich euch hier und jetzt sofort nieder«, forderte Ferdinand mit scharfer, entschlossener Stimme.

Die Antwort ließ nicht lange auf sich warten:

»Wir wurden zur Beobachtung des Marquis de Colbert abgestellt, wir sollen ihm Schritt für Schritt auf seinem Anwesen folgen. Es wurde zwischenzeitlich ein Haftbefehl ausgestellt für ihn, seine Tochter und einen Deutschen aus Augsburg.«

Ferdinand hatte ohne Unterlass sie fortwährend und abwechselnd mit dem Rapier bedroht. Sie ahnten, wenn sie nichts erzählen würden, würde dieser Mann keine Gnade kennen. Er sah aus, als habe er vor Kurzem schon viel Schreckliches erleben müssen. Seine Augen waren in diesem Moment starr und hassverzerrt. Er erinnerte sich mit Wucht an all die Grausamkeiten, die ihm, dem Vater und seinen Freunden widerfahren war. Diesen Eindruck vermittelte er zweifelsfrei den beiden Soldaten, die ihm jetzt zitternd gegenüberstanden.

»Wann soll der Haftbefehl vollstreckt werden?«, fragte er fordernd mit der Rapierspitze an den Kehlköpfen der Betroffenen.

Endlich kam von einem krächzend die Antwort:

»Für heute Mittag ist ein Zug Soldaten abgestellt, die Verhaftung durchzuführen.«

»Wir sollen die Überwachung und den Kontakt jederzeit aufrechterhalten.«

Für beide Soldaten überraschend, hieb Ferdinand mit kurzen Bewegungen seiner Waffe, die Koppeln mit ihren Rapieren durch, die scheppernd auf einen abgebrochenen Ast fielen. Es war ein gefühlter Hauch von Waffenmanöver. Sekunden später landete die Rapierspitze von Ferdinand wieder an ihren Kehlen. Wie eine leichte, aber äußerst bedrohliche Feder schwang sie hin und her.

Mit unerbittlicher, harter Stimme forderte er sie auf: »Geht langsam vor mir her zu euren Pferden, ab!«

Sie marschierten, ohne zu zögern durch den wie Staub wegspritzenden Schnee und gelangten bald zu den Pferden, die sie an einem Baum angeleint hatten.

»So«, befahl Ferdinand, »macht sie los und treibt sie in den Wald, aber zügig. Sobald sie außer Sicht sind, lauft ihr in jeweils gegenläufiger Richtung davon. Aber vorher zieht eure Hosen aus und werft sie mir hierhin zu meinen Füßen. Das bisschen Schnee seid ihr hoffentlich gewohnt. Die Kälte wird euch Beine machen.«

Ich verschone Euch jetzt und hier. Als Gegenleistung verlange ich von euch, dass ihr euch Zeit lasst mit der Kontaktaufnahme zur restlichen Truppe, verstanden? Ich hätte euch hier abstechen können, ohne dass ihr oder geschweige denn ein Dritter es je mitbekommen hätte. Ihr seid mir daher diese Gegenleistung schuldig, Monsieurs.«

Auch Ferdinand war zwar klar, dass sich keiner an seine Worte halten würde, aber soweit er nur ernst klingende Drohungen aussprechen könnte, hätte er keine Wahl.

Die Soldaten stoben in gegenläufigen Richtungen auseinander, sobald die Pferde außer Sicht waren und Ferdinand sein Rapier heruntergenommen hatte. Es war ein belustigendes Bild, so ohne Hosen. Er begab sich eilends zu seinem Pferd und ritt in gestrecktem Galopp zur Hütte, soweit das Gelände es zuließ. Der

Schnee, der die Wege säumte, zerstob unter den kräftigen Hufen seines Rappen.

Er erreichte die Jagdhütte gerade in dem Moment, als die Kutsche bereits Fahrt aufgenommen hatte und als kleiner Punkt am Horizont verschwand. Er redete ruhig, aber bestimmt auf den Rappen ein, sodass sie bald die vorauseilende Kutsche eingeholt hatten.

Die Diener wurden schnell aufmerksam und erkannten an seinen Zeichen, dass von ihm keine Gefahr ausgehen würde. Je näher er kam, desto sicherer empfand er, dass sie seinen Rappen aus dem Gestüt des Marquis wiedererkannt hatten. Die Diener brachten die Kutsche dann endlich zum Stehen und gaben den Insassen eindeutige Hinweise. Aber sie sahen, wie Louise schon ganz aufgeregt die Kutschentür aufgerissen hatte und fast ihren Geliebten vom Pferd riss.

Ferdinand rutschte aus dem Sattel und sie hielten sich für Minuten schweigend festumschlungen.

Er band den Rappen hinten an und ließ sich in der Kutsche zwischen den beiden atemlos nieder.

Er rief kurz einen Befehl nach draußen zu dem Dienern:

»Los mit euch, es kann schnellstens weiter gehen.«

Als er eingepfercht zwischen den ganzen Utensilien und Gepäckstücken in der Kutsche Platz genommen hatte, erzählte er Louise von den schrecklichen Vorkommnissen in Paris. Er berichtete erschüttert jede Einzelheit und ließ nichts aus. Sie umarmten sich danach heftig und fingen hemmungslos an zu weinen. Es waren seine Jugendfreunde, dachte Ferdinand bestürzt, und Gottlieb auch ein Freund von Louise gewesen, die in so jungen Jahren schon ihr Leben hatten lassen müssen.

Es war ihm schlagartig bewusst, dass sie beide noch vollkommen fertig waren, bei dem Gedanken, wie das Leben so schicksalhaft ihren Weg unerwartet mitbestimmt hatte.

Als sich Ferdinand etwas beruhigt hatte und auch Louise einen gefassteren Eindruck vermittelte, versuchte der Marquis bewusst, sie etwas abzulenken.

»Ich habe schon lange geplant und auch mit Jean Baptiste Colbert abgesprochen, dass, wenn eine Flucht vor dem König notwendig ist, die Wahl des Fluchtortes nur England lauten kann.«

Ferdinand horchte auf.

»England wieso gerade England, Monsieur de Colbert? Genügen nicht die Niederlande, wie mein getöteter Freund Gottlieb damals auf unserer Flucht bereits empfohlen hatte?«

Sein Blick war voller Zweifel.

»Ich muss etwas ausholen, damit ihr die Hintergründe besser begreift«, erläuterte nun der Marquis. »Der ehemalige Erste Minister im Staatsrat, Kardinal Richelieu, hat früh erkannt, dass man zum Schutz der neuen Handelswege, insbesondere für die Kolonien in Übersee, eine starke Kriegsflotte brauchte. Die englische Flotte hat uns schon immer das Leben schwer gemacht. Zuletzt bei der Belagerung von La Rochelle. Zur

Verbesserung der Effektivität der französischen Flotte, wandelte er die bisherige Admiralität in ein Oberstes Marineamt um und legte ein großes Schiffsprogramm auf.«

Ferdinand hörte gespannt zu. Louise hingegen war nach der großen Aufregung erst einmal eingeschlafen.

»Die bisher selbständigen und oft nur saisonal aufgestellten Flotten der verschiedenen Küstenstädte«, betonte der Marquis, »die in den verschiedensten Ländern, Niederlande, Italien, Frankreich gebauten Schiffe und ihre aus unterschiedlichen Nationen stammenden Mannschaften wurden zusammengefasst und daraus zwei Flotten gebildet, zu einer permanenten königlichen Marine.«

Er räusperte sich, nahm sein Schnupftuch heraus und erzählte mit hochrotem Kopf weiter:

»Eine westliche Flotte und eine östliche. Erstere war in Brest gelegen und sollte den Atlantik sichern, die letztere war in Toulon für die Absicherung des Mittelmeeres vorgesehen. Richelieus Marinereformen waren mit seinem Tod erst einmal ins Stocken geraten. Sie verfielen zusehends. Jetzt wurde bei einigen Auseinandersetzungen die spanische Flotte immer stärker.«

»Da habe ich von gehört«, merkte Ferdinand höflich an.

Der Marquis deutet ein kurzes Nicken an und nahm sofort den Bericht wieder auf.

»Erst 1655 schlug wieder die französische Flotte zu, und zwar vor Barcelona und im Pyrenäenfrieden löste

Frankreich Spanien wieder als vorherrschende Macht in Europa ab. Seitdem ringen die Niederlande, England und wir um die Seeherrschaft.«

»Ja, da kann man bei uns nur von träumen. Die Schifffahrt hat noch nicht die Bedeutung erhalten, wie sie ihr wahrscheinlich gebührt«, grübelte Ferdinand. »Da unsere Landkarte nur unterschiedliche politische Gebilde aufweist, in ihrer Bedeutung und ihrem Einfluss entsprechend klein oder auch groß, sind in dieser Hinsicht nur die Küstenstaaten betroffen. Von einer besonderen Bedeutung als Seemacht konnte nie die Rede sein.«

Ferdinand stieß einen tiefen Seufzer aus. Er neigte seinen Kopf und blickte dem Marquis in die Augen.

Der Marquis sah ihn freundlich an, weil er seit Langem mal wieder das Gefühl hatte, dass sich ein Zuhörer für sein Wissen interessiert zeigte.

»Jetzt kommt es aber«, erhitzte sich der Marquis:

»Als es Ludwig, unserem Herrscher, gelang, die größte Armee Europas unter Waffen zu bringen, wollte er auch eine passende, größere Flotte dazu. Wir waren zu diesem Zeitpunkt immerhin der bevölkerungsreichste Staat des Abendlandes.

Und nun«, schnaufte er laut durch:

»Kommen die entscheidenden Hintergründe. Mein Bruder, Jean Baptiste Colbert, schuf als Finanzminister ein gewaltiges Marineministerium mit gigantischen Investitionen. Er übernahm es auch noch selbst und führte die abgeschaffte Admiralität wieder ein. Er entstammte, wie ich, einer Reimser Tuchhändlerfamilie und hatte schon sehr früh finanzpolitische Erfahrungen sammeln können.«

»Das hört sich nach überwältigender Familientradition an«, bemerkte Ferdinand voller Hochachtung.

Der Marquis machte eine künstliche Pause, und an seiner Haltung erkannte Ferdinand, dass er nicht ohne Stolz weitererzählte:

»Der auf unserem Territorium gebaute Canal du Midi übrigens ist auf sein Schaffen zurückzuführen. Er bot plötzlich die Möglichkeit, Handelsschiffe und kleine Kanonenboote von den französischen Mittelmeerhäfen in die Atlantikhäfen zu verlegen. Für große Kriegsschiffe ist er zu klein. Er ist nicht tief genug und hat einfach zu viele Brücken. Aber dieser neue Seeweg ist sicherer und schneller als der Seeweg um Spanien herum.«

Die Kutsche kam gut vorwärts und schüttelte alle Passagiere ordentlich durch. Ferdinand blieb hellwach, weil er nach wie vor ein interessierter Zuhörer war.

Der Marquis holte noch einmal tief Luft und erzählte mit nachempfindbarem Stolz:

»Jean Baptiste ordnete alle Flotten neu und war außerordentlich brillant in seinem Handeln. Ein richtig guter Mann. Er ließ neue Häfen errichten. Französische Werften bauten in den Niederlanden gekaufte, fortschrittliche Schiffe nach und entwarfen sogar eigene Schiffsbautechniken. Sie erhielten den Befehl, Schiffe nur aus französischen Materialien zu bauen. Ein spezielles Gesetz für Bauholz aus unseren Wäldern sah dies sogar verpflichtend vor. Er erschuf gleichzeitig ein spezielles Aushebungsgesetz in Hafenstädten und Küstenregionen der Marinebezirke für die Rekrutierung der Schiffsbesatzungen. 1662 war unsere Flotte, dank Colbert, wieder auf dem neuesten Stand.«

»Das ist begeisternd, was Ihr Bruder, verehrter Marquis, geschaffen hat«, rief Ferdinand voller Bewunderung aus.

Er war immer tiefer in die Polster der Kutsche gesunken angesichts der Ehrfurcht und der Begeisterung, die er für die Pflichterfüllung des Marquis und seiner berühmten Verwandtschaft empfand.

Es war der Aufmerksamkeit des Marquis nicht entgangen, der umgehend reagierte: »Ferdinand, jetzt erstarre nicht in Ehrfurcht. Du hast in deinem jungen Leben bereits große Taten vollbracht, an denen andere schon früh gescheitert wären. Du hast das Leben noch vor dir. Du bist Arzt, hast einen bedeutenden akademischen Titel und darfst kraft deiner Ausbildung und Einstellung Menschen heilen. Das ist eine höchst anerkennenswerte Aufgabe und nötigt mir ebenfalls größte Bewunderung ab. Ich bin äußerst zufrieden, dass meine Tochter mir so einen Schwiegersohn beschert hat, das sage ich dir. Und dann noch jemanden, der mit so viel Empathie und Herzenswärme ausgestattet ist.«

Er griff spontan nach den Händen von Ferdinand und drückte sie sanft mit all seiner Dankbarkeit, die er für die Unterstützung Ferdinands empfand.

Der Marquis unterbrach jetzt seinen Redeschwall und hustete aufgeregt. Er dachte angestrengt nach und sagte:

»Du musst wissen, Ferdinand, ich habe damals im Ministerium mit meinem Bruder eng und gut zusammengearbeitet. Jean Baptiste und ich haben es in dieser Zeit geschafft, den Schiffsbestand der französischen Marine immerhin zu verdoppeln. Ich glaube, wir sind auf gutem Wege, die Engländer und Niederländer auf diesem Gebiet zu übertreffen.«

Er wurde wieder nachdenklich und kam auf seinen Bericht zurück:

»Ja und jetzt erinnere ich mich plötzlich auch genau, woher ich den Namen der Stadt Augsburg kenne. Jean Baptiste hat mir mal von dieser Stadt berichtet, als er von einer Silbermanufaktur sprach, die Bestecke speziell für den Hof des Königs herstellte, und zwar den sogenannten Augsburger Faden. Dieses Besteck ist bei großen königlichen Tafeln nicht mehr weg zu denken. Insbesondere bei Tafelrunden von besonderem politischem Gewicht. Aber das nur nebenbei. du wirst jetzt laut lachen, Ferdinand, aber es ist leider die bittere Wahrheit, sprach er: »Mein lieber Verwandter Colbert wurde plötzlich wegen höfischer Intrigen gestürzt und ist quasi in der gleichen schrecklichen Lage wie ich. Auch er hatte sich mit Kritik nicht mehr zurückhalten können, als er die steigende Verschwendungssucht des Königs erkennen musste. Er trug immerhin höchste Verantwortung für das Finanzressort.«

»Das ist ja unfassbar«, bemerkte Ferdinand hocherfreut.

»Ich habe mitbekommen«, seufzte der Marquis, »dass sein Sohn ihm im Amt gefolgt sein soll und Gott sei Dank die Politik seines Vaters fortsetzen möchte. Dabei gilt sein Augenmerk wohl eher der Kriegsflotte als der Handelsflotte.«

»Das wäre auch zu verständlich«, merkte Ferdinand an, »dass er geneigt ist, die Denkweise seines Vaters zu übernehmen.«

»Jetzt weißt du etwas über unsere Familie und kennst meine vergangenen Aufgaben im Ministerium. Du musst verstehen, ich habe heute noch gute Beziehungen überall hin, dank meiner umfassenden Tätigkeiten von damals«, lachte er in sich hinein. »Nur deshalb«, nahm er das Gespräch selbstsicher wieder auf, »fahren wir genau diese Route. Es ist eine ernstzunehmende Empfehlung von Jean Baptiste, der meinte, es bleibe nur der schnellste Weg hinein in die Niederlande, weil unsere politischen Beziehungen mit diesem Staat quasi zum Erliegen gekommen sind. Ich sage dir jetzt noch etwas, was du bestimmt auch noch nicht gewusst hast: Von 1678 bis 1684 operierten in wechselnden Bündnissen mit Schweden gegen Niederländer und Dänen bzw. mit Dänemark gegen Niederländer und Schweden französische Kriegsschiffe nicht nur auf der Weser und Elbe, sondern auch in der Ostsee.«

»Die Gefahr lauert also überall«, bemerkte Ferdinand fast hoffnungslos.

»Jean Baptiste sagte mir noch«, fuhr der Marquis eifrig fort, »wir sollen den kürzesten Weg in die Niederlande, Richtung Rotterdam nehmen. Von dort in einer Fleute, einem in den Niederlanden entwickelten Handelsschiff mit großer Ladefähigkeit und geringem Tiefgang, nach England fliehen. Es ist das in ganz Europa bevorzugte und zwischenzeitlich am meisten verbreitete Handelsschiff. Ein ideales Schiff für Massengüter.«

Ferdinand erinnerte sich schmerzhaft an die Berichte seines Freundes Gottlieb und nickte zustimmend. Wenn jemand Ahnung hatte, dann doch jemand, der einst in einem der Spitzenämter der französischen Marine gestanden hatte.

Der Marquis ließ sich erschöpft in die Polster der Kutsche sinken und schloss kurz seine Augen. Er musste neue Energie tanken.

Plötzlich hörte Ferdinand, wie einer der Kutscher sich mit einem Pochen auf das Kutschendach bemerkbar machte. Er steckte seinen Kopf seitlich durch das Fenster der Kutsche und schaute nach oben.

Der Kutscher fuchtelte aufgeregt mit einer Hand und schrie in den Fahrtwind:

»Wir werden seit ungefähr einer halben Stunde verfolgt, mein Herr. Es sind Uniformierte, das ist deutlich erkennbar.«

Ferdinand rutschte auf seinen Sitz zurück und weckte den Marquis.

»Verehrter Marquis«, flüsterte er, »wir werden verfolgt. Es soll sich um Soldaten handeln.«

Der Marquis schien sofort hellwach zu sein.

»Lass die Kutsche hinter der nächsten Biegung kurz anhalten, Ferdinand. Nimm die Muskete aus dem Kutschenfach mit den Kugeln im Sack und dem Pulverhorn. Dann setz dich auf dein Pferd und lass dich versteckt zurückfallen. Wir werden die Fahrt auffällig unbekümmert fortsetzen. Sieh zu, ob du sie aufhalten kannst, Ferdinand. Sollten sie zu übermächtig sein, halte dich zurück und folge uns in gebotenem Abstand.«

»Gut, Marquis, ich sehe zu, was ich machen kann.«

Mit diesen Worten lehnte er sich aus dem Fenster und rief zum Kutscher hinaus:

»Halt an der nächsten Biegung die Kutsche kurz an, damit ich eine Waffe der Kiste entnehmen und mich auf mein Pferd setzen kann, Kutscher.«

Mit knirschenden Rädern kam die Kutsche kurz darauf zum Stehen. Ferdinand warf einen letzten Blick auf Louise, die noch schlummerte und drückte sich behänd aus der Kutsche. Schnell riss er hinten das Kofferfach auf, entnahm ihm die Muskete mit den Utensilien und schwang sich auf sein Pferd.

Er wartete seitlich hinter einem Gebüsch, was ihm genug Deckung zu geben schien und beobachtete, wie die Kutsche langsam wieder Fahrt aufnahm. Er hoffte, dass die Verfolger nichts davon mitbekommen hatten.

Ganz vorsichtig stieg er aus dem Sattel und machte die Muskete mit ruhiger Hand schussbereit. Er wusste, dass diese Waffe ohne gezogenen Lauf eine schlechte Trefferquote aufwies, und ihm wurde schlagartig klar, dass er die möglichen Ziele nahe, sehr nahe herankommen lassen musste.

Es dauerte nicht lange und Ferdinand nahm Pferdegetrappel wahr. Es wurde durch heftigen Wind verstärkt, der in ihm den Eindruck verstärkte, als sei die Küste nicht mehr sehr weit.

Dann erkannte er sie. Drei uniformierte französische Soldaten, die offensichtlich die Kutsche verfolgten. Bei deutlicherem Hinsehen erkannte er einen als denjenigen, den er ohne Hosen in den Wald geschickt hatte. Das schien die Wachmannschaft zu sein, die die Behausung des Marquis seit Tagen wohl belagert hatte. Das wurde Ferdinand nun schlagartig klar.

Als sie sich auf etwa fünfzig Schritte genähert hatte, lud er die Muskete von vorne und legte sich weitere Kugeln griffbereit zurecht. Als sie sich noch weiter genähert hatten, zielte er auf den ersten. Ein gewaltiger Donner zerriss die Stille, und ohne hinzuschauen, bereitete er die Waffe für den nächsten Schuss. Er sah, wie auch diese Kugel einen Reiter vom Pferd riss und er neben dem anderen hart zu Boden ging.

Für einen weiteren Schuss blieb jetzt keine Zeit mehr. Ferdinand schwang sich auf sein Pferd und ritt dem dritten Uniformierten im harten Galopp entgegen.

Er hatte sein Rapier gezogen und sah sich kurz darauf Angesicht zu Angesicht dem Soldaten gegenüber. Er sah die schreckensweiten, überraschten Augen seines Gegners und zögerte keinen Augenblick ihn mit seinem Rapier zu durchstoßen. Ferdinand hörte, wie er röchelnd aus dem Sattel gehoben wurde. Er schwang sich vom Pferd und begab sich kampfbereit zu den Verfolgern. Ferdinand brauchte nicht lange, um zu erkennen, dass alle drei Verfolger schwer verletzt waren und nicht mehr in der Lage, ihnen zu folgen.

Er trieb die herumirrenden Pferde mit lautem Geschrei vor sich her, um sie endgültig aus der Reichweite ihrer Reiter zu bringen.

Er hatte keine Zeit zu verlieren. Ohne noch einmal zurückzuschauen schmiegte er sich an den Hals seines Pferdes und versuchte im fliegenden Galopp die Kutsche wieder einzuholen. Der Schneefall hatte inzwischen aufgehört. Die Wege wurden zusehends matschiger. Sein Mantel und seine Haare flatterten im Winde.

Endlich hatte er die Kutsche erreicht, als sie wohl auf Geheiß des Marquis langsam zum Stehen gekommen war. Ferdinand nickte immer noch außer Atem dem Marquis zu und küsste seine Louise wach, nachdem er aufgeregt die Kutschentür aufgerissen und sich ins Innere hatte fallen lassen. Der Marquis beobachtete ihn unaufgeregt und erklärte:

»Die Diener wollten sowieso hier an einem stillen Wäldchen Rast einlegen und für die Kutsche Reit- und Lastpferde besorgen.«

Ferdinand kannte das von seinem letzten Grenzübertritt, als sie Gottlieb verloren hatten. Er seufzte, unendlich traurig, von Erinnerung übermannt.

Louise stieg mit ihrem Vater ebenfalls aus der Kutsche, und sie streckten und dehnten sich ausgiebig. Die Fahrt war lang und anstrengend gewesen. Ferdinand hatte sich entschlossen, seiner Louise erst gar nichts von dem Zwischenfall zu erzählen. Der Marquis, so meinte er, konnte sich erst recht denken, was gerade geschehen war, als er seufzte:

»Gut, dass wir die ganze Zeit auf keine Verfolger getroffen sind.«

Die Diener hatten schnell ein provisorisches Lager eingerichtet mit Feuerstelle und Proviant.

Die Fahrgäste waren ziemlich ausgehungert, und man stärkte sich, so gut es ging.

»Wir werden bei Dunkelheit die grüne Grenze passieren und an einem Strand an vorbezeichneter Örtlichkeit von einem Ruderboot übernommen. Das bringt uns zu einem Handelsschiff unter niederländischer Flagge, was nach England segelt«, erklärte der Marquis gewissenhaft.

»Es tut mir echt leid«, entschuldigte er sich bei Louise und Ferdinand, »dass ich euch so mit meinem Plan überfallen habe. Aber ihr wisst selbst, die Zeit drängte. Man ist uns eng auf den Fersen.«

Er sah dabei Ferdinand bedeutungsvoll und wissend an. »Ich habe diesen Plan schon lange gefasst, für den

Fall, dass es ernst werden würde mit den Nachstellungen des Königs.

»Aber ausgerechnet England?«, fragte Ferdinand sicherheitshalber noch einmal nach.

»Das ist mit einer gefährlichen Überfahrt verbunden Marquis, das dürften sie besser wissen als ich.« Er runzelte die Stirn. Seine Blicke waren immer noch voller Zweifel.

»Nach dem englischen Bürgerkrieg 1641 bis 1660 hatte sich der Wind mal wieder gegen Frankreich gedreht«, erläuterte der Marquis noch einmal, um Ferdinand endgültig zu überzeugen.

»Es gab dort auch einen konfessionellen, politischen Kampf, Ferdinand. Einerseits eine Gruppe, die eine Rekatholisierung wünschte, und eine andere, die die anglikanische Kirche stärken wollte. Wieder eine andere wollte mit Angeboten die Stärkung der bürgerlichen Rechte unter Schutz des Parlaments erreichen. Sie kamen in den 1640ern vor allem aus dem puritanischen Lager. Bei einer Revolution des Parlaments wurde Karl I. hingerichtet. Sein Sohn Karl II. begab sich sogar unter französischen Schutz. Bis 1660 dauerte dann ungefähr die Gewaltherrschaft Cromwells. Karl II. wurde zurückgeholt und König gegenüber einem Parlament, dem erhebliche Machtbefugnisse abgegeben werden mussten. Seit 1688 erlebt England aber eine zweite Revolution. Der Nachfolger Karls II. sympathisierte wieder mit dem Katholizismus, er wurde abgesetzt und mit militärischer, vom Parlament organisierter Gewalt, aus dem Land getrieben.«

»Über so ein Hintergrundwissen verfügt man nur, wenn man in diese politischen Geschäfte verwickelt war«, meinte Ferdinand bewundernd.

»Ja, danke«, antwortete der Marquis lächelnd.

»Jetzt ist die Regentschaft von Wilhelm III., der mit einer englischen Erbin verheiratet ist und seit 1670 den Widerstand der Niederlande gegen Frankreich organisiert«, erläuterte er weiter. »Er liebäugelt mit einem Bündnis der Machtbereiche der Niederlande und Englands mit dem deutschen Reich gegen Frankreich. Deshalb sind wir da zurzeit politisch gut aufgehoben«, nickte er zur Bekräftigung seiner Ausführungen.

Ferdinand pfiff begeistert und hatte helle Freude an den tiefgründigen Überlegungen seines angehenden Schwiegervaters.

Er war jetzt fest davon überzeugt, dass bei den überragenden Beziehungen des Marquis auf Ministerebene alles nach Plan laufen würde. Ohne dessen außerordentliche Mithilfe wäre es unendlich schwerer gewesen.

Die Wärme des Feuers ließ alle zusammenrücken, doch die gefühlte Kälte war nicht allein der eisigen Schneekälte, sondern in erster Linie ihrer großen Anspannung geschuldet.

Als die Diener mit den Pferden erschienen, wurden die Gebrauchsgegenstände umgehend auf die Packpferde verteilt. Dann stieg man in die Sättel, und auf ging es in die Niederlande, wo man gedachte, alsbald die Küstenregion erreichen zu können.

XVII

Es war ein sehr anstrengender Ritt. Doch als man ohne besondere Probleme die Niederlande erreichte, war das Schlimmste geschafft.

Das immer wieder erwachende Schneetreiben hatte sich endgültig gelegt. Es schien Ferdinand als wäre es in der Küstenregion wärmer und milder geworden. Es würde bestimmt kein Nachteil sein.

Man entschied sich dafür, die Nacht in Ruhe zu verbringen, bevor man sich dem holländischen Küstenstreifen weiter nähern wollte.

Endlich fanden Ferdinand und Louise etwas Ruhe für und miteinander.

»Louise«, flüsterte Ferdinand, »ich bin so froh, dass du an meiner Seite bist. Die ganzen Strapazen haben sich gelohnt, mein Liebes. Es fängt ein neues Leben in einer anderen, ganz fremden Welt für uns an. Ich liebe dich, Louise. Ich möchte mit dir in dem Land auf der anderen Seite des Kanals eine Familie gründen, möchte Kinder mit dir haben und weiter meinen beruflichen Traum eines praktizierenden Arztes erfüllen.«

Louise blickte ihn mit feuchten Augen an und zog sein Gesicht ganz nah zu ihrem Mund. Sie nickte schweigend und gab ihm einen langen zärtlichen Kuss. »Du weißt, Ferdinand, ich folge dir, wohin du auch immer gehst. Du bist ein Stück von mir. Zusammen werden wir jede Aufgabe schaffen, mein Lieber.«

Sie kuschelten sich zusammen und waren ganz schnell eingeschlafen. Auch der Marquis war in einen tiefen, unruhigen Schlaf gefallen. Die ganzen Erzählungen unterwegs hatten ihn wohl viel Kraft gekostet. Die Diener hatten abwechselnd die Nachtwache übernommen. Auch das sorgte für ein beruhigendes Gefühl.

Am nächsten Tag konnte man sich etwas mehr Zeit lassen, nicht nur, dass man sich auf fremdem Territorium sicherer fühlen konnte, sondern hinzu kam der durchdachte Entschluss, erst in den dunkleren Abendstunden das Ruderboot zu besteigen.

Sie erreichten die Küste ohne Zeitdruck. Die Gruppe war ausgeruht in der Lage, die Pferde ordnungsgemäß zu versorgen und die Landschaft mit den ausgedehnten Dünen zu genießen. Die Flüchtenden waren endlich an der Stelle der Küste angekommen, wo das Ruderboot sie abholen sollte.

»Die Schiffsleute«, rief der Marquis durch die Brandungsgeräusche »haben nach ihrem Bekunden, bei ihrer Planung selbst Ebbe und Flut beachten müssen.«

Die Worte verhallten im Winde.

Ferdinand lief, ohne zu zögern auf die Brandung zu, die mit lautem Getöse in Gischtwolken auf den Sand schlug. Ferdinands Blick schweifte weit über das Meer hinaus bis zum Horizont.

»Nur Wasser, Wasser, soweit man blicken kann. Was für ein faszinierender Anblick«, murmelte er ergriffen.

Der Wind zerrte an seinen Haaren. Ferdinand hatte seine Füße entblößt und grub sich mit den Zehen immer tiefer in den Sand. Immer wieder wanderte sein Blick über den Strand. Die Flut drückte große und kleine Wellen herein, die sich spielerisch über dem Sand kräuselten. Ferdinand war tief bewegt, ja, sichtlich fassungslos angesichts dieses neuen Naturerlebnisses. Das Schreien der Möwen tat das Übrige, an seiner Stimmungslage.

»Ein Eindruck von Weite und unbändiger Freiheit«, rief er freudig aus als er wieder auf seine Lieben stieß.

Als man in fast vertrauter Runde in einer Dünenlandschaft an der örtlich fest bestimmten Küstenregion wartete, erzählte der Marquis für welche Art von Schiff er sich entschieden hatte, die Überfahrt nach England zu wagen.

Er wiederholte, auch für Louise, die während der rasanten Kutschenfahrt ja fest geschlafen hatte, seine Beschreibung: »Das Schiff, auf das meine Wahl letztendlich gefallen war, ist ein dreimastiges Handelsschiff.«

»Bitte, verehrter Marquis«, drängte Ferdinand sofort, »erzählen Sie uns mehr darüber. Wir haben ja noch Zeit genug, bis die Leute auftauchen!«

Ferdinand hatte zwischenzeitlich gelernt, wie gerne sein Schwiegervater sein Wissen preisgab. Der Marquis wiederum lächelte zufrieden, da es ihn außerordentlich erfreute, in seinem Schwiegersohn einen interessierten Zuhörer gefunden zu haben.

»Es ist im Grunde der Nachfolger der Kogge, erläuterte er, »wobei die Ruderpinne durch ein Steuerrad ersetzt wurde. Es lässt sich angeblich leichter segeln als eine Galeone und benötigt weit weniger Besatzungsmitglieder als andere Schiffstypen. Zudem«, beteuerte er, und da kam das Ministeriumsmitglied wieder durch, »hat es erhebliche steuerliche Vorteile. Die Dänen berechnen den Zoll für die wichtige Durchfahrt der Handelsroute in die Ostsee nach der Größe der Decksfläche. Um diese Gebühren pro Kubikmeter anteilig zu senken, hat die Fleute einen ausladenden Rumpf, aber gleichzeitig sich nach oben stark verengenden Bordwänden, die bei hoher Frachtkapazität für ein kleines Deck sorgen. Sie verzichteten bei dem Bau sogar auf alle Repräsentations - oder Militärzwecke. Sie hat nur gering verzierte Aufbauten an Bug und Heck. Sie ist also nach ökonomischen Gesichtspunkten gebaut.«

»Das war ja zu erwarten«, merkte Ferdinand lächelnd an.

»Die langgestreckte Konstruktion dieses Schiffstyps kommt der Verringerung des Tiefgangs und einer Veränderung der Breite bei hoher Ladekapazität zugute« ergänzte der Marquis eifrig.

Ferdinand bemerkte aufgeregt:

»Verehrter Marquis, Sie sprechen, als hätten Sie in Ihrem Leben nur mit der Marine zu tun gehabt, so umfänglich sind Ihre Kenntnisse. Sie sehen mich voller Bewunderung ob Ihres umfänglichen Wissens.«

Der Marquis lächelte bescheiden.

»Sie ist nicht nur ein schneller, wendiger Segler, sondern geeignet, durch die schmalen Rahen Flaschenzüge einzusetzen«, ließ sich der Marquis nicht aus dem Konzept bringen.

»Als Rahsegler kann sie ganz nah an den Wind gehen. Im Übrigen ist es das erste Schiff in den Niederlanden mit Seriencharakter, auch im Ausland heiß begehrt. Die entstandene Schiffsbauindustrie in den Niederlanden fertigt in den vielfältig entstehenden Werften für ganz Europa. Ein wirtschaftlicher Siegeszug ohne Beispiel.«

Der Marquis blickte in die Runde, um sich zu vergewissern, ob ihn alle verstanden hatten, und beendete zufrieden seinen Redeschwall.

Louise gähnte, weil sie das wenig interessierte, doch Ferdinand liebte solche Diskurse.

Er schaute nachdenklich auf den Strand. Es war für ihn eine neue Erfahrung. Am Meer war er nie zuvor gewesen.

Die Sicht war durch Nebel und Gischt sehr eingeschränkt.

So langsam musste sich Ferdinand mit seinen Begleitern auf das Eintreffen des Bootes einrichten. Der Marquis verabschiedete sich von seinen treuen Dienern, die mit den Pferden zurück nach Paris reiten sollten. Immerhin waren sie ihm in seinen Diensten seit Jahren sehr nahe gewesen. Der Marquis ermahnte sie:

»Danke für eure Dienste, seid nach wie vor vorsichtig und verkauft nur im Notfall oder einer erzwungenen Flucht die Tiere oder gebt sie weiter an Jean Baptiste. Im äußersten Notfall lasst sie zurück.

Ferdinand erhob sich und ging zu seinem geliebten Rappen, der ihm in ganz kurzer Zeit schon so ein treuer und guter Begleiter geworden war. Er herzte und streichelte ihn ausgiebig und gab den Dienern zu verstehen:

»Ich lege größten Wert darauf, dass gerade dieses Pferd wohlbehütet wieder auf das Anwesen des Marquis zurückgeführt wird. Und bitte seid vorsichtig bei eurer Rückreise, der König scheint keine Gnade zu kennen!«

Ferdinand beobachtete, wie Louise und der Marquis ihnen noch lange zuwinkten, bis sie sich endgültig dem Strand zuwandten.

Ferdinand ging bewusst mit nackten Füssen über den Strand. Schön empfand er das Gefühl, den kalten Sand durch seine Zehen rieseln zu lassen. Er war geradezu fasziniert von diesem neuen Erlebnis.

Er setzte sich nieder zu Louise und schloss sie in seine Arme. Eine kalte Briese ließ beide frösteln. Jetzt würden sie es bald überstanden haben. Ferdinands Augen füllten sich mit Tränen, als er über seinen bisherigen Weg ins Grübeln geriet. Sein Vater war Opfer einer gnadenlosen Justiz in seiner Heimat geworden. Seine Jugendliebe war qualvoll auf dem Schafott gestorben, Opfer ihres Ehrgeizes und ihrer überzogenen Eigensucht, die auch seinen Freunden Gottlieb und Alexander das Leben gekostet hatte. Der Zufall hatte ihn die Frau seines Lebens finden lassen, die er mit aller Kraft unter Einsatz seines Lebens hatte befreien müssen.

Louise, die Frau an seiner Seite war ein Geschenk Gottes, so empfand Ferdinand es. Er würde alles für sie tun, er würde bereit sein, um sein Glück zu kämpfen. Das hatte er wahrlich schon zigfach bewiesen. Eine Frau, eine Adlige aus hohem französischem Hause, die gelernt hatte, dank ihrer Eltern anzufassen und ihren Weg zu gehen.

XVIII

Dann war es so weit. Das Boot näherte sich, besetzt mit vier Männern an den Rudern, die sie sofort im gewohnten Rhythmus nach oben streckten, sobald sie den festen Sand des Strandes erreicht hatten.

Sie waren schon frühzeitig dabei, mit einer Schiffslaterne Leuchtzeichen zu geben, um sich so schnell wie möglich bemerkbar zu machen.

Die Diener verschwanden winkend hinter den Dünen, und die kleine Gruppe um den Marquis strebte eiligen Schrittes dem gelandeten Ruderboot entgegen.

»Los«, klang eine harte Seemannsstimme: »Steigt schnell ein, wir halten das Boot. Etwas Nass könnt ihr hoffentlich vertragen«, lachte der alte Seebär aufmunternd.

Die kleine Gruppe Menschen war zugestiegen, und die Seeleute zogen mit starkem Ruderschlag das Boot in die Nacht.

Eine halbe Stunde war ungefähr vergangen, als man den riesigen Schatten eines Schiffes in Sichtweite wahrnahm. Die Konturen hoben sich deutlich vom leichten Licht des Horizontes ab. Der harte Seewind schnitt schmerzhaft in ihre angespannten Gesichter, und verzweifelt duckten sie sich ins Ruderboot, um seiner gnadenlosen Kraft, soweit es eben ging, zu entkommen.

Es schlug hart Holz auf Holz, als die Wellen das übersichtliche Boot an den mächtigen Schiffskörper drückten. Raue Seemannskehlen schrien Kommandos, Leinen klatschten auf die Bootsplanken.

»Hebt sie hoch«, schrien die Matrosen eifrig und helfende Hände streckten sich aus, die Passagiere an Bord zu hieven.

Als sie mit den wenigen Habseligkeiten an Bord gelangt waren, wurden sie vom Kapitän empfangen, der ein Kauderwelsch von Holländisch- Französisch sprach, ein eigenartiges Sprachgemisch.

»Ich bin erfreut, Euch an Bord meines Schiffes begrüßen zu dürfen«, endete seine höfliche Begrüßung.

Aber das war letztendlich alles egal, das schwierigste Stück ihrer Flucht war geschafft.

Sie begaben sich in die zugewiesenen Schlafabteilungen in den dunklen, stinkigen Schiffsbauch, und ohne große Wortwechsel schlief man ermattet ein.

Als der Morgen graute, schlichen der Marquis und Ferdinand bereits an Bord. Es war typisches Ärmelkanalwetter. Feuchte, dichte, undurchdringliche Nebelschwaden lagen in der Luft und machten jedes Kleidungsstück sofort feucht.

Das Flattern der schweren Segel im Fahrtwind beherrschte die Geräuschkulisse und die Stimmung. Es war schwer, sich bei diesem Wind und dem rauen Wetter zu unterhalten. Deshalb blickte man sich nur hoffnungsvoll an und schwieg. So standen sie Halt suchend an der Bordwand.

Ferdinand stellte sich gedankenversunken und gerührt vor, dass die Mutter oder der eine oder andere

Bruder ihn vielleicht in England besuchen würde. Es wäre schön, dachte Ferdinand, bald in England zur Ruhe zu kommen und dann mit seiner Familie in Deutschland Kontakt aufzunehmen. Sie würden sich bestimmt freuen, Louise und den Marquis kennenzulernen.

Auch Louise war zwischenzeitlich hochgekommen und hakte sich frierend bei Ferdinand unter. Er drückte und küsste sie. Es war Ausdruck purer Freude und Hoffnung, bald eine ruhigere Phase ihres jungen Lebens erreicht zu haben. Es würde richtig schön werden, stellte sich Ferdinand seine neue Umgebung vor. Er kannte England bisher nicht. Doch er kannte Bilder und Geschichten von Burgen und Schlössern in parkähnlichen Landschaften. Der Marquis besaß auch dort Verwandte, so dass ein Plätzchen zum Unterschlüpfen schon parat stand. Ferdinand glaubte fest daran, dass man überall in Europa praktizierende Ärzte gebrauchen konnte. Er war mit ganzem Herz bereit dazu.

Der Marquis hatte beide still beobachtet und wandte sich seiner Tochter mit glückseligen Augen zu: »Louise, ich freue mich für dich, dass du offensichtlich den richtigen Mann für dein Leben gefunden hast. Und du, mein liebster Ferdinand«, umarmte er ihn gerührt, »pass auf meinen Schatz gut auf, ganz egal, was noch passieren mag.«

Seine Worte waren noch nicht verklungen, als sich Unruhe an Bord ausbreitete. Der Marquis und Ferdinand schauten sich fragend an. Waren es die sich abzeichnenden Umrisse der Küste Englands oder was war das jetzt?

Als sie sich umdrehten, wurden sie starr vor Schreck. Louise schrie vor Angst laut auf.

Ein lautes Stimmengewirr drang an ihre Ohren.

Die mächtigen Umrisse eines schnell größer werdenden Schiffskörpers erschienen in den Nebelschwaden. Das Schreien der Seemöwen, die Landnähe versprachen, übertönte das Chaos menschlicher Laute.

Eine französische Fregatte, zweifelsfrei am Banner zu erkennen, nahm gerade Kurs auf die holländische Fleute. Sie war nur noch einige Hundert Meter entfernt und durch nichts mehr aufzuhalten. Eine sofort angedachte Flucht auf See war aussichtslos. Ein Kriegsschiff mit zwanzig bis vierzig Kanonen gegen ein unbewaffnetes Handelsschiff, dafür würden auch die besten Segelkünste nicht reichen.

Gezielte, eilige Kommandos waren an Bord zu hören.

Mit den Kenntnissen eines erfahrenen Kapitäns, der auf dem Ärmelkanal zu Hause war und all die Untiefen kannte, versuchte er in Regionen zu entwischen, die Vorteile für den geringen Tiefgang des Handelsschiffes bieten würden. Das Schiff setzte die gesamt Segelkraft ein, um der Fregatte zu entkommen. Doch mit höchsten Ängsten und zunehmender Hoffnungslosigkeit bemerkten sie, dass sich der Abstand zur Fregatte immer weiter verringerte. Der Tatsache, dass seitens der sich annähernden Fregatte keine Kanonen eingesetzt wurden, waren wohl der Absicht geschuldet, dass man das Leben der Fliehenden nicht gefährden wollte. Es schien dort die Sicherheit zu wachsen, dass man ihnen auf keinen Fall entkommen würde.

Ferdinand, Louise und der Marquis beobachteten mit Entsetzen, dass die mit Hingabe kämpfende holländische Mannschaft ohnmächtig war, ob der überlegenen Schnelligkeit der französischen Fregatte. Für das Herablassen eines Beibootes war weder Gelegenheit noch praktische Möglichkeit. Auch das hätte nur kurze Deckung geboten.

Irgendwann hörte man das herzzerreißende Bersten des Holzes, als die Fregatte hart am Wind parallel zum holländischen Handelssegler ging.

Es dauerte nur Minuten, bis die französischen Soldaten hinter den Segellappen erschienen und sich wie eine Welle kleiner bunter Stofffetzen an Bord der Fleute verteilten. Die niederländische Besatzung war absolut machtlos bei dieser mengenmäßigen Überlegenheit. Die Männer waren zwar raue Gesellen, aber geschulten, bewaffneten Soldaten gegenüber absolut hilflos.

Die Passagiere wurden in kürzester Zeit umzingelt.

Der an der Spitze seiner Soldaten anstürmende Kommandant der Fregatte trat einen Schritt auf den Marquis zu und sprach:

»Monsieur Marquis de Colbert, nicht wahr?, schön und zugleich ehrenvoll, ihre Bekanntschaft zu machen. Ihr Name hat in der Admiralität immer noch einen ausgezeichneten Ruf. Doch König Ludwig XIV. unser aller Herrscher, möchte nicht, nein, überhaupt nicht, dass Sie

Ihr einmaliges Wissen dem Feind zur Verfügung stellen. Sie wissen selbst, als ehemaliges Regierungsmitglied und Kenner einiger Ministerien Frankreichs sind sie ein Geheimnisträger. Tun Sie mir bitte den Gefallen und überreichen Sie mir ihr Rapier.«

Die seitlich neben dem Kommandanten postierten Soldaten trugen finstere Minen zur Schau. Hier war keine Zeit mehr für Späße.

Der Marquis machte überraschend einen Schritt zurück, drehte sein Gesicht zu Louise, seiner Tochter, und seinem angehenden Schwiegersohn Ferdinand und schrie:

»Springt um Gottes Willen, springt über Bord, ich wünsche euch alles Gute, werdet glücklich miteinander, mein sehnlichster und letzter Wunsch.«

Er zog unmittelbar sein Rapier und warf sich schreiend auf die Soldaten gegenüber. Sein gewaltiger Ruf klang lange nach:

»Der König wird meinen Kopf nicht rollen sehen, niemals werde ich auf dem Schafott der Ungerechtigkeiten und Intrigen stehen.«

Heftig schlugen die Klingen aneinander. Der Marquis focht sein letztes, tapferes Gefecht. Es war nur nicht möglich, es jemals zu gewinnen.

Noch im Sprung sahen Louise und Ferdinand wie der Marquis tödlich getroffen zu Boden sank. Er hatte aufrecht das Leben für seine Prinzipien hingegeben. Aber ebenso für die Minuten der Ablenkung, in denen es

Ferdinand und Louise gelang, in die kalten Fluten des Ärmelkanals unterzutauchen.

Sie wussten, die Küste war nicht mehr weit, sie hatten die Umrisse schon erkennen können. Das gab ihnen Kraft und Mut zugleich.

Hart und kalt empfing sie das dunkle, unfreundliche Wasser des Kanals. Beide waren des Schwimmens kundig, doch Ferdinand eher in Flüssen seiner heimatlichen Umgebung in Augsburg. Sie tauchten so lang, wie es eben ging. Der dichte Nebel, der über dem Wasser lag, gab ihnen ein wenig Schutz.

Sie hörten Schüsse peitschen und bemerkten, dass Bleigeschosse mit gefährlichem Zischen und Zirpen links und rechts von ihnen ins Wasser drangen. Sie schwammen, tauchten und ließen sich dabei nicht eine Sekunde aus den Augen.

Als es etwas leiser wurde und keine Schiffsumrisse mehr zu sehen waren, trauten sie sich, etwas länger aufzutauchen und einander zu berühren. Sie spürten die nassen Kleidungsstücke auf ihrer Haut, aber auch das Pochen ihrer aufgeregten Herzen.

Ihre Schwimmzüge wurden immer schneller, als sie die Umrisse des Strandes an einer Steilküste erkannten. Das Schreien der Möwen war wie das Lied der ewigen Freiheit.

Endlich konnten sie stehen. Die Wellen warfen sie jedoch immer wieder um. Das Wasser war elend kalt, ansonsten hätten sie es wohl sogar genießen können. Sie schleppten sich einander umklammert durch die

Brandung, bis sie endlich festen Boden unter ihren Füssen spürten. Beide weinten hemmungslos und hielten sich fest umschlungen. Nichts und niemand würde sie jemals mehr auseinanderbringen. Sie würden ihr Leben meistern und viele Kinder zeugen.

Ein drohendes Donnergrollen in der nahen Küstenumgebung zeugte davon, dass auch die englische Marine nicht untätig geblieben war.

Sie blickten sich tief in die Augen und dachten in aufkommender Trauer an den tapferen Marquis, an den so gutmütigen und hilfsbereiten Gottlieb und an den gescheiterten Alexander, dem ein Zigeunermädchen zum Verhängnis geworden war.

Sie würden die Erinnerung an sie auf ewig wachhalten und versuchen, ein friedliches, glückerfülltes Leben in England zu führen.

Protagonisten „Sohn des Scharfrichters"

Ende des dreißigjährigen Krieges		1648
Scharfrichter, Meister Hans genannt,		
übliche Bezeichnung im Mittelalter.	Geboren:	1638
Mutter Agnes		1640
Ferdinand, Sohn des Scharfrichters		1657
Zum Zeitpunkt der erste Szene		1674
Vater 36 Jahre alt		
Sohn 17 Jahre alt		
Gottlieb, Alexander, seine Freunde,		1656
Ceija Zigeunermädchen		1658
Cousin Romano		1656
Lorena, Mutter von Ceija		
Theodor, Fechtlehrer		
Von Groten, Kirchenvogt		
Marquis de Colbert, Louise		1658
Marquis de Colbert, Vater, verwandt mit dem berühmten		
Minister Jean Baptiste Colbert, seinem Bruder.		

Charlotte, ehemaliges Dienstmädchen der Colberts

Zeitabschnitt der Handlung: 1674-1688

1680 Anlieferung der Louise de Colbert in den Henkerturm

Übung am Rapier, eine Art Degen/Säbel, eine im frühen 16. Jahrhundert bereits im europäischen Raum verbreitete Stich und Hiebwaffe. Ab dem 19. Jahrhundert wird der Begriff für stumpfe Übungswaffen verwendet.

(Verwendete Materialien: Holz, Metall, Elfenbein, Edelmetalle, Perlmutt) Gewicht 1000-1300 Gramm.

Wohnort des Scharfrichters: Augsburg, dort wurde der erste Scharfrichter Deutschlands zum ersten Mal urkundlich erwähnt.

Universität zu Dillingen, Universität der Freunde. Dort hatten sich die Grafen von Dillingen aus Wittislingen stammend, bereits im 10. Jahrhundert im Donautal niedergelassen.1258 fiel die Stadt als Schenkung an das Hochstift Augsburg, das ab 1500 zum schwäbischen Reichskreis gehörte. Die Fürstbischöfe von Augsburg, vor allem die zwei Kardinäle, förderten das Wachstum der Stadt.

Den Theologischen Schwerpunkt verdankte man den Jesuiten, die erste Universität dieser Art auf dem Boden des Heiligen Römischen Reiches Deutscher Nation.

Regierungszeit König Ludwigs IV., Sonnenkönig genannt.1638-1715 (77Jahre!)

Giftaffäre 1675-1682

Paris, Schloss Versailles, Pere Lachaise, berühmter Friedhof berühmter Leute, Bois de Boulogne (Wäldchen für Pärchen)

1672 die Stadtmauern des alten Paris fallen zugunsten der Boulevards

1682 der Hofstaat zieht um nach Versailles (In der Zeit des Aufbaus waren dort bis zu 22000 Personen beschäftigt).

Jean Baptiste Colbert nannte die Schlossanlage „einen Mann mit großen Armen und einem dicken Kopf."

Kathedrale Notre-Dame, gotische und romanische Bauelemente. Bauzeit 1163-1345, also über 200 Jahre, gelegen auf der ile de la Cite im 4. Pariser Arrondissement am Seineufer. Im Roman die Bittstelle.

Place de Greve, heute Place de l'Hotel de Ville-Esplanada de la Liberation.

Hinrichtungsstätte des alten Paris am Nordufer der Seine im Quartier Saint-Merri des 4. Arrondissement. 155 Meter lang und 82 Meter breit.

Im frühen Mittelalter entwickelte sich in dem Viertel des kleineren Place de Greve und dem angrenzenden Uferstreifen, der wichtigste Hafen der Stadt, der Port de Greve. Dort am Platz entstand auch das Haus der Kaufmannsgilde von Paris. Es entwickelte sich eine Infrastruktur mit öffentlichem Markt.

Der Place de Greve wurde auch für Hinrichtungsstätten, Galgen und Schafott genutzt. Erste verbürgte Hinrichtung 1357.

Für das Volk stand hier der Galgen. Für die Gentlemen fand hier die Enthauptung durch Schwert oder Beil statt. Für Hexerei, Häresie gab es den Scheiterhaufen. Für Majestätsbeleidigung war das Rädern und die Vierteilung vorgesehen.

1792 fand dort die erste Hinrichtung mit der Guillotine statt. Eine derbe Enttäuschung für das Volk, da die Prozedur zu schnell vonstattenging (Es entstand das Lied: "Gebt mir den Galgen zurück.")

Verblieben ist ein recht unmerkliches Überbleibsel des Place de Greve. Ein bezaubernder Turm an der Nordost-Ecke des Platzes, mit einer heute leider zugekleisterten Fassade mit den ehemals imposanten Skulpturen.

Dieser Platz war nicht nur schaurige Hinrichtungsstätte, sondern auch für schöne Festivitäten berühmt.

Unter anderem la Fetes de la Saint-Jean, mit einem speziellen Feuer, Johannisfeuer, das vom König in Person entzündet wurde. König Ludwig IV. nahm hier 1648 zum letzten Mal die Zeremonie vor.

Neue Hinrichtungsstätte der Revolution 1789 war der Place de la Concorde, gekennzeichnet bis heute durch angelegte Gedenksteine vor Ort.

Über den Autor

Geboren 1947 in Hagen/Westfalen als Sohn eines Architekten.

Internatszögling mit Musketierausbildung in Reiten und Fechten.

Architekturstudium in München.

Jurastudium in München und Münster.

Referendarausbildung in Paris bei Monsieur Peter avocat a la Cour.

Bis zu seinem vierzigsten Lebensjahr leidenschaftlicher Fußballer.

Ein Jahr Schauspielunterricht im Schauspielstudio Gmelin/München.

1977 Zulassung zur Rechtsanwaltschaft beim Amts- und Landgericht

Hagen.

1987 Zulassung zum Notariat beim Oberlandesgericht Hamm.

Verheiratet, zwei Kinder.

Mit dem Buch: „Der Hornist" schrieb der Autor seinen ersten Roman.

Davor erschien unter dem Synonym, Bernwart Payr das Sachbuch: „Ich war ein Abmahnterrorist" und anlässlich seines sechzigsten Geburtstages seine Biografie: „60 Jahre eines unbekannten Promis, unpolitische Lebensjahre eines 68ers", die wilde Gedankenwelt der sechziger Jahre.

Es folgten die Romane: "Antiochia, das Gelübde des Kreuzritters" und "die rosarote Hutschachtel".